CW01149446

ଚଳନ୍ତି ଠାକୁର

ଚଳନ୍ତି ଠାକୁର

ଶାନ୍ତନୁ କୁମାର ଆଚାର୍ଯ୍ୟ

ବ୍ଲାକ୍ ଇଗଲ୍ ବୁକ୍ସ
ଭୁବନେଶ୍ୱର, ଓଡ଼ିଶା

BLACK EAGLE BOOKS
Dublin, USA

ଚଳନ୍ତି ଠାକୁର / ଶାନ୍ତନୁ କୁମାର ଆଚାର୍ଯ୍ୟ

ବ୍ଲାକ୍ ଇଗଲ୍ ବୁକ୍ସ : ଭୁବନେଶ୍ୱର, ଓଡ଼ିଶା ● ଡବ୍‌ଲିନ୍, ଯୁକ୍ତରାଷ୍ଟ୍ର ଆମେରିକା

 BLACK EAGLE BOOKS

USA address:
7464 Wisdom Lane
Dublin, OH 43016

India address:
E/312, Trident Galaxy, Kalinga Nagar,
Bhubaneswar-751003, Odisha, India

E-mail: info@blackeaglebooks.org
Website: www.blackeaglebooks.org

First Edition : 1991

International Edition Published by
BLACK EAGLE BOOKS, 2024

CHALANTI THAKURA
by **Santanu Kumar Acharya**

Copyright © **Santanu Kumar Acharya**

All rights reserved. No part of this publication may be reproduced, stored in a retrieval system, or transmitted, in any form or by any means, electronic, mechanical, photocopying, recording or otherwise without the prior permission of the publisher.

Cover & Interior Design: Ezy's Publication

ISBN- 978-1-64560-612-3 (Paperback)

Printed in the United States of America

ସୂଚିପତ୍ର

ପିତୃଋଣ	୦୭
ବୃକ୍ଷସାକ୍ଷୀ	୧୬
ଚଳନ୍ତି ଠାକୁର	୨୫
ଗ୍ଲାସ୍‌ନଷ୍ଟ	୩୪
ଟେଲିଫୋନ୍ କଲ୍	୪୩
ଜନଗଣଙ୍କ ମନ ଓ ତାର ଅଧିନାୟକ	୫୨
ପ୍ରେମର ପ୍ରମାଣ	୬୨
କଲେଜ ହତାରେ ଜହ୍ନରାତି	୭୪
ମାଟିର ସ୍ୱପ୍ନ	୮୧
ଅଜିତରାୟଙ୍କ ସମାଧିସ୍ତୂପ	୮୭
ଅଗଷ୍ଟ ପନ୍ଦର	୯୪

ପିତୃରଣ

ଘଡ଼ିମୂଳ ଗାଁ ଏବେ ବି ସେମିତି ନିପଟ ଗାଁ, ଯେମିତି ଥିଲା ପଚାଶ ବର୍ଷ ତଳେ। ଘଡ଼ିମୂଳ ଗାଁ ତଳ ନଈଟା ଏବେ ବି ସେମିତି ବିରାଟ ଓସାରିଆ ଗହୀରିଆ ହେଇ ରହିଚି, ଯେମିତି ଥିଲା ପଚାଶ ବର୍ଷ ତଳେ। ଗାଁର ଗଛବୃଛ ପଶୁପକ୍ଷୀ କୀଟପତଙ୍ଗ ସ୍ଥାବରଜଙ୍ଗମ ସେମିତି ଅଛନ୍ତି, ଯେମିତି ଥାଆନ୍ତି ତା' ମଣିଷମାନେ। ମଣିଷଙ୍କ ଘରଦ୍ୱାର ଚାଲିଚଳଣି କଥାବାର୍ତ୍ତା ବେଶଭୂଷା ସବୁ ସେମିତି ରହିଛି, ଯେମିତି ଥିଲା ପଚାଶବର୍ଷ ତଳେ-ବୀର ସାଆଁତରା ଗାଁ ଛାଡ଼ି କଲିକତା ପଳେଇଲାବେଳେ।

ବୀର ସାଆଁତରା ଗାଁ ଛାଡ଼ି କଲିକତା ପଳେଇଗଲାବେଳେ ଗାଁଲୋକ ତା' ପଛରେ ଠେଙ୍ଗାବାଡ଼ି ଧରି ଅନେକଦୂର ଯାକେ ଗୋଡ଼େଇ ଗୋଡ଼େଇ ଯାଇଥିଲେ। ତାଙ୍କ ପାଟି-କୁହାଟ ସେଦିନ ଯେମିତି ଶୁଭୁଥିଲା କାନକୁ, ଆଜି ବି ସେ ପାଟିକୁହାଟ, ସେମିତି ଅବର୍ଜିଆ ଅତର୍ଚ୍ଛିଆ ଶୁଭୁଚି– "ହେଇ ହେଇ-ଗଲା ଗଲା-ଧର ଧର-ଟେକି ଫୋପାଡ଼ି ଦିଅ ଶଳାଟାକୁ ନଈକୁ-ଭିଡ଼ିଆଣ-ଓଟାରିଆଣ-କଚ୍ଛା ଖୋଲିଦିଅ ଶଳାର।" ଏମିତି ଏମିତି ଲକ୍ଷେ ରକମ ଗାଳି, ଲକ୍ଷେ ରକମ ସ୍ୱର। ସେ ଗାଳି ସେ ସ୍ୱର ସେମିତି ବଞ୍ଚିଛନ୍ତି-ବଞ୍ଚିରହିବେ ମଧ୍ୟ। ମଣିଷମାନେ ସହଜେ ବଦଳନ୍ତି ନାହିଁ। କଥାରେ ଅଛି, 'ମଣିଷ ପ୍ରକୃତ ମଲେ ତୁଟେ'। କିନ୍ତୁ ପ୍ରକୃତି ଅନାଦି ଅନନ୍ତ। ତା'ର ମରଣ ନଥାଏ। ମଣିଷ ମରିପାରେ, ମରି ପୁଣି ଜନ୍ମହୋଇପାରେ।

ପଚାଶବର୍ଷ କିଛି କମ୍ ସମୟ ନୁହେଁ। ବୀର ସାଆଁତରା ଗାଁ ଛାଡ଼ି ପଳେଇଲାବେଳେ ତାକୁ ହୋଇଥିଲା ମୋଟେ ଊଣେଇଶଟା ବର୍ଷ। ଏଇଲେ ତାକୁ ଚାଲୁଚି ଅଣସ୍ତରି। ସେଦିନ, ଅର୍ଥାତ୍ ପଚାଶ ବର୍ଷ ତଳେ, ବୀର ସାଆଁତରା ଦିହରେ କାଠିଏ ବଳ ଥିଲା, ଯୋଉଥିଯୋଗୁ ଗାଁଲୋକେ ତାକୁ ଡରୁଥିଲେ। ଏଇଲେ ବୀର ସାଆଁତରାର ବଳ ଆଉ ତା' ଦିହରେ ନାହିଁ, ଅଛି ବ୍ୟାଙ୍କ୍ ଖାତାରେ, ଯୋଉଥିପାଇଁ କଲିକତାର ଜ୍ୟୋତିବସୁ ବି ଡରେ ତାକୁ। ବୀର ସାଆଁତରାର ପ୍ରଧାନ ଶତ୍ରୁ ହେଲା ଏଇ 'ବଳ'।

ପଚାଶବର୍ଷ ଭିତରେ ଏଇ 'ବଳ' ତାକୁ ବଡ଼ ଅକଳିଆରେ ପକେଇଚାଲିଚି ଥରକୁ ଥର।

ବଲୁଆ ବୀର ସାଆଁତରା ସେଦିନ ବସିବସି ନିଜ ଜୀବନଟାକୁ ଓମୁଣ୍ଡିଆ ତଦାରଖ କରୁଥାଏ ଆଉଥରେ। ସେ ଯୋଉଠି ବସିଥାଏ ସେଠି ବହୁ ବର୍ଷ ତଳେ ଆଉ ଜଣେ ବୀରପୁରୁଷ ବସିଥିବେ ନିଶ୍ଚେ- ନହେଲେ ସେ ଜାଗାଟାରେ ବସୁ ନବସୁଣୁ ଏମିତିକଥା ଗୋଟାଏ ଅଦ୍ଭୁତ ଚିନ୍ତା କାହିଁକି ପଶନ୍ତା ତା' ମନରେ ? ବୀର ସାଆଁନ୍ତରା ତ ଏମିତିଆ ମଣିଷ ନୁହେଁ, ଯିଏ ନିଜକୁ ନିଜେ କହନ୍ତା— "ଆରେ। ବହୁତ ହୋଇଗଲା— ଏଥର ବନ୍ଦ କର। କୋଟିଏ ଟଙ୍କା ଅର୍ଜି ସାଇଲୁଣି। ଏଥର କୋଟିଏ ଟଙ୍କାକୁ ପକେଇ ଦେ' ପାଣିକୁ। ପାଣି ଛଡ଼େଇ ଦେ ସେ କଷ୍ଟାର୍ଜିତ ସମ୍ପତ୍ତିକୁ। 'ଦୁଃଖେ ଅର୍ଜିତ ଯେତେ ଧନ, ସେ ନୁହେଁ ସୁଖେ ପ୍ରୟୋଜନ'। ଫୋପାଡ଼ି ଦେ', ଫୋପାଡ଼ି ଦେ'। ଦେଖିବା କେଡ଼େ ବଲୁଆ ତୁ।"

କଲିକତା ଦକ୍ଷିଣେଶ୍ୱର ମନ୍ଦିରର ଅନ୍ଦିକନ୍ଦି ବୁଲିସାରି, ଶ୍ରୀରାମକୃଷ୍ଣ ପରମହଂସ ଦେବଙ୍କ ବଖରା ଭିତରେ ପହଞ୍ଚି ରାମକୃଷ୍ଣଙ୍କ ଖଟିଆ ପାଦତଳେ ଲଥ୍‌କିନା ବସିପଡ଼ୁ ପଡ଼ୁ ବୀର ସାଆଁତରା ମୁଣ୍ଡକୁ ସେଇ ବୀରତ୍ୱପୂର୍ଣ୍ଣ ଚିନ୍ତାଟା ଭୁସ୍‌କିନା ମାଡ଼ିପଡ଼ିଲା। ସେ ସେଠୁ ତରବରରେ ଉଠିପଡ଼ି ସିଧା ପଳେଇଲା ଗଙ୍ଗାଘାଟକୁ। ସେଠି ବଢ଼ିଲା ଗଙ୍ଗା ନଈଟାକୁ ଅନେଇଦବା କ୍ଷଣି ତା' ମନଟା ଟିକିଏ ଉଶ୍ୱାସିଆ ହେଇଆସିଲା। କିନ୍ତୁ ଘାଟ ପାହାଚରେ ନଈ ଆଡ଼କୁ ଦି' ପାହାଚ ଆଗେଇଛି କି ନାଇଁ ପୁଣି ତା' ଭିତରେ କିଏ ହୁଁକାର ମାରିଲା, "ଦେ' ଫୋପାଡ଼ି ଦେ' ପାଣିକୁ—ଦେଖିବା କେଡ଼େ ବଲୁଆ ତୁ!"

ବୀର ସାଆଁତରା ଆଉ ପାହାଚ ଓହ୍ଲେଇଲା ନାଇଁ। ଗଙ୍ଗା ନଈର ପାଣି ତଳେ ଆଣି ମୁଣ୍ଡରେ ମାରିବା ଲୋଭ ସମ୍ବରଣ କରି ସେ ଗୋଟିଏ ଶୁଖିଲା ଜାଗା ଖୋଜିଲା ସେଇ ଦକ୍ଷିଣେଶ୍ୱର ଘାଟରେ। ଅଳ୍ପ ସମୟ ବସିଚି କି ନାଇଁ ଚିତ୍ରଟା ଜଳଜଳ ହେଇ ନାଚିଉଠିଲା ଆଖି ସାମ୍ନାରେ। ସେ ଚିତ୍ର ଆଉ କୋଉ ଚିତ୍ର ନୁହେଁ, ତା ନିଜ ଜୀବନର ଚିତ୍ର। ତାକୁ ସେତେବେଳେ ହେଇଥିଲା ମୋଟେ ଉଣେଇଶ ବର୍ଷ। ତା' ଆଖି ସାମ୍ନାରେ ବଢ଼ିଲା ଗଙ୍ଗା ନଈଟା କ୍ରମେ କ୍ରମେ ବଦଳି ବଦଳି ସେତେବେଳକୁ ଆଉ ଏକ ବିରାଟ ଓସାରିଆ ଗହୀରିଆ ନଈ ପାଲଟି ଗଲାଣି କେତେବେଳେ, ବୀର ସାଆଁତାରା ବୁଝିବା ପୂର୍ବରୁ ନିଜ ଜୀବନର ସେଇ ଅଦ୍ୱିତୀୟ ବୀରତ୍ୱପୂର୍ଣ୍ଣ ଆଉ ଘୋର ଭୟଙ୍କର ଘଟଣାଟି ଜୀବନ୍ତ ହୋଇସାରିଥିଲା।

ଘଡ଼ିମୂଳ ଗାଁଟି ଦେବୀନଈ କୂଳରେ। ତା' ନିଜ ଗାଁ। ଦିନେ ଏଇଠି ଏକ ପ୍ରାଚୀନ ସମ୍ଭ୍ରାନ୍ତ ପରିବାରରେ ହୋଇଥିଲା ତା'ର ଜନ୍ମ। ପ୍ରାଚୀନ ସମ୍ଭ୍ରାନ୍ତ। ହଁ ହଁ

ପ୍ରାଚୀନ ସମ୍ଭ୍ରାନ୍ତ ନୁହେଁ ଆଉ କଅଣ ? ନହେଲେ ଓଡ଼ିଆଙ୍କ ନାଆଁ ସାଙ୍ଗରେ ସାମନ୍ତ, ସାମନ୍ତରାୟ, ନାୟକ, ପଟ୍ଟନାୟକ, ପାତ୍ର, ମହାପାତ୍ର ଭଳି ପଦବୀଗୁଡ଼ିକ କାହିଁକି ଭଲା କିଏ ଯୋଡ଼ି ଦେଇଥାନ୍ତା ନିରର୍ଥକ । ଅତୀତରେ, ଖୁବ୍ ଅତୀତରେ ବୀର ସାଆଁତରାର ପୂର୍ବପୁରୁଷଙ୍କ ଭିତରୁ କେହି କେହି ଜଣେ ନିଶ୍ଚୟ ସେମିତିକିଆ ମଣିଷ ହୋଇଥିବେ ନିଶ୍ଚୟ, ଯାହାଙ୍କୁ ସୋମବଂଶ ହେଉ କି ସୂର୍ଯ୍ୟବଂଶ ହଉ, କୋଉ ବଂଶର କୌଣସି ଦିଗ୍‌ବିଜୟୀ ସମ୍ରାଟ୍ ଦେଇଥିବେ ସେଭଳି ଏକ ଉପାଧି-ସାମନ୍ତରାୟ । କିନ୍ତୁ ସେସବୁ ପ୍ରାଚୀନ କଥା—ଆଈମା କାହାଣୀ ଦିନର କଥା ସିନା, ବୀର ସାଆଁତରା ଜନ୍ମବେଳକୁ ଓଡ଼ିଶାରେ ସୋମ ମଙ୍ଗଳ ସୂର୍ଯ୍ୟ ଚନ୍ଦ୍ର, ତାରା କାହାର ବଂଶର ରାଜୁତି ଆଉ ନଥିଲା-ଥିଲା ଜଣକର ରାଜୁତି... ତା' ନାଆଁ କ୍ଷୁଦ୍ର ଓଡ଼ିଆ ।

ବୀର ସାଆଁତରାର ଜନ୍ମ ସେଇଭଳି ଏକ ସାମନ୍ତବାଦୀ କ୍ଷୁଦ୍ର ଓଡ଼ିଆ ପରିବାରରେ । ବାପ କ୍ଷୀର ସାଆଁତରା ଥିଲେ ଘଡ଼ିମୂଳ ଗାଁର ଅତି ଦରିଦ୍ର ଅଥଚ ମହାପ୍ରତାପୀ ମଣିଷ ଜଣେ । କ୍ଷୀର ସାଆଁତରାର ଉତ୍ପାତ ଯୋଗୁ ଖଣ୍ଡମଣ୍ଡଳ କମ୍ପୁଥିଲା । ଗାଁର ଝିଅବୋହୂଙ୍କୁ ବାଟ ଚଲେଇ ଦଉ ନଥିଲା କ୍ଷୀର ସାଆଁତରା ତା' ବଅସବେଳେ । ବ୍ରାହ୍ମଣଶାସନର ନଡ଼ିଆ ବାଡ଼ିରେ କ୍ଷୀର ସାଆଁତରା ପଶିଗଲେ ଗଛରେ ନଡ଼ିଆ କଷିଟାଏ ବାକି ରହୁନଥିଲା । ହରିଜନ ବସ୍ତିରେ କ୍ଷୀର ସାଆଁତରା ପଶିବା ଅର୍ଥ ସେଦିନ ନିଶ୍ଚେ କୋଉଠି ଗୋଟାଏ ବଣଭୋଜି ହବାର ଥିଲା, ଯେଉଠି ପୁଞ୍ଜାଏ ଖାସି କ୍ଷୀର ଆଉ ତା' ସାଙ୍ଗଙ୍କ ପେଟକୁ ଯିବାର ବିଧାନ ବିଧାତା ପୂର୍ବରୁ ଖଞ୍ଜିଥିଲା । କିନ୍ତୁ ଏସବୁ ସତ୍ତ୍ୱେ କ୍ଷୀର ସାଆଁତରାର ଗୋଟିଏ ଭଲଗୁଣ ଥିଲା—ସେ ଥିଲା କ୍ଷେତ୍ରିପିଲା । ଲୁଚେଇ ଲୁଚେଇ ସେ କିଛି କାମ କରୁନଥିଲା; ଯାହା କରୁଥିଲା ସ୍ପଷ୍ଟ ଦିବାଲୋକରେ । ପରସ୍ତ୍ରୀ ହରଣକୁ ସେ ଦୋଷାବହ ମନେକରି ଲୁଚଛପି ରାତିରେ ଚାଳଗୁଣ୍ଡି ମାରି ସେ କାମ କରିବା ପରିବର୍ତ୍ତେ, ପ୍ରତ୍ୟକ୍ଷରେ ଡାକିବଜେଇ କାମ କଲାଭଳି ମଣିଷଟାଏ କ୍ଷୀର ସାଆଁତରା । ଗାଁଲୋକେ ଏଇଥିପାଇଁ କ୍ଷୀର ସାଆଁତରାକୁ ଖାଲି ଡରୁଥିଲେ ନୁହେଁ, ସମ୍ମାନ ବି କରୁଥିଲେ । ଯାହା ବାଡ଼ିରୁ କ୍ଷୀର ନଡ଼ିଆ ଲୁଟି କରି ନଉଥିଲା, ସେ ଯେତେ ରାଗୁ, ଯେତେ କାଟୁ, ଯେତେ ଶମ୍ଭୁ, ଅନ୍ୟବେଳେ ମୁହେଁ ମୁହେଁ ମାନିଯାଉଥିଲ— "ଅଃ... ନଉ ପୁଞ୍ଜାଏ ନଡ଼ିଆ । ଗଛ ତ ପୁଣି ଫଳିବ । ହେଲେ ଚୋରଙ୍କ ପରି ରାତିରେ ଲୁଚେଇ ଚୋରେଇ ନେଇଗଲା କି ? ତା' ଗଛଚଢ଼ା ଢଙ୍ଗ ଦେଖିଚ ନା ? କି ବାହା, କି ଜଙ୍ଘ, କି ପିଠି ସେ ! ଏଇଟା ଯଦି ଏ ଗାଁରେ ଉତ୍ପାତ ନ କରି ପଳେଇଥାନ୍ତା ମିଲିଟେରିକି, ଏତେବେଳକୁ କମାଣ୍ଡର କରିଦିଅନ୍ତାଣି ତାକୁ ଗୋରା ସରକାର ।"

କିନ୍ତୁ ସେଇ କ୍ଷୀର ସାଆଁତରା ମଲାବେଳକୁ ଲେକେ କଥା ବଦଳେଇ ଦେଲେ ।

କିଏ କହିଲା ଚୋର, କିଏ କହିଲା ଖଣ୍ଟ, କିଏ କହିଲା ଡାକୁ। ଗାଁ ମାଇପେ 'ବାଡ଼ିଖିଆ ଯୋଗନୀଖିଆ ମଲା, ଭଲ ହେଲା' କହି ଗ୍ରାମଦେବତୀଙ୍କୁ ମୁଣ୍ଡିଆ ମାଇଲେ। କ୍ଷୀର ସାଆଁତରାର ଶବ ଉଠେଇବାକୁ ସାଇଲୋକେ ଆସିଲେ ନାହିଁ। ବୀରକୁ ସେତେବେଳେ ଜମାରୁ ଆଠ କି ନଅ। ବୀରର ବିଧବା ମା' ସାଇଯାକ ବୁଲି ସାଇଭାଇଙ୍କୁ କେତେ ନେହୁରା ହେଲା। ମୁଣ୍ଡ ପିଟିପିଟି କହିଲା, "ସେ ସିନା ଖରାପ ମଣିଷ ଥିଲା, ମୋର ଉଡିଆଣି ପିଲା ବୀର ମୁହଁକୁ ଟିକିଏ ଚାହଁ। ସେ କ'ଣ ତା' ବାପ ମୁହଁରେ ମୁଖାଗ୍ନି ଟିକିଏ ଦେବ ନାଇଁ? ବାସିମଡ଼ା ହେଇ ଘରେ ପଡ଼ି ପଡ଼ି ସଢ଼ିଯିବ ବାପଟିଏ... ପୁଅଟା ତା'ର କିଛି କାମ କରିବନି, ଏଇଆ କଅଣ ଗାଁବାଲଙ୍କ ଇଚ୍ଛା?"

ସାଇବାଲା ବହୁ କଷ୍ଟରେ ବାହାରିଲେ। କ୍ଷୀର ସାଆଁତରାର ଶବ ଉଠିଲା। ଶୁଦ୍ଧିକ୍ରିୟା ହେଲା। କିନ୍ତୁ ବାରରାତ୍ର ଶେଷ ପଙ୍ଗତ ଉଠିଲାବେଳକୁ ବୀର ସାଆଁତରା ଏକ ନିଃସ୍ୱ ଅନାଥ ଶିଶୁ। ତା' ବାପର ଥିବା ପୈତୃକ ଏକରେ, ଦି' ଏକର ସମ୍ପତ୍ତି ସହିତ ଦି'ଗୁଣ୍ଠ ଜାଗା ଉପରର ଛୋଟ ଚାଳଘର ଖଣ୍ଡକ ବି ବନ୍ଧା ପଡ଼ିସାରିଥାଏ।

ବୀର ସାଆଁତରା ସେଇଠୁ ବାହାରିଥିଲା ବାପ କ୍ଷୀର ସାଆଁତରା ଦୁଷ୍କୃତର ପ୍ରାୟଶ୍ଚିତ୍ତ କରିବା ପାଇଁ। କ୍ଷୀର ଭଳି ବୀର ଆଦୌ ହୁଣ୍ଡା ନୁହେଁ କି ଗୁଣ୍ଡା ନୁହେଁ। ସାଦାସିଧା ସରଳିଆ ପିଲାଟାଏ। ବିଧବା ମା'ର ଦୁଃଖବୁଝି ବୀର ସ୍କୁଲପଢ଼ା ଛାଡ଼ିଦେଇ ରୋଜଗାରର ବାଟ ଦେଖିଲା। ନିଜର ଜମି ନାହିଁ କି ଘରଡ଼ିହ ନାହିଁ। ବୀରର ବିଧବା ମା' ବୀରକୁ କହିଲ—ଯା' ମୂଲ ଲାଗିବୁ। ଆଉ ନିଜେ ବି ଢିଙ୍କି କୁଟି ମାଣେ ଗଉଣିଏ ଚାଉଳ ରୋଜଗାର କରି କୃତ୍ୟ ଚଳେଇବାକୁ ବୀର ମା' ବାହାରି ପଡ଼ିଲା।

ଏମିତି ଏମିତି ଦଶ ଏଗାରଟି ବର୍ଷ କଟିଗଲା। ବୀରକୁ ଅଠର ପୂରି ଉଣେଇଶ ଚାଲିଲା। ଏଇ ବର୍ଷ ଗୁଡ଼ାକ ବୀରର ବଡ଼ ଭୟଙ୍କର ବର୍ଷ। ବାପ କ୍ଷୀର ସାଆଁନ୍ତରା ଉପରେ ଗାଁଲୋକଙ୍କର ଯେତେ ରାଗ ରୋଷ ଥାଏ ସବୁ ଝଡୁଥାଏ ଗୋଟି ଗୋଟି ହେଇ ପିଲାଟାର ଗାଲରେ, ପିଠିରେ। ବିନା କାରଣରେ ବି ତା ସାଙ୍ଗେ ଲାଗନ୍ତି। ଥରେ ଗୋଟିଏ ମାରଣା ଷଣ୍ଢ ପିଠିରେ ନ' ଦଶ ବର୍ଷର ପିଲାଟାକୁ ବସେଇଦେଲେ କେତେଟା ଗାଁ ଟୋକା। ଷଣ୍ଢ ଶୋଇଥାଏ। କିଏ ଗୋଟାଏ ପିଠିରେ ଚଢ଼ିଗଲା ଦେଖି ସେ ଫଁ ଫଁ ହେଇ ଉଠିପଡ଼ିଲା। ସେଇଠୁ ଆଡ଼ି ପଡେଇ ଚାରିଆଡ଼କୁ ଧାଇଁଲା। ଅନ୍ୟ ଟୋକାମାନେ ପଳେଇଗଲେ। ପିଠିରେ ପଡ଼ିଯାଇଥିବା ପିଲା ବୀର ସାଆଁନ୍ତରା ଏବେ ଯିବ କୁଆଡ଼େ? ବୀରର ମା' କାନରେ ପିଲାଙ୍କ କୁହାଟ— 'ମଲାରେ ବୀର ମଲା' ବାଜିଲା। ଢିଙ୍କି ଚାଳିଆରୁ ବାହାରି ଆସି ଗାଁ ଦାଣ୍ଡକୁ ଅନେଇଦେବାକ୍ଷଣି ତା' ଜୀବନ-ନାଟିକାକୁ କିଏ ଯେମିତି ଚିପିଦେଲା। ସେ ମୂର୍ଚ୍ଛା ହେଇଗଲା।

ବୀର ସାଆଁତରାକୁ ସେଥର କ୍ଷଣଟା ମାରିପାରିନଥିଲା । ଯେତେହେଲେ ବୀର କ୍ଷୀର ସାଆଁତାରା ପୁଅ ! ଗଛଡାଳକୁ ଧରି ଉହୁଙ୍କି ପଡ଼ି ପିଲାଟା ବଞ୍ଚିଗଲା । କ୍ଷଣ ଫଁ ଫଁ ହେଇ ଖେଦି ମଚ୍ଛିହେଇ ଦଉଡ଼ିପଳେଇଲା ।

ଏହାପରେ ପାଳି ପଡ଼ିଲା ବିଧବା ମା'ର । ଦିନେ ଗାଁବାଲା ଚୋରି ତଳେ ପକେଇଲେ ତା' ମା'କୁ । କାହା ଘରେ କାମ କରୁକରୁ ହୁରିଉଠିଲା—ରୁପା ବଟଫଳଟା ଏଇଠି ଥିଲା କୁଆଡ଼େ ଗଲା ? ହୁରି ଶୁଣି ଗାଁବାଲା ଘେରିଗଲେ । ବୀରମା'କୁ 'ସର୍ଚ୍ଚ' କଲେ । ତା'ଦେହରେ ହାତ ମାରି ସ୍ତ୍ରୀ ପୁରୁଷ ପିଲା-ଛୁଆ ଅଣ୍ଡା-ବଚ୍ଚା ସମସ୍ତେ 'ସର୍ଚ୍ଚ' କଲେ । ଶେଷକୁ ବୁଢ଼ାବୁଢ଼ା ଲୋକ ବି ବାହାରିପଡ଼ିଲେ 'ସର୍ଚ୍ଚ' କରିବାକୁ । ସେଇ ଗୋଟାଏ ରାଗ-ବୀରମା' ବୀରମା' ନୁହେଁ— କ୍ଷୀର ସାଆଁନ୍ତରା ମାଇପ, ସେ, ଯେ ଗାଁ ବୋହୂ ଝିଅଙ୍କୁ ଦିନ ଦି'ପହରେ ହଲାପଟା କରୁଥିଲା !

ବୀରମା' ସେ ଘଟଣାର ଅଳ୍ପ ଦିନ ପରେ ମରିଗଲା । ଯା'ପରେ ଲୋକ ଲାଗିଲେ ବୀରା ସାଙ୍ଗରେ । ପ୍ରତିଦିନ କିଛି ନା କିଛି ଗୋଟାଏ ଘଟିଲା । ବୀର ହୁଏତ ଲହୁଲୁହାଣ ହେଲା, ନହେଲେ ଘୋର ଅପମାନରେ ମର୍ମାହତ ହେଇ ଆତ୍ମହତ୍ୟାର ଚିନ୍ତାକରିଚାଲିଲା ।

କିନ୍ତୁ ଆଖର ଯୋଉ ଘଟଣା ବା ଦୁର୍ଘଟଣା ଘଟିଗଲା, ବୀର ଜୀବନରେ ତଥା ଘଡ଼ିମୂଳ ଗାଁ ଇତିହାସରେ, ସେଇ ଘଟଣା ବା ଦୁର୍ଘଟଣା ଯୋଗୁ ବୀର ସାଆଁତରାର ମୁକ୍ତିପଥ ପରିଷ୍କାର ହେଇଗଲା । ସେଇଦିନୁ ସେ ଆଉ କେବେ ଚିନ୍ତାକରିନାହିଁ ଆତ୍ମହତ୍ୟା କଥା ।

ସେ ବର୍ଷ ଆସିଥାଏ ନାହିଁନଥିବା ନଈବଢ଼ି । ଦଳେଇଘାଇ ଭାଙ୍ଗିବ ଭାଙ୍ଗିବ ହବା ଭଳି ବଢ଼ି । ଭାଗ୍ୟକୁ ସେକାଳେ ସ'ସାହାବ ନା କିଏସେ ଜଣେ ସାହାବର ସାହସ ଯୋଗୁ ଦଳେଇ ଘାଇ ନ ଭାଙ୍ଗି ରହିଗଲା । କିନ୍ତୁ ସେଇ ବଢ଼ିରେ ବୀର ସାଆଁନ୍ତରାର ପିତୃଋଣ ସବୁ ଧୋଇ ପୋଛି ନିର୍ମଳ କରିଦେଲେ ତା' ଜନ୍ମିତ ଗାଁ ଖଣ୍ଡକର ବାସିନ୍ଦା ଗାଁବାଲା ।

ଶ୍ରାବଣ ମାସ । ଗହ୍ମାପୂନେଇଁ ଆଉ ମୋଟେ ଦିନଟିଏ ଆଗକୁ । ନଈବଢ଼ି ଆସିଲା ସେଇଦିନ ଅଧରାତିରେ । ସକାଳକୁ ଲୋକଙ୍କ ଥାଟପଟ୍ଟାଳି ନଈର ଦୁଇକୂଳ । ସମସ୍ତେ ଡାକ ଛାଡୁଥାନ୍ତି— "ହେଇ ହେଇ, ଗଲା ଗଲା, ସଇଲା ସଇଲା—ଆରେ ଆରେ ମାଇକିନିଆଟାର କେଡ଼େ ସାହସ ! ବଢ଼ିଲା ନଈକୁ ଡେଇଁପଡ଼ିଲା ।

କିନ୍ତୁ ମାଇକିନିଆଟା ବୁଡ଼ି ମଲା ନାଇଁ । ବୁଡ଼ିପାରୁନଥାଏ । ମଳମଳିରେ ପଡ଼ି ଟୁବ୍‌କିନା ଉଠି ବୁଡ଼ିଯାଉଥାଏ ତ ପୁଣି ଯାଇ ବାହାରୁଥାଏ ଶହେ ହାତ ତଳକୁ ।

ଲୋକେ ଗୋଡ଼େଇଥାନ୍ତି। ଏକୂଳ ସେକୂଳ ଦି'କୂଳରୁ ଡାକ ପଡୁଥାଏ— "ଆରେ କିଏ ସେ ?" ତା'ର ଜବାବ ବାହାରୁଥାଏ ଘଡ଼ିମୂଳ ଗାଁବାଲାଙ୍କ ମୁହଁରୁ— "ଆଉ କିଏ—ସେଇ ରାଣ୍ଡୀ ସୁଭଦ୍ରା ! ପାପ ଗର୍ଭ ହେଇଥିଲା। ସକାଳୁଟାରୁ ମାରିଚି ଡିଆଁ ଅତଡ଼ି ଉପରୁ। ଦେଖୁନା !"

ସୁଭଦ୍ରା ବ୍ରାହ୍ମଣଘରର ଝିଅ। ବାଳୁତ ବିଧବା। ତା' ନାଆଁରେ ନାନା କଥା ଶୁଣାହଉଥାଏ ବର୍ଷେ ଦି'ବର୍ଷ ହେଲା। ଶେଷକୁ ରାଧୀ ଧୋବଣୀ ଥିଲା ଥିଲା କଥାଟା ପ୍ରଘଟ କରିଦେଲା। ସୁଭଦ୍ରାର ବଂଶମର୍ଯ୍ୟାଦାରେ ଆଞ୍ଚ୍ ଆସିଗଲା। ଘରେ ମାଡ଼ହେଲା। ବାହାରେ ମୁହଁ ଦେଖେଇ ନପାରି ମାସଟିଏ କୌଣସି ପ୍ରକାରେ ଲୁଚି ଲୁଚି ଚଳୁ ଚଳୁ ଶେଷକୁ ଏଭଳି ଅସହ୍ୟ ହୋଇଉଠିଲା ଯେ ସୁଭଦ୍ରା ସେଇବର୍ଷ ନଈବଢ଼ିକୁ ସ୍ୱାଗତ କରିନେଲା। ଭୋର ନ ହେଉଣୁ ବାହାରିପଡ଼ିଲା ଘରୁ। ଘର ଓଳିତଳ ଅତଡ଼ି ଉପରୁ ଭୁସ୍‌କିନା ଡେଇଁପଡ଼ିଲା ପୂର୍ଣ୍ଣଗର୍ଭା ଦେବୀନଦୀର ଜଳରାଶିକୁ। ଉଦ୍ଦେଶ୍ୟ—ଆତ୍ମହତ୍ୟା। କିନ୍ତୁ ସୁଭଦ୍ରା ନଈକୂଳିଆ ଝିଅ। ନଈକୁ ଡେଇଁପଡ଼ିଲେ ସେ ନଈ ତାକୁ କୋଳେଇ ନେଇ ନିଜ ଗର୍ଭରେ ଲୁଚେଇ ଦେଇ ପାରିବ, ଯା ହେଉଚି କୋଉଠୁ ! ନଈ ପାଣିରେ ପଡ଼ିଲାକ୍ଷଣି ସୁଭଦ୍ରାର ସହଜାତ ପ୍ରବୃତ୍ତି କାମ କରିବା ଆରମ୍ଭ କରିଦେଲା। ସେ ଗୋଡ଼ ବାଡ଼େଇ ହାତ ହଲେଇ ପହଁରିବାକୁ ଲାଗିଲା। ବଢ଼ିଲା ନଈରେ ପିଲାଦିନ ଗୋଟାକଯାକ କେତେ ପହଁରିଚି ସେ—ଏବେ ବୁଡ଼ି ମରିବାକୁ ଚାହିଁଲେ ବି ମରୁଚି କୋଉଠି ! ସେ ଭାସିଚାଲିଥାଏ। ଦି'କୂଳରୁ ଡାକହାକ ପଡୁଥାଏ, "ଆରେ କିଏ ସେ ଏମିତି ବିରିଣା କାମ କଲା ? ବାହାରି ଆସୁନାଇଁ କାଇଁକି ସେ ? ମୁହଁ ଖୋଲି କହିଦଉନି କାହିଁକି ଯେ ! ଆରେ ଖୋଜ ସେ ଶଳା ଚାଣ୍ଡାଳକୁ, ଯିଏ ସେ କାମ କରିଚି ! ଧର ସେ ଶଳାକୁ—ସିଧା ଫୋପାଡ଼ି ଦିଅ ବଢ଼ିଲା ନଈକୁ। ମରନ୍ତୁ ଦିହିଙ୍କି ଦିହେଁ। ପାପ ନିର୍ମୂଳ ହେଉ। ଓହୋ, କି ପାପ ନଦେଖିଲା ଏ ଆଖି ! କଳଙ୍କିନୀଟା କେଡ଼େ ପାପିନୀ ଦେଖ ତ' ! ବୁଡ଼ି ମରିବାକୁ ଗଲା; ଆଖର ବୁଡିଯାଉନି କି ମରୁନାଇଁ। ନିର୍ଲଜ୍ଜା ପୁଣି ପହଁରୁଛି ! ଛି, ଛି, ଛି..."

ଏତିକିବେଳେ ଘଡ଼ିମୂଳ ଗାଁର ଜଣେ ବୁଢ଼ାଲୋକ ଖଡ଼ି ପକେଇ ଗଣନା କରୁଥାନ୍ତି ଏବର୍ଷ ଦଳେଇଘାଇ ଭାଙ୍ଗିବ କି ରହିବ—କାରଣ ଦଳେଇଘାଇ ଯଦି ନ ଭାଙ୍ଗେ, ତେବେ ତାଙ୍କ ଗାଁଟା ବୁଡ଼ିଯିବାର ଢେର୍ ସମ୍ଭାବନା ଅଛି ବୋଲି ମାଳିକାରେ ଲେଖାଥିବା କଥା ତାଙ୍କୁ ବହୁ ପୂର୍ବରୁ ଜଣାଥାଏ। ନଈର ମତିଗତି ବି ଦିଶୁଥାଏ ସେମିତି। ବୃଦ୍ଧ ଜ୍ୟୋତିଷ ନିରୋଳାରେ ବସି ଦଳେଇଘାଇର କୋଷ୍ଠୀ ଗଣନା ଚଳାଇଥାନ୍ତି। ହଠାତ୍ ପହଞ୍ଚିଗଲେ ଦଳେ ଲୋକ। ବଡ଼ ପାଟିରେ ଡାକ ପକେଇଲେ, "ପଣ୍ଡିତେ, ସୁଭଦ୍ରା ଭାସିଯାଉଚି, ଜାଣିଚ ? କହିବଟି ଟିକିଏ, କିଏ ଶଳା କରିଚି ଏ କାମ ? ତାକୁ

ପାପଗର୍ଭ କରିଚି କୋଉ ପାଷଣ୍ଡ, ତା ନାଆଁଟା କହିବଟି ଶୀଘ୍ର। ଶଳାକୁ ଆଜି ଶେଷ କରିବାକୁ ପଡ଼ିବ। ଓହୋ, ଢେର୍ ଢେର୍ ପାପ ଦେଖିଲାଣି ଏ ଗାଁ। ଏଥର ଆଉ ସମ୍ଭାଳିବା କଥା ନୁହେଁ। ଝିଅଟା ଭାସିଯାଉଚ। ପାପଗର୍ଭ କଲା କିଏ, ଆମର ଦରକାର ତା'ରି ନାଆଁ। ପକାଅ ଖଡ଼ି। କ'ଣ ଶୁଣୁଚଟି ?"

ଜ୍ୟୋତିଷ ଗୋବିନ୍ଦ ନାହାକେ ତତ୍‌କ୍ଷଣାତ୍ ଦଳେଇଘାଇ କୋଷ୍ଠୀ ଛାଡ଼ି ଧଇଲେ ସୁଭଦ୍ରାର କୋଷ୍ଠୀ। ଗାଁ ଗୋଟାକଯାକର ବୁଢ଼ାବୁଢ଼ୀଠୁ ଅଣ୍ଡାବଚ୍ଚା ପର୍ଯ୍ୟନ୍ତ ସମସ୍ତଙ୍କ କୋଷ୍ଠୀ ତିଆରି କରିଛନ୍ତି ସେ। ସମସ୍ତଙ୍କ ଭାଗ୍ୟଫଳ ତାଙ୍କ ମୁହେଁ ମୁହେଁ।

ଟୋକାଗୁଡ଼ା ସେତେବେଳକୁ ଅସ୍ଥିର ହେଲେଣି। ଶୋଧାଶୋଧି ବି ଆରମ୍ଭ କରିଦେଲେଣି। ଗୋବିନ୍ଦ ନାହାକେ ଦେଖିଲେ ସୁଭଦ୍ରାର କୋଷ୍ଠୀ-ଗଣନା ପାଇଁ ଏତେ ବେଳ ଆଉ ନାହିଁ ତାଙ୍କ ହାତରେ। ଗାଁର ସବୁ ପୁରୁଷଲୋକଙ୍କ ମୁହଁଗୁଡ଼ାକୁ ସେ ମନେ ପକେଇଗଲେ। କିଏ ଆଉ କରିଥିବ ସେ କାମ ? ମନେପଡ଼ିଲା ତାଙ୍କର କ୍ଷୀର ସାଆଁନ୍ତରା ମୁହଁ। ସେ ତ ମଲାଣି। ତା'ଛଡ଼ା ସେ ତ ଲୁଚେଇ ଚୋରେଇ କାମ କଲାବାଲା ନୁହେଁ। ଏ କାମ ଯିଏ କରିଚି, ସେ ନିଶ୍ଚେ ଆଜିକା ଟୋକା-ଚୋରା ଲୁଚା ଲୁଙ୍ଗା ଲଫଙ୍ଗା ଯେତକ। ଗାଁ ଗୋଟାକଯାକର ଟୋକାଙ୍କ ମୁହଁ ମନେ ପକେଇଲେ ଗୋବିନ୍ଦ ନାହାକେ। ସବୁଗୁଡ଼ାକ ଦିଶିଲେ ତାଙ୍କୁ ଏକାପରି-ଗୋଟାକୁ ଗୋଟା ପାପୀ। ଗୋଟାକୁ ଗୋଟା ଚୋର ଲମ୍ପଟ। ତାଙ୍କ ଭିତରୁ ଏକା ଗୋଟାଏ ମୁହଁ ବାରି ହୋଇପଡ଼ିଲା-କ୍ଷୀର ସାଆଁନ୍ତରା ପୁଅ ବୀରର। କିନ୍ତୁ ତାଙ୍କୁ ସ୍ପଷ୍ଟ ଜଣାଗଲା ଏ କାମ ବୀରର ନୁହେଁ। ଯୋଉଦିନ ମାରଣା ଷଣ୍ଢ ପିଠିରେ ବସେଇ ଆଠ ନ' ବର୍ଷର ବୀରକୁ ଗାଁ ଟୋକାଏ ଦଉଡ଼ଉଥାନ୍ତି ଗାଁ ଭିତରେ, ସେ ଦୃଶ୍ୟ ଦେଖିଥିଲେ ଗୋବିନ୍ଦ ନାହାକ। ସେଦିନ ତାଙ୍କୁ ଲାଗିଥିଲା ଏ ଗାଁରେ ଏଇ ଗୋଟାଏ ମାତ୍ର ବୀର ବାଳକ ବୋଧେ ବାକି ରହିଯାଇଚି, କ୍ଷୀର ସାଆଁତରା ପରେ ପରେ। ଅଜାଣତରେ ମୁହଁରୁ ବାହାରିଗଲା ତାଙ୍କର, "ଆରେ ସେ କ୍ଷୀର ପୁଅ ବୀର ଅଛିଟି ଗାଁରେ ?"

ଜ୍ୟୋତିଷ ଗୋବିନ୍ଦ ନାହାକଙ୍କ ମୁହଁରୁ କଥା ବାହାରିଚି କି ନାହିଁ ଗାଁ ଟୋକାଏ ହୁରି କରିଦେଲେ "ଧର ଧର—ଶଳାକୁ ଧରିଆଣରେ। ଆମେ ପରା ଜାଣୁ-ସେଇ ଶଳା ବୀରା ଛଡ଼ା ନହେଲେ କିଏ କରନ୍ତା ଏମିତି କାଣ୍ଡ କହୁନ ?"

ତାଙ୍କ ସାଙ୍ଗରେ ମୁଖିଆମାନେ ବି ମିଶିଗଲେ। ବୀର ଅନ୍ୟମାନଙ୍କ ସାଙ୍ଗରେ ନଈ କୂଳେ କୂଳେ ଦଉଡ଼ିଥାଏ ସୁଭଦ୍ରାର ନଈ ପହଁରା ଦେଖିବା ପାଇଁ। ହଠାତ୍ କିଏ ପଞ୍ଚାଏ ବେଢ଼ିଗଲେ-ମାଡ଼ିବସିଲେ। ଦି'ଗୋଡ଼ ଦି'ହାତ ଧରିପକେଇଲେ ବୀରର। ଝୁଲେଇ ଝୁଲେଇ ଛାଟିଦେଲେ ସିଧା ବଢ଼ିଲା ନଈର ପାଣିସୁଅକୁ।

ବୀର ସାଆଁତରା ଦକ୍ଷିଣେଶ୍ୱର ଗଙ୍ଗା କୂଳରେ ବସି ଗଙ୍ଗାକୁ ଅବାକ୍ ହେଇ ଚାହିଁ ରହିଥାନ୍ତି। ତାଙ୍କ ଆଖିରୁ ଧାର ଧାର ଲୁହ ବୋହିଯାଉଥାଏ। ତାଙ୍କ ବୟସ ବର୍ତ୍ତମାନ ଅଣସ୍ତରି, ସତୁରିରୁ ବର୍ଷେ କମ୍। ଆଜକୁ ପଚାଶବର୍ଷ ତଳର ସେ ଘଟଣା। ସେତେବେଳେ ତାଙ୍କୁ ହୋଇଥିଲା ମୋଟ ଊଣେଇଶ। ଆଉ ସୁଭଦ୍ରାକୁ? ପଚିଶ। ତାଙ୍କଠୁଁ ଛ'ବର୍ଷ ବଡ଼ ଥିଲେ ସେ ବୟସରେ। ଖାଲି ବୟସରେ ନୁହେଁ, ଜାତିରେ ମଧ୍ୟ। ଆଜି ସେ ଇହଜଗତରେ ନାହାନ୍ତି। ତାଙ୍କର ଅବୈଧ ସନ୍ତାନ ମଧ୍ୟ ନାହିଁ। ଅଳ୍ପ ବୟସରେ ଶିଶୁଟିର ମୃତ୍ୟୁ ଘଟିଥିଲା।

ସୁଭଦ୍ରାଙ୍କୁ ବୀର ସାଆତରା ବଞ୍ଚେଇ ନଥିଲେ। ବରଂ ଅଦ୍ଭୁତ ପହଁରାଳି ସୁଭଦ୍ରା ବୀରକୁ ନିଶ୍ଚିତ ମୃତ୍ୟୁ ମୁଖରୁ ସେଦିନ ରକ୍ଷା କରିଥିଲେ ସେ ବର୍ଷ ଦେବୀନଦୀର କରାଳ ବନ୍ୟାରୁ। ବୀର ତାଙ୍କ ପାଖ ପର୍ଯ୍ୟନ୍ତ ନଈସୁଅରେ ଭସିଆସିବା ସତ୍ତ୍ୱେ ସେ ସ୍ପଷ୍ଟ ଦେଖିପାରିଥିଲେ-ବୀର ବଞ୍ଚିବାକୁ ଚାହୁଁନି, ଚାହୁଁଚି ବୁଡ଼ିମରିବାକୁ। ଆଉ ସୁଭଦ୍ରା ମଧ୍ୟ ବେଶ୍ ଜାଣିଥିଲେ-ଗାଁ'ବାଲାଙ୍କ ବଦ୍‌ମାସୀ। ଦୋଷୀକୁ ଘଣ୍ଟ ଘୋଡ଼େଇ ନିର୍ଦ୍ଦୋଷକୁ ନଈକୁ ଫୋପାଡ଼ିଦେବା ହିଁ ନ୍ୟାୟ ଯୋଉଠି, ସେଇଟି ହିଁ ତାଙ୍କ ଜନ୍ମଭୂମି, ତାଙ୍କ ଦେଶ-ଜାଣିଥିଲେ ସୁଭଦ୍ରା।

ବୀରକୁ ଅର୍ଦ୍ଧମୂର୍ଚ୍ଛିତ ଅବସ୍ଥାରେ କୋଳରେ ଧରି କୂଳରେ ଲାଗିଲା ସୁଭଦ୍ରା। ଗାଁଠୁ ଢେର୍ ତଳକୁ ସେ ଜାଗା। ସେଇଠୁ ସେ ବାହାରି ଆସିଥିଲେ ଆହୁରି ଦୂରକୁ- କଲିକତାକୁ।

ବୀର ସାଆଁତରା କୁଲିକାମ କଲା କଲିକତାରେ। ସୁଭଦ୍ରା ତା' ଘର ସମ୍ଭାଳିଲେ। ବୀର ସାଆଁତରା କୁଲି ସର୍ଦ୍ଦାର ହେଲା ନିଜ ଗୁଣରେ। ସୁଭଦ୍ରା ତା' ଘର ସମ୍ଭାଳିଥା'ନ୍ତି। ବୀର ସାଆଁତରା ହୋଟେଲ କଲା, ଘରଭଡ଼ାଦେଇ ପ୍ରଚୁର ଧନ କମେଇଲା। ସୁଭଦ୍ରା ସମ୍ଭାଳି ରଖିଥାନ୍ତି ବୀରର ଖାଲି ଘର ନୁହେଁ, ତା'ର ବୀରତ୍ୱକୁ ମଧ୍ୟ। ଶେଷରେ ବୀର ସାଆଁତରା ଗୋଟାଏ ସିନେମା ଘର କିଣିଲା ଖୋଦ୍ କଲିକତା ଏସ୍‌ପ୍ଲାନେଡ୍‌ରେ।

ବୀର ସାଆଁତରାର ଭାଗ୍ୟଲକ୍ଷ୍ମୀ ତା' ପ୍ରତି ଏତେ ପ୍ରସନ୍ନା ହେଲେ କାହିଁକି, ନିଜେ ବୀର ସାଆଁତରାକୁ ଜଣାନଥାଏ-କିନ୍ତୁ ଜାଣିଥାନ୍ତି ସୁଭଦ୍ରା। ଅନ୍ୟର ପାପକୁ ନିଜର ବୋଲି ଚିରଜୀବନ କୋଳେଇ ନେଇଥିଲେ ବୀର ସାମନ୍ତରାୟ। ଦିନେ ହେଲେ ସେ ଅସ୍ୱୀକାର କରିନାହାନ୍ତି ସୁଭଦ୍ରାଙ୍କ ଅବୈଧ ସନ୍ତାନକୁ। ଦିନେ ହେଲେ ସେ ପଚାରି ନାହାନ୍ତି ସୁଭଦ୍ରାଙ୍କୁ-ପାପୀ କିଏ? ପ୍ରକୃତ ପାପୀ କିଏ? ପ୍ରକୃତରେ ପାପୀ କିଏ? କାହା ପାପରୁ ସୁଭଦ୍ରାଙ୍କୁ ଭୋଗିବାକୁ ପଡ଼ିଲା ଆତ୍ମନିର୍ବାସନ ନିଜ ଜନ୍ମସ୍ଥାନରୁ?

ଦକ୍ଷିଣେଶ୍ୱରର ଗଙ୍ଗାଘାଟର ଯେଉଁ ପଥର ଉପରେ ବସି ବୀର ସାଆଁତରା

ଭାବିଚାଲିଥିଲେ, ସେଇଠି ପୂର୍ବେ ନିଶ୍ଚେ କେହି ଜଣେ ବୀରପୁରୁଷ ବସିଥିବେ- ନଚେତ୍ ତାଙ୍କ ମୁଣ୍ଡକୁ କେଉଁଭେଁ ସେଭଳି ମହତ୍ ଚିନ୍ତା ଆସିନଥାନ୍ତା।

ସେଦିନ ବୀର ସାଆଁତରା ଗୋଟିଏ ବୀରତ୍ୱପୂର୍ଣ୍ଣ ଡିସିସନ୍ ନେଲେ ନିଜକୁ ନିଜେ। ତାଙ୍କର ସମସ୍ତ ସମ୍ପତ୍ତିକୁ ସେଇ ପାପୀମାନଙ୍କୁ ଦାନ କରିଦେବେ। ପାପୀମାନଙ୍କ ଉଦ୍ଧାରାର୍ଥେ...

ପ୍ରାୟ ମାସକ ଉତ୍ତାରେ ଓଡ଼ିଶା ସରକାରଙ୍କ ସେକ୍ରେଟେରିଏଟ୍‌ରେ ଗୋଟିଏ ବିରାଟ-ଅଙ୍କ-ବିଶିଷ୍ଟ ଚେକ୍ ପହଞ୍ଚିଲା। ତଳେ ଦସ୍ତଖତ ଥିଲା ବୀରବର ସାମନ୍ତରାୟ। ସଂପୃକ୍ତ ଚିଠିରେ ଲେଖାଥିଲା-ମୁଖ୍ୟମନ୍ତ୍ରୀଙ୍କ ବନ୍ୟା ରିଲିଫ୍ ପାଣ୍ଠିକୁ ଏତକ। ତା’ ସହିତ ପରାମର୍ଶ ଟିକିଏ ଥିଲା-ଯଦି ଏ ଧନର ସଦ୍‌ବ୍ୟୟ କରାଯାଏ, ତେବେ ଏହାର ବହୁଗୁଣ ଧନ ପୁଣି ପଠାଯିବ। ଏହାପରେ ବୀର ସାଆଁତରା ଓଡ଼ିଶାର ଉନ୍ନତିକଳ୍ପେ ଥରକୁଥର ବହୁ ବିରାଟ ଅଙ୍କର ଧନରାଶି ନିଜର ଜନ୍ମଭୂମିର ଉନ୍ନତିକଳ୍ପେ ଫୋପାଡ଼ିଚାଲିଲେ।

କିନ୍ତୁ, ଘଡ଼ିମୂଳ ଗାଁ ଏବେ ବି ସେମିତି ନିପଟ ଗାଁ, ଯେମିତି ଥିଲା ପଚାଶ ବରଷ ତଳେ।

■

ବୃକ୍ଷସାକ୍ଷୀ

ଖଜୁରି ଗଛଟା ଥିଲା ଥିଲା ହଠାତ୍ ମାଇପିଏ ଓଳଗି ହେଲାଭଳି ବାଙ୍କି ପଡ଼ିଲା ତଳକୁ। ତା ପତ୍ରଗୁଡ଼ାକ ଭୂଇଁ ଉପରେ ପହଁରିବାକୁ ଲାଗିଲା।

ଲୋକମାନେ ସେ ଦୃଶ୍ୟ ଦେଖି ଅବାକ୍ ହେଇଗଲେ। ପାଖକୁ ପାଖକୁ ଲାଗି ଲାଗି ଆସି ଶେଷରେ ଗୋଛାଏ କାଠ ଭଳି ଭିଡ଼ାଭିଡ଼ି ହେଇ ଠିଆହେଇ ପଡ଼ିଲେ। ତା' ଭିତରେ ଥା'ନ୍ତି ସ୍ତ୍ରୀ ପୁରୁଷ, ବୁଢ଼ା ପିଲା ମିଶି ତିରିଶ ଚାଳିଶ। ସମସ୍ତେ ଦେଖୁଥାନ୍ତି ସେ ଅଦ୍ଭୁତ ଦୃଶ୍ୟ। ଜୀଅନ୍ତା ଖଜୁରି ଗଛଟାର କାଣ୍ଡ। ଗଛଟା ଭାଙ୍ଗିପଡ଼ିଲା ନା କଅଣ? କିନ୍ତୁ ଏମିତି ଦୋହଲୁଚି ଯେ! ଅବିକଳ ଜୀଅନ୍ତା ମଣିଷଟାଏ ଭଳି : -ଭାଲୁକୁଣୀ ବାଳ ଛାଡ଼ି ମୁଣ୍ଡ ଝୁଙ୍କେଇ ନାଚିଲା ଭଳି!

ଟିକିଏ ବେଳ ସେମିତି ସେମିତି କଟିଗଲା। ହଠାତ୍ ଖଜୁରି ଗଛଟା ପୁଣି ସଳଖେଇଗଲା। ତା ପତ୍ରଗୁଡ଼ାକ ଉପରକୁ ଉଠିଗଲେ। ତାପରେ-ସତେକି କିଛି ହେଇ ନାହିଁ। ସମସ୍ତେ ଚାହିଁଥାନ୍ତି-ଗଛଟା ଗଛ ପାଲଟିଗଲା। ବହୁ ସମୟ ଧରି ଅପେକ୍ଷା କଲେ ସମସ୍ତେ। ଆଉ କିଛି ଆଚମ୍ବିତ କଥା ଘଟିଲା ନାହିଁ। ଖଜୁରିଗଛ ତା ଜାଗାରେ ଠିଆହେଇ ରହିଥାଏ ସବୁଦିନ ପରି। ପତ୍ରଗୁଡ଼ାକ ତାର ପବନରେ ଯାହା ଦୋହଲୁଥାଏ ସେତିକି।

ଲୋକମାନେ ବିଡ଼ା ଭିତରୁ ହୁଗୁଳି ଗଲେ। ଗାଁ ପୁରୁଷ ଅଲଗା ଅଲଗା ହେଇଗଲେ। ବୁଢ଼ାବୁଢ଼ୀମାନେ ପିଲାମାନଙ୍କୁ କାଖେଇ କୁଣ୍ଢେଇ ଘରକୁ ଗଲେ। କିନ୍ତୁ, ଏକା ଏକା ଘରକୁ ଫେରିବା ସମ୍ଭବ ନୁହେଁ ଜାଣି ଡକାହକା ହୋଇ ଚାଲିଲେ ସେମାନେ।

"ଦେଖିଲ ତ? ସ୍ୱଚକ୍ଷୁରେ ଦେଖିଲ ନା ନାଇଁ? ଏଣିକି ଆହୁରି ଆହୁରି ଘଟିବ।"

"ହଁ ପରା-କି କଥା ଘଟିଲାଲୋ ମା! ଏଡ଼େ ଡେଙ୍ଗା ଗଛଟା! ଆମ ଉଦିଆ

ବୋଉ ଭଳି ଦିଶୁଥାଏ ମ ସେ ନଇଁପଡ଼ିଲା ବେଳେ। ଉଦିଆବୋଉକୁ ଦେଖି ନା? ଡେଙ୍ଗା ସର ସର। ମୁଣ୍ଡରେ ମୁଣ୍ଡ ବାଳ। ଗାଧୋଇ ସାରି ତଳକୁ ନଇଁପଡ଼ି ମୁଣ୍ଡ ଝାଡ଼ିଲା ବେଳେ ଦେଖିନ କେମିତି ଦେଖାଯାଏ ସେ?"

"ଆଲୋ ହେ! ସତେ ତ! ଏ ମା! ଗଛଟାକୁ ଉଦିଆ ବୋଉ ଲାଗିଲା କି ଆଉ?"

ଘଣ୍ଟାକ ଭିତରେ କଣ୍ଟାପଡ଼ା ଗାଁରେ ଖବର ରଟିଗଲା-ସେ ଆଉ କେହି ନୁହଁ-ଖୋଦ ଉଦିଆବୋଉ। ସେତେବେଳକୁ ଉଦିଆବୋଉ ମରିବା ଦି'ବର୍ଷ ପାଖାପାଖି।

ଉଦିଆବୋଉ କଣ୍ଟାପଡ଼ା ଗାଁର ଝିଅଟିଏ ହେଇ ବଢ଼ିଥିଲା। ପୁଣି ସେଇ କଣ୍ଟାପଡ଼ା ଗାଁର ବୋହୂ ବି ହେଇଥିଲା ସେ। ଗାଁ ଝିଅ ସେଇ ଗାଁର ବୋହୂ ହେଲେ ଭଲ ଯେତିକି ଖରାପ ସେତିକି। ଝିଅଟାର ବୋହୂପଣିଆ ଦେଖେଇବାକୁ ସୁଯୋଗ ନଥିଲା। ବାପ ଘରେ ପିଲାଦିନେ ଝିଅ ହେଇ ଯେମିତି ହୁମୁଦୁମୁ ହଉଥିଲା, ଶାଶୁଘରେ ବୋହୂ ହୋଇ ସେମିତି ହୁମୁଦୁମୁ ହେଲା। ଖାସ୍ ଏଇ କାରଣରୁ ତାକୁ ତା ବର ଛାଡ଼ିଦେଇ ପଳେଇଲା। ସେତେବେଳକୁ ତା ପୁଅ ଉଦିଆ ଜନମ ହେଇ ମରିସାରିଥିଲା ବି।

ବର ଛାଡ଼ିଦେଲା ପରେ ଉଦିଆବୋଉ ବାପଘରକୁ ପଳେଇ ଆସିଲା। ଗୁଡ଼ିଆ ଘର ଝିଅ-ପୁଣି ବାପର ବଡ଼ ଝିଅ। ମା ବାପ କାନ୍ଦିଲେ ବୋବେଇଲେ। ଝିଅକୁ କିଛି ନକହି ତାକୁ ଆଉ ଠାଏ ବାହା କରିଦେବା ଚିନ୍ତାରେ ରହିଲେ। ଏଥର ନିଜ ଗାଁରେ ନୁହେଁ-ପୂରାପୂରି ବିଦେଶରେ ଦବାକୁ ହବ ଜାଣି ବାପ ଅଲେଖ ସାହୁ ମଝି ମଝିରେ ବନ୍ଧୁଘର ଯାଉଚି ବାହାନାରେ କୁଆଡ଼େ ନାଇଁ କୁଆଡ଼େ ଚାଲିଯାଏ ଯେ ଆସେ ତିନିଦିନ ଚାରିଦିନରେ। ଝିଅ ପେମି ଘର କାମରେ ଲାଗିପଡ଼ିଥାଏ। ତାକୁ ଏଣିକି ଉଦିଆବୋଉ ନାଁରେ କେହି ଡାକିଲେ ସେ ଚିଡ଼ିଯାଏ। କହେ, "ମୋ ନାଁ ପେମି ବୋଲି ଜାଣିନ କି? ଉଦିଆବୋଉ ଉଦିଆବୋଉ ହଉଚ କାଇଁକି ଯେ!"

ଏମିତି ବର୍ଷେ ଦେଢ଼ବର୍ଷ କଟିଗଲା। ପେମି, ଘର ଝିଅ, ଘରେ ଥାଏ। ବାପା ମା'ଙ୍କ ବୋଲହାକ କରୁଥାଏ। ଅଲେଖ ସାହୁର ମୁଢ଼ି ବ୍ୟବସାୟ। ମୁଢ଼ି ଭାଜିବା କାମ ସକାଳୁ ସଞ୍ଜଯାଏ। ପେମି ଭଳିଆ କାମିକା ଝିଅ ବାପକୁ କୁଳ ବେଉସାରେ ମଦଦ କଲାରୁ ବ୍ୟବସାୟ ବଢ଼ିଉଠିଲା। ପେମିର ଯୋଡ଼ାଏ ଭାଇ। ସାନପିଲା। ସେମାନେ ସେଯାକେ ପାରି ଉଠି ନଥାନ୍ତି। ପେମି ବାପ ମା'ଙ୍କୁ ସାହସ ଦିଏ। କହେ, "ମୁଁ ତମର ଝିଅ ନୁହଁ-ପୁଅ। ମୁଁ ଏଇଠି ଥିବା ଯାକେ ତମର ଚିନ୍ତା କଅଣ?"

ପେମିର ମା ଝିଅ କଥା ଶୁଣି କାନ୍ଦେ। ତାକୁ ଲାଗେ-ଝିଅଟା ଅଭିମାନରେ ସେମିତି କହୁଚି। କୋଉ ଝିଅ ନିଜ ଘର ନ କରି ବାପ ଘର କରିବାକୁ ଭଲା ମନକରେ?

ପେମି ପେଇଁ ଦୁସରା ବର କାହିଁକି ନ ଖୋଜି ବସିଚି ବୋଲି ପେମିର ମା ତା ବାପ ଉପରେ ସବୁବେଳେ ଗରଗର ହଉଥାଏ।

ଅଲେଖ ସାହୁ ବନ୍ଧୁ ଘର ଯିବା ବାହାନାରେ ପୁଉଣି ବାହାରିଯାଏ। ପେମିକୁ ବାହା ନକରିଦବା ଯାକେ ଘରେ ସୁଖ ନାହିଁ ବୁଝେ ସେ। ଇଆରି ଭିତରେ ଜଣେ ଜଣେ କିଏ ଆସନ୍ତି ଗାଡ଼ି ମଟରରେ। ଅଲେଖ ସାହୁ ତାଙ୍କୁ ଚିହ୍ନିଲା ଭଳି ସଂଖୋଳେ। ଖାଇବା ପିଇବା ବନ୍ଦୋବସ୍ତ ଆଗରୁ କରା ହେଇଥାଏ। କନ୍ୟା ଦେଖାଳିମାନେ ପେମିକୁ ଦେଖନ୍ତି। ପେମି ତ ସହଜେ ଆଖିଦୃଷ୍ଟିଆ ଝିଅଟିଏ। ଏତେ ଡେଙ୍ଗା ! ଜହ୍ନି ଫୁଲ ଭଳି ଦିହ ରଙ୍ଗ ସାଙ୍ଗକୁ ଦିହ ଗଢ଼ଣ ବି କାମିକା ମଣିଷର। ତାକୁ ଦେଖିଲେ କେହି ଭାବନ୍ତା ନାଇଁ ସେଭଳି କନ୍ୟାର ଅସଲ ନାଁ ପେମି ନୁହେଁ ଉଦିଆବୋଉ !

ଝିଅ ଦେଖିଲାବାଲା ଖୁସି ହେଇ ପେମି ହାତରେ ଦଶ ଟଙ୍କା କୋଡ଼ିଏ ଟଙ୍କା ଝିଅଦେଖା ଟେକି ଦିଅନ୍ତି। ବାହାଘର ତିଥି ମଧ୍ୟ ସ୍ଥିର ହୋଇଯାଏ। କିନ୍ତୁ ପେମିର ବାହାଘର ହବା କଥା ଦୂରେ ଥାଉ, ବରପକ୍ଷ ଗାଡ଼ି କଣ୍ଟାପଡ଼ା ଗାଁ ମୁଣ୍ଡ ଟପି ଫେରନ୍ତି ରାସ୍ତା ନଧରୁଣୁ କିଏ ଗୋଟାଏ କୋଉଠୁ ବାହାରିପଡ଼ି ଗାଡ଼ି ଆଗରେ ଭୂତଭଳି ଠିଆ ହେଇପଡ଼େ। ଗାଡ଼ି ଅଟକିଗଲାକ୍ଷଣି ଭୂତଟା ଗାଡ଼ି ଭିତରକୁ ମୁହଁ ଗଳେଇ ଅନେଇଦିଏ। ତା ମୁହଁରେ ପିଶାଚର ହସ। ହସି ହସି ସେ ଭୂତ କି ପିଶାଚ ଯେ ହଉ କହିବା ଶୁଣାଯାଏ, "ଅଲେଖ ସାହୁ ଝିଅ ମନକୁ ପାଇଲାଟି ? ତା ନାଁ ପେମି ନୁହଁ - ଉଦିଆବୋଉ। ତା ବର ତାକୁ ଛାଡ଼ି ପଳେଇଚି। ତାର ପୁଅଟିଏ ଥିଲା-ଉଦିଆ। ତାକୁ ତଣ୍ଟିଚିପି ମାରିଚି ଆଉ କିଏ ? ସେଇ-ଯାହାକୁ ଦେଖିଲ। ହାଁ ଏମିତିକିଆ ମାଇକିନା ଖଣ୍ଡେ; ଅଲେଖ ସାହୁ ଝିଅ ସେ। ହଉ ଯାଅ ଯାଅ। ଏଥର ଯାଅ। ଏଥର ଯାଅ।"

ବରପକ୍ଷ ଗାଡ଼ି ଫେରିଯାଏ। ତିଥି ଗଡ଼ିଯାଏ। ପେମି 'ଉଦିଆ-ବୋଉ' ହେଇ ରହିଯାଏ। ଅଲେଖ ସାହୁର ବେଉସା ବଢ଼େ। ସାନ ସାନ ପୁଅମାନେ ବଢ଼ିଉଠନ୍ତି। ପେମିର ମା ଝିଅ-ଚିନ୍ତାରେ ବାଧିକା ପଡ଼େ। ଅଲେଖ ସାହୁ ତଥାପି ପେମି ପାଇଁ ବିଦେଶରେ ବର ଘରେ ଖୋଜିବୁଲେ। ଥରକୁ ଥର ଅଜଣା ଅଜଣା ଲୋକ ଆସୁଥାନ୍ତି। ପେମିକୁ ଦେଖି ମନ ସ୍ଥିର କରି ଫେରିବା ବାଟରେ କଣ୍ଟାପଡ଼ା ଗାଁ ମୁଣ୍ଡରେ କଣ୍ଟା ମାଡ଼ିପକାନ୍ତି। ତାଙ୍କ କାନରେ ପଡ଼େ ସେଇ ପଦେ କଥା- "ତା ନାଁ ପେମି ନୁହଁ -ଉଦିଆ-ବୋଉ !"

ପେମିର ମା ମରିଗଲା। ଅଲେଖ ସାହୁ ବି ମଲା। ପେମିକୁ ସେତେବେଳେ ବୟସ ତିରିଶ। ବାରବର୍ଷ ଗଲାଣି ଭାରି ଇଆରି ଭିତରେ ସେ ଶାଶୂଘର ଛାଡ଼ି ବାପ ଘରକୁ ଫେରିବା। ସାନ ସାନ ଭାଇମାନେ ବଡ଼ ବଡ଼ ହେଇଗଲେଣି। ବାପର ବେଉସା ଧରିପକେଇଲେଣି। ବଡ଼ଭଉଣୀକୁ ମା ଭଳି ମାନନ୍ତି ସେମାନେ।

ଦିନେ କଣ୍ଟାପଡ଼ା ଗାଁ ସରପଞ୍ଚ ଚନ୍ଦ୍ରମଣି ଭୋଇ ଗାଁରେ ହୁଲିଆ ଜାରି କଲା- "କଲିକତାରେ ନାରୀମାନଙ୍କର ବଡ଼ ସମ୍ମିଳନୀ ବସିବ। ରାଜ୍ୟ ରାଜ୍ୟରୁ କର୍ମୀ ଯିବେ। ସେଠି ଲକ୍ଷେ କର୍ମୀ ଦରକାର। ଆମ ଓଡ଼ିଶାରୁ ଯିବେ ଦଶ ହଜାର। ବସ୍ ଆସିବ ଗାଁ ମୁଣ୍ଡକୁ। ଏ ଗାଁରୁ ତିରିଶ ପଡ଼ିଚି କୋଟାରେ। ଏଇ ଏଇ ନାରୀମାନଙ୍କ ନାଁ ଯାଇଚି ଉପରକୁ। ଅମୁକ ତାରିଖକୁ ଅନେଇ ବସ ସମସ୍ତେ। ସେ ନଯିବ ନା-ଆମକୁ ଆଉ ଦୋଷ ଦବନାଇଁ ସେତେବେଳେ।"

ଚନ୍ଦ୍ରମଣି ଭୋଇ ସରପଞ୍ଚ ଲୋକଟା ଭାରି ଭଲ ମଣିଷ। ଶ୍ରୀଅକ୍ଷର ବିବର୍ଜିତ ହେଲେ କଅଣ ହେଲା ଭରି ବିଚାରମନ୍ତ ମଣିଷଟାଏ। ଗାଁ ନ୍ୟାୟ ନିଶାପରେ ସଭା ମଝିରେ ବସେ ସେ। ଯେତେ ବଡ଼ କଷ୍ଟିଆ ମକଦ୍ଦମା ହଉ, ଘଡ଼ିକ ଭିତରେ ଓ୍ୱାଜିବ ନ୍ୟାୟ କଥାଟା ବାହାରିପଡ଼େ ତା ତୁଣ୍ଡରୁ। ଲୋକେ କହନ୍ତି, "ଖୋଦ ସରସ୍ୱତୀ ବସିଥାନ୍ତି ତା ଜିଭ ଅଗରେ ସେତେବେଳେ।" ଗାଁର ପୁରୁଖା ପୁରୁଖା ଲୋକେ ଆଶ୍ଚର୍ଯ୍ୟ ହୁଅନ୍ତି। କହନ୍ତି- "ପୂର୍ବେ ଏଭଳି ମକଦ୍ଦମା ନିଶାପ କଲାବେଳେ ତାଙ୍କ ମୁଣ୍ଡ ଘୂରିଯାଉଥିଲା। ବଡ଼ ବଡ଼ ଜମିଦାର ମକଦ୍ଦମମାନେ କଚେରି ଘରେ ବସି ମଧ୍ୟ ଏଭଳି ମକଦ୍ଦମାର ନିଶାପ କଲାବେଳେ ପାଣି ପିଇ ଯାଉଥିଲେ। ଥରକରୁ ଦଶଥର ଶୁଣାଣି ହଉଥିଲା। କିନ୍ତୁ, ଚନ୍ଦରା ଭୋଇ ଜିଭ ଅଗରେ ସୋରସୋତୀ ନ ବସିଥିଲେ ତାକୁ ଧର୍ମ ନ୍ୟାୟ ଦିଶନ୍ତା କେମିତି ଏଡ଼େ ବେଗେ!"

ନାରୀ ସମ୍ମିଳନୀ ପାଇଁ କର୍ମୀ ବଛା ବେଳେ ପେମି ନାଁଟା ରହିଲା ସବା ଉପରେ। ତା' ତଳକୁ ଅଣତିରିଶ ନାଁ। ସରପଞ୍ଚ ଚନ୍ଦ୍ରମଣି ଭୋଇ ପେମିକୁ ଡକେଇ ସତର୍କ କରିଦେଲା-

"ଦେଖ୍, କଲିକତା ଯିବୁ। ସେଠିକି ଏମିତି ସେମିତି ହେଇ ଗଲେ ଓଡ଼ିଶା ବଦନାମ! ତମକୁ ଶାଢ଼ି ବ୍ଲାଉଜ ଶାୟାଫାୟା ସବୁ ମିଳିବ। ସ୍ନୋ ପାଉଡ଼ର ବି ମିଳିବ। ଖାଇବା ଖର୍ଚ୍ଚ ଗାଡ଼ି ଖର୍ଚ୍ଚ ରହିବା ଖର୍ଚ୍ଚ ସବୁ ଆମର। ତମ କାମ ହେଲା-ଫିଟ୍‌ଫାଟ୍ ରହିବା। ଡାକିଲା ମାତ୍ରେ ମୁହଁ ଫିଟେଇ କଥା କହିବା। ଆଉ ହଁ-ରାସ୍ତାରେ ମାଇଲିଏ ଚାଲିବା କାମ ଅଛି। ଚାଲିବାବେଳେ ବଡ଼ ପାଟିରେ ଡୁହା ଧରୁଥିବ-ଯାହା ଶିଖାଯିବ ସେଠି। ପୁଉଣି ହାତ ଯୋଡ଼ାକୁ ଫ୍ରି କରିଦେବାକୁ ପଡ଼ିବ। ଯୋଡ଼ାକ ଯାକ ହାତର କାମ ଦରକାର ବାଟଯାକ..."

"ମାନେ?" ପେମି ଫେଁକିନା ହସି ପକେଇଲା। ସେ ତ ଗାଁ ଝିଅ ଗାଁ ବୋହୂ। କାହାକୁ ଡରେନା। ସମସ୍ତଙ୍କ ସାଙ୍ଗରେ ଫ୍ରି। ଚନ୍ଦରା ଭୋଇ ସରପଞ୍ଚକୁ ସେ ଡାକେ ପରପଞ୍ଚ।

ଚନ୍ଦରା ବି ପେମିକୁ ଜାଣେ। ସାହୁଘର ଝିଅ ସେ ବଡ଼ ମୁହଁଖୋର। ବୟସରେ ଚନ୍ଦରା ଦି' ତିନି ବର୍ଷ ବଡ଼ ହେଲେ କଅଣ ହବ ପେମି ଆଗରେ ତା ନିଶାପ କଲା ମୁଣ୍ଡ ଟିକିଏ ଦବିଯାଏ। ପେମି ଇସ୍କୁଲରେ ପଢ଼ିଲାବେଳେ ଚନ୍ଦରା ଥରେ ତା ହାତରୁ କାନମୋଡ଼ା ଖାଇଚି। ପେମି ମାନସାଙ୍କରେ ଦୋରସ୍ତ। ତା ପାସଙ୍ଗରେ ଅନ୍ୟ କେହି ପଢ଼ନ୍ତି ନାହିଁ। ଗଣିତ ମାଷ୍ଟ୍ରେ ଥରେ ଥରେ ମାନସାଙ୍କ ପଚାରନ୍ତି। ଯେ ନ କହିପାରେ ପେମିକୁ ମାଷ୍ଟ୍ରେ କହନ୍ତି- "ମୋଡ଼ ତା କାନ!" ପେମି ଝିଅପିଲା। ପୁଅଙ୍କ କାନ ମୋଡ଼ିବାକୁ ରାଜି ହୁଏ ନାଇଁ। ମାଷ୍ଟ୍ରେ ବି ଜିଦି କରନ୍ତି ନାହିଁ। ସବୁ ଶାସନ କଥାରେ କଥାରେ। କିନ୍ତୁ ଦିନେ ପେମି ଚନ୍ଦରାର କାନ ଧରି ଠାଇକିନା ଚଟକଣାଟାଏ ମାରିଥିଲା। ଗଣିତ ମାଷ୍ଟ୍ରେ କାବା ହେଇ ଅନେଇଥିଲେ ପେମିକୁ। ପେମି ତଳକୁ ମୁହଁ ପୋତି ବସିପଡ଼ିଲା। ଚନ୍ଦରା ଇସ୍କୁଲକୁ ଦି' ତିନି ଦିନ ଆସି ନଥିଲା। ଘଟଣାଟା କ'ଣ କେହି ଜାଣିଲେ ନାହିଁ। ବୁଝିବାକୁ ଚେଷ୍ଟା ବି କରନଥିଲେ।

ପେମିର ହସ ଦେଖି ଚନ୍ଦରା ଆଗ ଟିକିଏ ଶଙ୍କିଗଲା। ସେଇଠି ତା ମନରେ ରାଗ ପଶିଲା ଓ ମନକୁ ମନ କହିଲା ସେ, "ରହ ରହ-ଏଥର କଲିକତା ଚାଲ। ତତେ ହାଡ଼କଟା ଗଳି ନ ଦେଖେଇଚି ଯଦି...।"

କିନ୍ତୁ ଉପର ମୁହଁରେ ହସି ପକେଇଲା ଚନ୍ଦରା। ପେମିକୁ ଦି' ହାତର କଅଣ ସବୁ କାମ ପଡ଼ିବ ବାଟରେ ସେଇକଥା ବୁଝେଇବାକୁ ଲାଗି ପଡ଼ିଲା। କହିଲା, "ବୁଝିଲୁ! ରାଜନୀତିର କାମ ହେଲା ହାତ ଉଠେଇବା। ଦି' ଦି ହାତ ଏକାବେଳକେ ଉପରକୁ ଉଠେଇ ମାଇପେମାନେ ଯେତେବେଳେ କଲିକତା ରାସ୍ତାରେ ଚାଲୁଥିବେ କେମିତି ଦୁଶୁଥିବ ସେ ରାସ୍ତା ଭାବ। ମାଇକିନିଆଙ୍କ ଖଡ୍ଗୁମୂଷାକୁ କାହାର ଡର ନଥାଏ! ଏଥର ଭୋଟରେ ମାଇକିନିଆଁଙ୍କ ଖଡ୍ଗୁମୂଷାର ପରାଭବ ଜଣାପଡ଼ିବ। ଚାଲ ଚାଲ- ମୋ ସାଙ୍ଗେ କଲିକତା ଚାଆଲ। ନିଜ ଆଖିରେ ଦେଖିବ ସବୁ କଥା। ଆଖି ଫିଟିଯିବ।"

ନିର୍ଦ୍ଧାରିତ ତାରିଖରେ ଗୋଟାଏ ବଡ଼ ବସ୍ ଆସି ରହିଲା ଗାଁ ମୁଣ୍ଡରେ। ସେଥିରେ ଭିଡିଓ ଫିଟ୍ ହୋଇଥାଏ। ବସିବା ପେଇଁ ଯୋଉ ଗଦି ପଡ଼ିଥାଏ ତା ଭିତରକୁ ଥରେ ଗଳି ପଡ଼ିଲେ ଆଉ ଉଠି ବାହାରିବାକୁ ମନ ହବନାହିଁ ଜମାରୁ।

ବସ୍‌ରେ ବସି ଗାଁର ତିରିଶ ପଇଁତିରିଶ ସ୍ତ୍ରୀଲୋକଙ୍କ ସହିତ କୋଡ଼ିଏ ପଚିଶ ପୁରୁଷ ଲୋକ ମଧ୍ୟ ବାହାରିପଡ଼ିଲେ କଲିକତା। ବାଟରେ ବସ୍ ପଶିଲା ଆଉ ଗୋଟାଏ ଗାଁରେ। ସେଠୁ ଉଠିଲେ କୋଡ଼ିଏ ତିରିଶ ସ୍ତ୍ରୀ ଲୋକ। ତାଙ୍କ ସାଙ୍ଗରେ ଆହୁରି ଦଶ କୋଡ଼ିଏ ପୁରୁଷ। ଭିଡ଼ାଭିଡ଼ି ଠେଲାଠେଲି ଚିପାଚିପି ଭିତରେ ଭିଡିଓ ଦେଖା ଚାଲିଥାଏ। ପାଟିଗୋଳ ଭିତରେ ଭିଡିଓର ସ୍ୱର ହଜିଗଲେ ବି ଚିତ୍ରଗୁଡ଼ାକୁ ଦେଖି ଦେଖି ସାରାରାତି

ଉଜାଗର ସମସ୍ତେ। ବସ୍ ପହଞ୍ଚିଲା ବଡ଼ି ଭୋର୍‌କୁ କଲିକତା ଧରମତାଲାରେ।

ପେମି ତା' ଗାଁର ଲୋକଙ୍କ ସାଙ୍ଗେ ବସ୍‌ରୁ ଓହ୍ଲେଇଲା। କଲିକତା ସହର କଥା ସେ ଗାଁରେ ଶୁଣିଥିଲା। ବର୍ତ୍ତମାନ ସେଇ ସହରରେ ସେ ସତରେ ପହଞ୍ଚିଛି ନା ସ୍ୱପ୍ନ ଦେଖୁଚି ନଜାଣିପାରି ଚାରିଆଡ଼କୁ ବୁଲି ବୁଲି ଅନେଇ ଲାଗିଲା। ସେତିକିବେଳେ ଚନ୍ଦରା ତା ପାଖକୁ ଆସିଲା। ହାତଟାକୁ ଗେଲରେ ଧରି ପକେଇ କାନରେ ଥଟ୍ଟା ଥଟ୍ଟାରେ କହିଲା, "ହାଡ଼କଟା ଲେନ୍ ଦେଖିବୁ ପରା! ଏଁ?"

ପେମି ବୁଝିପାରିଲା ନାହିଁ ଆଦୌ ଚନ୍ଦରା ଭୋଇର ସେ ରହସିଆ କଥା। ତା'ପରେ ଦଳବଳ ଧରି ଚନ୍ଦରା ସେମାନଙ୍କୁ ଚଲେଇଲା କଲିକତାର ରାସ୍ତା ଉପରେ।

ନାରୀ ସମ୍ମିଳନୀ ସଇଲା। ଏଥର ଗାଁକୁ ଫେରିବା କଥା। କଣ୍ଟାପଡ଼ା ଗାଁର ସବୁ ଝିଅବୋହୂ କଲିକତା ବୁଲା ସାରି, ଯୋଉ ବସ୍‌ରେ ବସି ଭିଡ଼ିଓ ଦେଖି ଦେଖି ଯାଇଥିଲେ ସେଇ ବସ୍‌ରେ ଫେରିଆସିଲେ- ଏକା ପେମି ନଥିଲା ସେ ଦଳରେ।

ବାଟଯାକ ସମସ୍ତେ ସେଇ ବିଷୟ କଥାବାର୍ତ୍ତା ହଉଥାନ୍ତି-ପେମି ଗଲା କୁଆଡ଼େ? ସରପଞ୍ଚ ଚନ୍ଦରା ଭୋଇ ମୁଣ୍ଡରେ ହାତ ଦେଇ ବସିଥାଏ। ତା ମୁହଁରୁ ଉଁ କି ଚୁଁ ବାହାରୁ ନ ଥାଏ। ଝିଅବୋହୂମାନେ ନାନା କଥା ସନ୍ଦେହ କଲେ। କିଏ କହିଲା- "ପେମିର ବର ଉଦିଆବାପା କଲିକତାରେ ଚାକିରି କରେ- ପେମିକୁ ନେଇଗଲା ସେ।" ଆଉ କିଏ କହିଲା, "ନା ନା-ଆମେ ଯେତେବେଳେ ହାବୁଡ଼ା ପୋଲ ଉପରେ ପଟୁଆର ଭିତରେ ଚାଲୁଥିଲେ, ପେମି ଗଳିପଡ଼ିଚି ପୋଲ ତଳକୁ ନିଶ୍ଚେ। ତା' ପରଠୁଁ ତ ମୁଁ ଆଉ ତାକୁ ଦେଖି ନାଇଁ।" ଆଉ କିଏ କହିଲା, "କଲିକତା ଗୁଣ୍ଡାଙ୍କୁ ଚିହ୍ନିଲଟି? ଏଠି ଟିପେ ରାସ୍ତା ହୁଡ଼ିଲେ ଯାଇ ରସାତଳରେ। ମତେ ଚାରିଜଣ ଗୁଣ୍ଡା ଚାରିଆଡ୍ରୁ ଘେରିଯାଇ ଟେକି ନଉଥିଲେ। ଚନ୍ଦରାଭାଇଙ୍କ ଯୋଗୁ ପ୍ରାଣ ରହିଗଲା। ପେମିର ନିଶ୍ଚେ ସେଇ ଦଶା ହେଇଥିବ ମତେ ଲାଗୁଚି।"

ଏହାପରେ କଣ୍ଟାପଡ଼ା ଗାଁର ଝିଅବୋହୂମାନେ କଲିକତି ଗୁଣ୍ଡାଙ୍କୁ ନେଇ ନିଜ ନିଜର ଅନୁଭୂତି କଥା ପରସ୍ପରକୁ ଶୁଣେଇବାକୁ ଲାଗିଲେ। ବସ୍‌ର ଘଁ, ଘଁ, ଭିଡିଓର କାନଫଟା ନାଚଗୀତ ଶବ୍ଦ ଭିତରେ ସେମାନେ ବେଶ୍ ବଡ଼ପାଟିରେ ନିଜ ନିଜ ଅଭିଜ୍ଞତା ବର୍ଣ୍ଣନା କରି ଲାଗିଥାନ୍ତି। ଚନ୍ଦରା ଭୋଇ ସବୁ ଶୁଣୁଥାଏ। ମୁରୁକେଇ ମୁରୁକେଇ ହସୁଥାଏ। ମନକୁ ମନ କହୁଥାଏ, "କେଡ଼େ ନିର୍ଲଜୀଗୁଡ଼ାଏ। ଏଥରକ ସ୍ୱାଧୀନତାର ମଜା ଚାଖିଗଲେ ତ!"

ପ୍ରେମି କଥା ଗାଁରେ ଦିନାକେତେ ଖୁବ୍ ଘମାଘୋଟ ଆଲୋଚନା ଚାଲିଲା। ସବୁ ସବୁ କଥା ବିଚାର ନିଶାପ ହେଇ ସ୍ଥିର ହେଇଗଲା ପେମି ଆଉ ନାହିଁ। ହାବୁଡ଼ା

ପୋଲ ତଳକୁ ଡେଇଁପଡ଼ିଚି, ଗଙ୍ଗା ନଦୀରେ କାୟା ବିସର୍ଜନ କରି ସ୍ୱର୍ଗକୁ ଚାଲିଗଲାଣି ନିଶ୍ଚେ ସ୍ୱଇଚ୍ଛାରେ।

ସେମିକଥା କଣ୍ଟାପଡ଼ା ଗାଁବାଲା ଏକେବାରେ ଭୁଲିଯାଇଥାନ୍ତି। ପାଞ୍ଚବର୍ଷ ପାଖାପାଖି କଟିଗଲାଣି ଏଇ ଭିତରେ। ଚନ୍ଦରାବାଉରି ସରପଞ୍ଚରୁ ପ୍ରମସନ ପାଇ ବସିଲାଣି ଭୋବନିଶୋର ବଡ଼ କୋଠାରେ।

ଏତିକିବେଳେ ଗାଁ ମୁଣ୍ଡ ଖଜୁରିଗଛକୁ ଭୂତ ଲାଗିଲା। ଥରେ ନୁହଁ ଦି'ଥର ନୁହଁ, ପ୍ରତିଦିନ ଦିପହରକୁ ସୂର୍ଯ୍ୟ ଦେବତା ମୁଣ୍ଡ ଉପରକୁ ଉଠିଲେ ଖଜୁରି ଗଛଟା ମାଇପିଏ ଓଳଗି ହେଲା ଭଳି ବଙ୍କେଇ ଆସେ ଭୂଇଁ ଉପରକୁ। ସେଇଠୁ ମୁଣ୍ଡ ଝୁଲେଇ ଝୁଲେଇ ହଲେ। ତା ପତ୍ରଗୁଡ଼ାକ ଝାମ୍ପୁରୀ ବାଳ ଭଳ ଓହଳି ପଡ଼ି ଭୂଇଁ ଉପରେ ସାଲୁରୁ ବାଲୁରୁ ହୁଏ। ସୂର୍ଯ୍ୟ ବୁଡ଼ିବା ପର୍ଯ୍ୟନ୍ତ ଏଇ ଲୀଳା ଲାଗିରହେ। ସୂର୍ଯ୍ୟ ଡୁବିଲେ ବାଳଝାମ୍ପୁରୀ ଆସ୍ତେ ଆସ୍ତେ ମୁଣ୍ଡ ଟେକି ଉପରକୁ ଅନାଏ।

କଣ୍ଟାପଡ଼ା ଗାଁର ସେ ଅଦ୍ଭୁତ ଖଜୁରିଗଛ ଖବର ଆଖପାଖ ଗାଁକୁ ଖେଳିଗଲା। ଲୋକ ଜମା ହେଇ ପଡୁଥାନ୍ତି ସେ ଦୃଶ୍ୟ ଦେଖିବାକୁ। ସେ ଖବର ମଧ୍ୟ ଖବରକାଗଜରେ ବାହାରିପଡ଼ିଲା। ସେଇଠୁ ଆସିଲେ ଦେଖଣାହାରିଏ ଦୂରଦୂରାନ୍ତରୁ। ଦେଶର ବୈଜ୍ଞାନିକ ମହଲରେ ବି ଏ ଖବର କେମିତି ଗୋଟାଏ ଚମକ ସୃଷ୍ଟି କରିଦେଲା। ଛୁଟି ଆସିଲେ ବୈଜ୍ଞାନିକମାନେ। ଗାଡ଼ି ମଟର କ୍ୟାମେରା, ଟି.ଭି. ସାଙ୍ଗକୁ ବୈଜ୍ଞାନିକମାନଙ୍କ ଯନ୍ତ୍ରପାତି। ତା' ସାଙ୍ଗେ ସାଙ୍ଗ ଶଙ୍ଖ ମହୁରି ହରିବୋଲ ହୁଳହୁଳି ଆଉ ଯଜ୍ଞ ସାମଗ୍ରୀ। ଦଳ ଦଳ ବାବାଜି ବି କୁଆଡୁ କୁଆଡୁ ଆସି ପହଞ୍ଚିଗଲେ। କଣ୍ଟାପଡ଼ା ଗାଁ ଉଠିଲା ପଡ଼ିଲା। ଖଜୁରି-ଗଛଟି ଉପରେ ଦୁଇଆଡୁ ଦୁଇ ପ୍ରକାର ଦୃଷ୍ଟି ତୀକ୍ଷ୍ଣଭାବେ ନିକ୍ଷେପ କରାଗଲା। ବୈଜ୍ଞାନିକମାନେ ବିଜ୍ଞାନ ଦୃଷ୍ଟିରୁ; ବାବାଜି, ଗୁଣିଆ, ତନ୍ତ୍ରସାଧକ, ଯାଜ୍ଞିକମାନେ ଧର୍ମ ଦୃଷ୍ଟିରୁ ଗଛଟିକୁ ଦିନରାତି ଘେରିରହିଲେ। ଚାଲିଥାଏ ତର୍କବିତର୍କ। ବୈଜ୍ଞାନିକମାନେ କହୁଥାନ୍ତି, "ଏସବୁ ମୂଳରେ ଅଛି ବୈଜ୍ଞାନିକ କାରଣ। ଆମେ ଅପେକ୍ଷା କରୁଛୁ।" ଧାର୍ମିକମାନେ କହୁଥାନ୍ତି, "ଘୋର ଅଧର୍ମ ହେଉଛି ଯାର କାରଣ। ନିଶ୍ଚେ କିଛି ଅଧର୍ମ ଘଟିଚି ଏଠି ଏ ଗାଁରେ।"

ଚନ୍ଦରା ଭୋଇ ଭୋବନିଶୋରରୁ ଖବର ପାଇ ଗାଁକୁ ଆସିଥାଏ। ସେତେବେଳକୁ କିଏ ତା କାନରେ ଫୋଡ଼ିଦେଲାଣି ଉଦିଆବୋଉ ଭୂତ ଭାରି ଉତ୍ପାତ ଆରମ୍ଭ କରିଦେଲାଣି ଗାଁରେ। ଚନ୍ଦରା ଖଜୁରି ଗଛଟାକୁ ଦେଖିବାକୁ ଆସିଲା। ଦେଖୁ ଦେଖୁ ତାକୁ କାଳିସୀ ଲାଗିଗଲା। ତା' ପାଟିରୁ ଅନର୍ଗଳ କଅଣ ଗୁଡ଼ାଏ ଶବ୍ଦ ବାହାରିଲା। କି ଶବ୍ଦ ସେ କେଜାଣି! ଲୋକ ଘେରିଗଲେ ତାକୁ। ଗାଁର ସବୁଠୁ ବଡ଼ ମଣିଷ ସେ-

ଉଭୟ ଧନ ଓ ମାନରେ। ଖାଲି ଗାଁରେ ନୁହେଁ; ଭୋବନିଶୋରରେ ବି ବଡ଼ ପ୍ରତିପତ୍ତି ତାର। ବଡ଼ କୋଠାରେ ଅଫିସ କରେ ସେ। ଗଲା ପାଞ୍ଚ ବରଷ ଭିତରେ ଗାଁକୁ ପିଚୁ ରାସ୍ତା, ବିଜୁଳି ଆଲୁଅ, ପାଣି କଳ ଦେଇଚି ସେ। ପୁଣି ଶିକ୍ଷା ବିସ୍ତାର ପାଇଁ କଲେଜଟିଏ ପାଇଁ ଲାଗିଚି ସେ। ଏଭଳି ମଣିଷମାନେ ଲୋକ ସମାଗମ ଦେଖିଲେ ମଞ୍ଚଟିଏ ଖୋଜନ୍ତି। ତାଙ୍କ ଜିଭ ଲହଲହ ହୁଏ ବକ୍ତୃତା ଦବା ପାଇଁ। ଅତି ସ୍ୱାଭାବିକ କଥା ଏ। କିନ୍ତୁ ଏ କଅଣ ? ଚନ୍ଦ୍ରମଣି ବାବୁ କୋଉ ଭାଷାରେ ବକ୍ତୃତା କରୁଛନ୍ତି ଆଜି କେଜାଣି ! ସମସ୍ତେ କାବାଭୂତ। ଚନ୍ଦ୍ରମଣି କିନ୍ତୁ ଅନର୍ଗଳ ବକ୍ତୃତା କରିଚାଲିଥାନ୍ତି। କେତେବେଳେ ତାଙ୍କ ଦୃଷ୍ଟି ପଡୁଥାଏ ବୈଜ୍ଞାନିକ, ସାମ୍ବାଦିକମାନଙ୍କ ଉପରେ ତ କେତେବେଳେ ବାବାଜିମାନଙ୍କ ଉପରେ। କେହି କିନ୍ତୁ ବିନ୍ଦୁବିସର୍ଗ ବୁଝିପାରୁ ନଥାନ୍ତି ସେ ଭାଷାରୁ। ସମସ୍ତେ ପରସ୍ପର ମୁହଁକୁ ଚାହାଁଚୁହିଁ ହେଇ ସ୍ତବ୍ଧ ଅବସ୍ଥାରେ ଠିଆହୋଇ ରହିଥାନ୍ତି।

ବକ୍ତୃତା ମଝିରେ ଚନ୍ଦ୍ରମଣିଙ୍କ ଚେତା ବୁଡ଼ିଗଲା। ସେ ଗଛ କାଟିଲା ଭଳି ଦୁମ୍‌କିନା ତଳେ ପଡ଼ିଗଲେ। ଲୋକେ ତାଙ୍କୁ ଟେକିନେଇ ଚାଲିଲେ ଡାକ୍ତରଖାନା।

ଖଜୁରି ଗଛଟା ବି ତା ଆରଦିନଠୁଁ ଆଉ ଅବଲୟ ନଦେଖେଇ ଚୁପ୍‌ଚାପ୍ ଖାଡ଼ା ଠିଆହୋଇ ରହିଲା।

ବୈଜ୍ଞାନିକମାନେ ଯେଝା ବିଜ୍ଞାନାଗାରକୁ ଫେରିଆସିଲେ। ବାବାଜିମାନେ ମଧ୍ୟ ଦିନ ଗୋଟାଏ ଦିଇଟା ରହି କମ୍ବଳ କମଣ୍ଡଳୁ ଆଉ ଚୁମୁଟା ଧରି ବାହାରି ଗଲେ ପୁରୀଆଡ଼େ। ବାକି ରହିଗଲେ କଣ୍ଟାପଡ଼ା ଗାଁର ଗାଁବାଲା। ଘଟଣାଟା କଅଣ କେହି ବୁଝିପାରିଲେ ନାହିଁ।

କେତେଦିନ ପରେ ଖବରକାଗଜରେ ଗୋଟିଏ ବକ୍‌ସ-ଖବର ଭଳି ଖବରଟିଏ ବାହାରିଲା। ସେଥିରେ ଲେଖା ଥିଲା- "ବୈଜ୍ଞାନିକଙ୍କ ଭୂତ ବିଶ୍ୱାସ-ବୈଜ୍ଞାନିକମାନେ ଭୂତପ୍ରେତରେ ବିଶ୍ୱାସ କରନ୍ତି ନାହିଁ - ଏହା ଜଣାଶୁଣା। କିନ୍ତୁ ଅଧୁନା ଏମିତି କେତେଟା ଅବାସ୍ତବ ଘଟଣା ସାରା ବିଶ୍ୱରେ ଘଟିବାର ପ୍ରମାଣ ମିଳୁଛି, ଯେଉଁଥିରୁ ଭୂତ ପ୍ରତି ବୈଜ୍ଞାନିକମାନଙ୍କ ଅବିଶ୍ୱାସ କ୍ରମଶଃ ତୁଟିବାରେ ଲାଗିଛି। ଅଳ୍ପଦିନ ତଳେ କଣ୍ଟାପଡ଼ା ବୋଲି ଗୋଟିଏ ଗାଁରେ ଏକ ଅଘଟଣ ଘଟିଯାଇଛି। ଗୋଟିଏ ଖଜୁରି ଗଛର ଅସ୍ୱାଭାବିକ ବ୍ୟବହାର ରିପୋର୍ଟ ପାଇ ବଡ଼ ବଡ଼ ବୈଜ୍ଞାନିକମାନେ ସେଠାକୁ ଯାଇଥିଲେ। ଗଛଟା ଦିନ ଦିପହର ହେଲେ ଆପେ ତଳ ଆଡ଼କୁ ନଇଁ ପଡୁଥିଲା, ପୁଣି ସନ୍ଧ୍ୟାକୁ ସିଧା ହେଇଯାଉଥିଲା। ଏକଥା ଚାଲିଥିଲା ବେଳେ ଜଣେ ସ୍ଥାନୀୟ ନେତାଙ୍କୁ ଭୂତ ଲାଗିଲା। ସେ ଘଟଣା ସ୍ଥଳରେ ପହଞ୍ଚିଲା କ୍ଷଣି ଏକ ଅଜବ ଭାଷାରେ ବକ୍ତୃତା କରିବାକୁ ଆରମ୍ଭ କଲେ। ତାଙ୍କର ସମୁଦାୟ ସ୍ପିଚକୁ ରେକର୍ଡ କରାଯାଇ ଭାଷା ବିଜ୍ଞାନ ଗବେଷଣାଗାରକୁ

ପଠାଯାଇଥିଲା। ଯୋଉ ଭାଷାକୁ ସ୍ଥାନୀୟ ଲୋକେ ଓ ଉପସ୍ଥିତ ଲୋକେ କାଳିସୀ ବା ଭୂତ ଲାଗିବା ବେଳର ବାଉଳା ଚାଉଳା କଥା ବୋଲି ଭାବିଥିଲେ ସେ ଭାଷା ପ୍ରକୃତରେ ବାଉଳା ଚାଉଳା କଥା ନୁହେଁ; ଏକ ଖାଣ୍ଟି ବିଦେଶୀ ଭାଷା ଅର୍ଥାତ୍ ଆରବିକ ଭାଷା ବୋଲି ଜାଣିପାରି ବୈଜ୍ଞାନିକ ମହଲରେ ଚହଳ ପଡ଼ିଯାଇଛି। ସ୍ଥାନୀୟ ନେତା-ଜଣେ ସ୍ୱଳ୍ପ ଶିକ୍ଷିତ ବ୍ୟକ୍ତି। ସେ ଇଂରେଜୀ ଜାଣନ୍ତି ନାହିଁ। ଆରବ ପାରସୀଠାରୁ ବହୁଦୂରରେ ତାଙ୍କ ଭାଷାଜ୍ଞାନ..."

ଏହି ସମ୍ବାଦରେ ସଂକ୍ଷେପରେ ଆଉ ଏକ ମଜା କଥା ଉଲ୍ଲେଖ କରିଯାଇଥିଲା-

"ଉକ୍ତ ନେତାଙ୍କୁ ପେମି ନାମକ କୌଣସି ନାରୀର ଭୂତ ଗ୍ରାସ କରିଥିବା କଥା ତାଙ୍କ ବକ୍ତୃତାର ଅନୁଶୀଳନରୁ ଜଣାପଡ଼େ। ପେମିକୁ କଲିକତାର ହାଡ଼କଟା ଗଳିରେ ଦିନେ ରାତି ଅଧରେ ଉକ୍ତ ନେତା ଛାଡ଼ିଦେଇ ଆସିବା ପରେ ଓଡ଼ିଆ ଝିଅଟିର କି ସୌଭାଗ୍ୟ ତା'ପରେ ଉଦୟ ହୋଇଥିଲା ଭୂତଟି ସେଇ କଥା ଗାଁ ଲୋକଙ୍କୁ ଜଣେଇ ଦେବାକୁ ଚାହିଁଥିଲା। ପେମିକୁ ଜଣେ ମୁସଲମାନ ସୌଦାଗର ସାଙ୍ଗରେ ନେଇ ଆରବ ଚାଲିଗଲେ। ସେଠାରେ ଉକ୍ତ ଧନୀ ସୌଦାଗର ପେମିକୁ ଖୁବ୍ ସୁଖ ସ୍ୱାଚ୍ଛନ୍ଦ୍ୟରେ ବେଗମ ବନେଇ ରଖିଥିଲେ। ପେମି ଥିଲା ଖୁବ୍ ସୁନ୍ଦରୀ ତରୁଣୀ। ତାକୁ ତା ବାପା ଗାଁଠୁଁ ଦୂରରେ କୌଣସି ଭଲ ଘରେ ବିବାହ ଦବାକୁ ଚାହୁଁଥିଲେ। କିନ୍ତୁ ପ୍ରତିଥର ବିଭାଘର ପ୍ରସ୍ତାବ ପକ୍‌କା ହୋଇଗଲା ପରେ ଗାଁରେ ଜନୈକ ଖଳ ଲୋକ ସେ ବିବାହକୁ କୌଣସିମତେ ଭଣ୍ଡୁର କରିଦେଉଥିଲା। ସେ ଖଳ ଲୋକଟି ଅନ୍ୟ କେହି ନୁହେଁ - ସେଇ ଗ୍ରାମ୍ୟ ନେତୃତ୍ୱର ଭୌତିକକାଣ୍ଡ ଛଡ଼ା ଅନ୍ୟ କିଛି ନୁହେଁ ବୋଲି ପେମିର ଭୂତ ଗାଁ ଲୋକଙ୍କୁ ସତର୍କ କରିଦେବାକୁ ଇଚ୍ଛା କରିଥିଲା। ଉକ୍ତ ଭୌତିକ ସମ୍ବାଦର ସବୁଠୁଁ ଆଶ୍ଚର୍ଯ୍ୟଜନକ ବିଷୟଟି ହେଲା - ପେମି ତା ଗାଁର ଲୋକଙ୍କୁ କହିଦେବାକୁ ଚାହିଁଥିଲା ସେ ଗାଁର ଝିଅ ବୋହୂଙ୍କୁ ଘର କଣରେ ଚାପିଚୁପି ନରଖି ସେମାନଙ୍କୁ ସ୍ୱାଧୀନତା ଦିଅ ଓ ସେମାନେ ହାଡ଼କଟା ଗଳିକୁ ଭୟ ନକରି ସ୍ୱଚକ୍ଷୁରେ ଦେଖନ୍ତୁ। ସେଠାରେ ବନ୍ଦିନୀ ହୋଇଥିବା ଭଉଣୀମାନଙ୍କୁ ମୁକ୍ତି ଦିଅନ୍ତୁ। ମୁକ୍ତ ହୋଇ ପଛେ ମୁସଲମାନ ସାଙ୍ଗରେ ଆରବ ପଳେଇ ଆସନ୍ତୁ, କିନ୍ତୁ ଗ୍ରାମ୍ୟ ନେତୃତ୍ୱର ପାଲରେ ପଡ଼ି ହାବୁଡ଼ା ପୋଲରୁ ଡେଇଁପଡ଼ି ଆତ୍ମହତ୍ୟା କଲେ ବୋଲି ଅପବାଦ ନ ମୁଣ୍ଡାନ୍ତୁ। ଆଉ, ହଁ, ବର୍ଣ୍ଣିତ ଘଟଣାର ଅଳ୍ପ କିଛି ଦିନ ପୂର୍ବରୁ ଏକ ବୋମା ବିସ୍ଫୋରଣରେ ସ୍ୱାମୀଙ୍କ ସହିତ ପେମିର ମୃତ୍ୟୁ ଘଟିଥିଲା। ଏସବୁ ସମ୍ବାଦ ସଂପୃକ୍ତ ଆରବିକ ଭାଷାରେ କୁହାଯାଇଥିବା ବକ୍ତୃତାର ଅନୁଶୀଳନରୁ ସଂଗୃହୀତ।"

ଚଳନ୍ତି ଠାକୁର

"ଏ ଘରଟା କଅଣ ଡାଡ଼ି ?"

ପାଞ୍ଚ ବରଷର ପୁଅ ମିସ୍କୁନ ତା ଡାଡ଼ିକୁ ପଚାରିଲା।

"ଏଇଟା ଘର ନୁହେଁ, ସନ୍! ଏଇ ଗୋଟାଏ ପ୍ଲେସ୍ ଅଫ୍ ୱରସିପ୍। ଏଠି ଗଡ୍ ଥାଆନ୍ତି। ଏ ହଉଚି ଆମ ହିନ୍ଦୁମାନଙ୍କ ଟେମ୍ପ୍ଲ। ଏଇଟା ଗୋଟାଏ ଭେରି ଆନ୍‌ସିଏଣ୍ଟ ଟେମ୍ପ୍ଲ। ଫିଫ୍‌ଥ୍ ସେଞ୍ଚୁରି ଏ.ଡି.ର।

ମିସ୍କୁନ୍ ପାଇଁ ଏ ସବୁ ଇନ୍‌ଫର୍ମେସନ୍ ଗୁଡ଼ାକ ବଡ଼ ଷ୍ଟ୍ରେଂଜ୍ ଷ୍ଟ୍ରେଂଜ୍ ମନେହେଉଥିଲା। ମିସ୍କୁନ୍ ଯଦିଚ ପାଞ୍ଚ ବର୍ଷର ସାନ ପିଲାଟିଏ, ତଥାପି ସେ ଇନ୍‌ଫର୍ମେସନ୍ ଦୃଷ୍ଟିରୁ କିଛି ପଛରେ ପଡ଼ିନଥିଲା। ସେ ଜନ୍ମ ହୋଇଥିଲା ଆମେରିକାରେ। କନେକ୍‌ଟିକଟ୍‌ର ଗ୍ଲାସଟନ୍‌ବରିରେ ତାର ଜନ୍ମ। ତା ଘରଠୁଁ ମାର୍କଟ୍ୱେନ୍‌ଙ୍କ ଘର ମୋଟେ ଡାକେ ବାଟ। ମାର୍କଟ୍ୱେନ୍‌ଙ୍କ ଘରକୁ ମିସ୍କୁନ୍ ତା ଡାଡ଼ିମମିଙ୍କ ସାଙ୍ଗରେ ଅନେକଥର ଯାଇଚି ବୁଲି ଦେଖିବାକୁ। ମାର୍କଟ୍ୱେନ୍‌ଙ୍କ ହକଲ୍ ବରି ଫିନ୍ ଚରିତ୍ର ସାଙ୍ଗରେ ତାର ପରିଚୟ ଖୁବ୍ ଘନିଷ୍ଠ। ଖାଲି ମାର୍କ ଟ୍ୱେନ୍ ନୁହନ୍ତି; ମିସ୍କୁନ୍ ଚିହ୍ନିଚି ମଧ୍ୟ ହେନ୍‌ରି ଥୋରୋ, ଇମରସନ୍ ପ୍ରଭୃତିଙ୍କୁ। ସେମାନଙ୍କ ଘର ମଧ୍ୟ ସେଇ ଆଖପାଖରେ ଗ୍ଲାସ୍‌ଟନ୍ ବରିରେ। କିନ୍ତୁ, ମିସ୍କୁନ୍ ପାଇଁ ଏ ଗୋଟାଏ ଅଭିନବ ଏକ୍‌ସପିରିଏନ୍‌ସ। ଆଶ୍ଚର୍ଯ୍ୟ ହେଇଗଲା ସେ। ନିଜ ଆଡ଼କୁ ଲମ୍ବି ଆସିଥିବା ତା ଡାଡ଼ିର ହାତ ପାପୁଲିକୁ ନିଜର କୁନି ନରମ ପାପୁଲିରେ ଜାବୁଡ଼ି ଧରି ସେ ସେଇ ଅଦ୍ଭୁତ ଘରଟାକୁ ଗାଡ଼ିର ଝରକା ଭିତରୁ ଝୁଙ୍କିପଡ଼ି ଚାହିଁଚାହିଁ କଅଣ ସବୁ ଭାବିଚାଲିଥିଲା କିଏ ଜାଣେ ?

ବିଜନ୍ ସେନାପତି କାର୍‌ର ପଛ ସିଟ୍‌ରେ ବସିଥିଲେ। ତାଙ୍କ ପାଖରେ ମିସେସ୍ ସେନାପତି। ମିସ୍କୁନ୍ ବସିଥାଏ ଆଗ ସିଟ୍‌ରେ। ଗାଡ଼ି ଡ୍ରାଇଭ୍ କରୁଥାନ୍ତି ବିଜନ୍ ବାବୁଙ୍କ ଶଳା ସିଦ୍ଧାର୍ଥ। ସିଦ୍ଧାର୍ଥ ଜଣେ ବଡ଼ ଅଫିସର-ଅଲଇଣ୍ଡିଆ ସର୍ଭିସର ବଡ଼ ର୍‍ୟାଙ୍କର ଅଫିସର୍।

ସିଦ୍ଧାର୍ଥ ତାଙ୍କ ଭଣଜା ମିସ୍କୁନ୍‌କୁ ଖୁବ୍ ଭଲପାଆନ୍ତି। ଗୋଟିଏ ବୋଲି ଭଉଣୀ ସୀମା ତାଙ୍କର ମଧ୍ୟ ଅତି ପ୍ରିୟ ଭଉଣୀଟିଏ ପିଲାଦିନୁ। ବିଜନ୍ ସହିତ ସିଦ୍ଧାର୍ଥଙ୍କର ପରିଚୟ ମଧ୍ୟ ଖୁବ୍ ନୂଆ ନୁହେଁ। ଭଉଣୀ ସୀମା ସାଙ୍ଗରେ ବିଜନ୍‌ର ବିବାହର ଢେର୍ ପୂର୍ବରୁ ସିଦ୍ଧାର୍ଥ ଜାଣିଥିଲେ ବିଜନ୍ ସେନାପତିକୁ। ବିଜନ୍ ଥିଲା ତା ସମୟର ଖୁବ୍ ବ୍ରିଲିୟାଣ୍ଟ ଛାତ୍ର। ତେବେ ସେ ଟିକିଏ ବୋକା-ସାଂସାରିକ ଦୃଷ୍ଟିରୁ। ତାଙ୍କ ସମୟର ଅଧିକାଂଶ ବ୍ରିଲିୟାଣ୍ଟ ଛାତ୍ରମାନେ ଆଇ.ଏସ୍.ସି ପରେ ଆର୍ଟସ୍‌କୁ ଚେଂଜ୍ କରିଦେଇ ବି.ଏ. ପଢ଼ିବାକୁ ଆସୁଥିଲେ ମଧ୍ୟ ବିଜନ୍ ପଢ଼ିଲା ବି.ଏସ୍.ସି.। ବି.ଏସ୍.ସି.ରେ ସେ ଖୁବ୍ ଭଲକଲା। ଫିଜିକ୍‌ସ ଅନର୍ସରେ ଫାଷ୍ଟ କ୍ଲାସ ଫାଷ୍ଟ ଅବଶ୍ୟ ହେଲା ସେ; କିନ୍ତୁ ଏମ୍.ଏସ୍.ସି. ନପଢ଼ି ସେ ଗଲା ଇଂଜିନିୟରିଂ ପଢ଼ିବାକୁ। ଏଇ ଭିତରେ ସିଦ୍ଧାର୍ଥ ଏମ୍.ଏ. ପାସ୍ କରି ବସିପଡ଼ିଥିଲା ଅଲ୍ ଇଣ୍ଡିଆ ସର୍ଭିସ୍ ପରୀକ୍ଷାରେ। ପ୍ରଥମ ଚାନ୍‌ସଟା ବାଜିଲା ନାହିଁ। ଦ୍ୱିତୀୟ ଚାନ୍‌ସ ବାଜିଲା। ବିଜନ୍ ଇଂଜିନିୟରିଂ ପାସ୍ କରି ଆସିଷ୍ଟାଣ୍ଟ ତ ନୁହେଁ; ଜୁନିୟର ଇଂଜିନିୟର୍ ହେଇ ଯୋଗଦେଲା ସରକାରୀ ଚାକିରିରେ। ସେଇ ବର୍ଷ ସୀମା ସାଙ୍ଗରେ ତାର ବାହାଘର ହେଇଗଲା ଅବଶ୍ୟ। ସୀମାର ବାହାଘର ବେଳେ ସିଦ୍ଧାର୍ଥକୁ ତା ବାପା ପଚାରିଥିଲେ, "ପିଲାଟି କେମିତିରେ ସିଦ୍ଧୁ ?" ସିଦ୍ଧାର୍ଥ ସାର୍ଟିଫିକେଟ୍ ଦେଇଥିଲା, "ଭେରି ବ୍ରିଲିୟାଣ୍ଟ କିନ୍ତୁ ବୋକା।"

"ବୋକା ?" ସିଦ୍ଧାର୍ଥର ବାପା ଆଶ୍ଚର୍ଯ୍ୟ ହେଇ ଅନାଇଥିଲେ ପୁଅ ମୁହଁକୁ।

"ବୋକା ନୁହେଁ ତ ଆଉ କଅଣ ? ସେ ଯେତେବେଳେ ଏକ୍‌ଜିକ୍ୟୁଟିଭ ଇଂଜିନିୟର ହେଇଥିବ ମୁଁ ହେଇଥିବି ତାଙ୍କ ବିଭାଗ ସେକ୍ରେଟେରି।" ସିଦ୍ଧାର୍ଥ ହସି ପକେଇଥିଲା।

"କିନ୍ତୁ ସେ ତ ଥ୍ରୁ ଆଉଟ୍ ଫାଷ୍ଟକ୍ଲାସ ଫାଷ୍ଟ ! ଇଂଜିନିୟରିଂରେ ଆଇ.ଆଇ.ଟି.ରୁ ପାଇଚି ଗୋଲଡ୍ ମେଡ଼ାଲ। ସିଦ୍ଧାର୍ଥର ବାପା ହାଇସ୍କୁଲ ହେଡ୍‌ମାଷ୍ଟର ଶଙ୍କରବାବୁ ନାପସନ୍ଦ କରିଥିଲେ ପୁଅର ବଡ଼େଇକୁ ସେଦିନ। ଫଳରେ ବାପାଙ୍କ ଜିଦ୍ ଯୋଗୁ ସୀମାର ବାହାଘର ହେଇଥିଲା ବିଜନ ସାଥିରେ ସେଦିନ। ସିଦ୍ଧାର୍ଥ ସେ ବାହାଘରକୁ ସ୍ୱୀକୃତି ଦେବାକୁ ବାଧହୋଇଥିଲା। ଭଉଣୀ ସୀମାକୁ ଖୁବ୍ ଭଲପାଉଥିବା ସତ୍ତ୍ୱେ ବିଜନକୁ ସେ ଦେଖୁଥିଲା ହୀନଚକ୍ଷୁରେ। ବିଜନକୁ ଦେଖିଲେ ତା ମନରେ ବରାବର ସେଇ ଧାରଣାଟା ଜାତ ହଉଥାଏ-ସେ ଏକ୍‌ଜିକ୍ୟୁଟିଭ ଇଞ୍ଜିନିୟର ହେଲାବେଳ ମୁଁ ହେଇଥିବି କମିଶନର-କମ୍-ସେକ୍ରେଟେରି ସେ ବିଭାଗର। ଆହା ବିଚରା ବିଜନ୍!

କିନ୍ତୁ ପରିସ୍ଥିତି ଖୁବ୍ ଶୀଘ୍ର ବଦଳିଗଲା। ବିଜନ୍ ସେନାପତି ପଳେଇଲା ଆମେରିକା। ଆମେରିକାର ବିଖ୍ୟାତ ଏମ୍.ଆଇ.ଟି.ରୁ ଇଞ୍ଜିନିୟରିଂରେ ପି.ଏଚ୍.ଡି.

କଳାପରେ ସେ ଜଏନ୍ କଲା ଜେନେରାଲ୍ ମୋଟରସରେ। ମିସ୍କୁନ୍‌ର ଜନ୍ମ ବର୍ଷ ବିଜନ୍ ଭର୍ତ୍ତି ହେଇଥିଲା ଆମେରିକାର ସେ ବିଖ୍ୟାତ କମ୍ପାନୀ ଜେନେରାଲ ମୋଟର୍‌ସରେ। ମିସ୍କୁନ୍‌କୁ ନେଇ ବିଜନ ଓ ସୀମା ଏଇ ପ୍ରଥମ ଥର ଆସନ୍ତି ଦେଶକୁ। ସେମାନଙ୍କୁ ପୁରୀ, କୋଣାର୍କ ବୁଲେଇବା କାମ ଥିଲା ସିଦ୍ଧାର୍ଥର। ଅଫିସ୍ ଗାଡ଼ି, ଅଫିସ୍ ଡ୍ରାଇଭର୍ ଦେଇ ଭଉଣୀ ଭିଣେଇଙ୍କୁ ଦୂରଦୂରାନ୍ତ ଜାଗା ସବୁ ବୁଲେଇ ଆଣିବା ପ୍ରୋଗ୍ରାମ ସ୍ଥିର କରିସାରି ଘର ଆଖପାଖ କେଇଟା ଜାଗା ପ୍ରଥମେ ନିଜେ ବୁଲେଇ ଆଣିବା ପାଇଁ ବାହାରିଥିଲା ସିଦ୍ଧାର୍ଥ। ସେଦିନ ଛୁଟି ଦିନ। ଗାଡ଼ି ବାହାର କରି ସିଦ୍ଧାର୍ଥ ପଚାରିଲା ତା ଭଉଣୀକୁ, "କୁଆଡ଼େ ଯିବୁ କହ। ତୁ ମ୍ୟୁଜିୟମ୍ ଦେଖିଚୁ ?"

ମ୍ୟୁଜିୟମ ଆଡ଼େ ବୁଲିଯିବା ବେଳେ ସୀମା କହିଲା, "ଭାଇ, ଏଠି ତମ ଭୁବନେଶ୍ୱରରେ କୁଆଡ଼େ ଲକ୍ଷେ ମନ୍ଦିର ଅଛି ?"

ସିଦ୍ଧାର୍ଥ ହସିଦେଲା। କହିଲା, "ଏଇଟା ମନ୍ଦିରମାଳିନୀ ରାଜ୍ୟ ଜାଣିନୁ ? ଆ ତତେ ନେଇ ଆଗ ଦେଖେଇ ଆଣିବି ସବୁଠୁଁ ପୁରୁଣା ମନ୍ଦିର ଏଠିକାର-" ଏହାପରେ ସେମାନେ ମ୍ୟୁଜିୟମ ପାସ୍ କରି ଚାଲିଲେ କେଦାରଗୌରୀ ଆଡ଼େ। ପରଶୁରାମେଶ୍ୱର ମନ୍ଦିର ପାଖରେ ଗାଡ଼ି ଅଟକେଇ ସିଦ୍ଧାର୍ଥ କହିଲା, "ଦେଖ ! ଏଇଠୁ ଆରମ୍ଭ ଓଡ଼ିଶାର ଗୌରବ। ଏ ହେଲ ପରଶୁରାମେଶ୍ୱର ମନ୍ଦିର-ଫିଫ୍‌ଥ ସେଞ୍ଚୁରିରେ।"

ସେତିକିବେଳେ ଗାଡ଼ି ସାମନା ସିଟ୍‌ରେ ମାମୁଙ୍କ ପାଖରେ ଏକା ଏକା ବସିଥିବା ପିଲାଟି ମୁହଁରୁ ଶୁଣାଯାଇଥିଲା, "ଏ ଘରଟା କଅଣ ଡାଡ଼ି ?"

ଡାଡ଼ିଙ୍କ ମୁହଁରୁ "ଫିଫ୍‌ଥ ସେଞ୍ଚୁରି ଏ.ଡ଼ି." ଶୁଣିବାକ୍ଷଣି ମିସ୍କୁନର ମନେ ପଡ଼ିଗଲା ସେଇଭଳି ଗୋଟିଏ ଏକ୍‌ସପ୍ରେସନ "ନାଇନ୍‌ଟିନଥ୍ ସେଞ୍ଚୁରି ଏ.ଡ଼ି.ରେ ମାର୍କଟ୍ୱେନ୍‌ଙ୍କ ବାର୍ଥ, ନା ଡାଡ଼ି ?"

"ୟେସ୍ ୟେସ୍ - ମାର୍କଟ୍ୱେନ୍ ଶହେ ବର୍ଷ ତଳେ ଜନ୍ମ ହେଇଥିଲେ। ୟୁ ଆର୍ ରାଇଟ୍ ମାଇଁ ବୟ ! କିନ୍ତୁ ଏ ମନ୍ଦିରଟାକୁ କେତେ ବର୍ଷ ହେଲାଣି ଜାଣୁ ? ପନ୍ଦର ଶହ ବର୍ଷ। ୱାନ୍ ଥାଉଜାଣ୍ଡ ଫାଇଭ ହଣ୍ଡ୍ରେଡ଼ ଇୟର୍ସ ! ଜଷ୍ଟ ଇମାଜିନ୍...।"

"ହାଃ, ହାଃ, ହାଃ-" ସିଦ୍ଧାର୍ଥ ହସିପକେଇଲେ। ପାଞ୍ଚ ବର୍ଷର ପିଲାକୁ ପନ୍ଦର ଶହ ବର୍ଷ ବିଷୟରେ କଳ୍ପନା କରିବାକୁ କହିବା କଥାଟା ତାଙ୍କୁ କେମିତି ଅପସନ୍ଦ ଅପସନ୍ଦ ଲାଗିଲା। ତେଣୁ ସେ ପ୍ରସଙ୍ଗଟାକୁ ବଦଳେଇ ଦବାକୁ କହିଲେ, "ବିଜନ୍ ! ତମର ସେଠି ଆମେରିକାରେ ଏବର୍ଷ ଇଲେକ୍‌ସନ ପରା ? କିଏ ଜିତିବ ଭାବୁଛ ? ବୁସ୍ ଆସିବ ? ରିପବ୍ଲିକାନ ପାର୍ଟିର ଚାନ୍‌ସ କେମିତି ବୋଲି ଭାବୁଛ ?"

"ନୋ ନୋ ନୋ-", ମିସ୍କୁନ ତତ୍‌କ୍ଷଣାତ୍ ପ୍ରତିବାଦ କରିଉଠିଲା, "ଡୁକା-

କିସ୍ ଡୁକାକିସ୍-ମାଇକେଲ ଡୁକାକିସ। ଡିମୋକ୍ରାଟିକ କ୍ୟାଣ୍ଡିଡେଟ୍ ଆସିବେ ଅଙ୍କଲ। ରିପବ୍ଲିକାନ ହାଜ୍ ପୁଅର୍ ଚାନ୍‌ସ।”

ସିଦ୍ଧାର୍ଥ ଚମକି ପଡ଼ିଲେ। ଆଶ୍ଚର୍ଯ୍ୟ ହେଇଗଲେ। ପାଞ୍ଚ ବର୍ଷର ଭଣଜାଟିକୁ ତାଙ୍କର ଆଉଥରେ ଭଲକରି ଆପାଦମସ୍ତକ ନିରୀକ୍ଷଣ କରିନେଇ ସେ ତାଙ୍କ ଭଉଣୀ ସୀମା ଆଡ଼େ ମୁହଁ ବୁଲେଇ ଅନେଇଲେ। ସ୍ମିତହାସରେ ଭରିଉଠିଲା ତାଙ୍କ ସାରା ମୁହଁଟା। କଅଣ ଭାବୁଥିଲେ କେଜାଣି ?

ସୀମା ମଧ୍ୟ ଭାଇଙ୍କ ହସର ଜବାବ ଦେଲା ଗୋଟିଏ ଛୋଟ ଆମେରିକାନ୍ ହସରେ। ତାର ମୁହଁଟି ଭାରି ସୁନ୍ଦର। ଇଣ୍ଡିଆରେ ଥିଲାବେଳେ ଅବଶ୍ୟ ସେ ଏତେ ସୁନ୍ଦର ଦିଶୁନଥିଲା। ତା’ଛଡ଼ା ହସିବା କଅଣ, ସେକଥା ସୀମାକୁ ପ୍ରାୟ ଅଜଣା ଥିଲା। ହାଇସ୍କୁଲ ଶିକ୍ଷକ ଶଙ୍କରବାବୁଙ୍କ ଏଇ ଝିଅଟି ତା ଭାଇ ସିଦ୍ଧାର୍ଥ ଭଳି ସେତେ ଭଲ ଷ୍ଟୁଡେଣ୍ଟ ନଥିଲା। ତଥାପି ଘୋଷାରି ଓଟାରି ହୋଇ ସେ ବି.ଏ. ପର୍ଯ୍ୟନ୍ତ ଚାଲିପାଇପାରିଥିଲା। ସେତିକିବେଳେ ତାର ବାହାଘର ହେଇଥିଲା ଜୁନିୟର ଇଂଜିନିୟର ବିଜନ ସେନାପତିଙ୍କ ସାଙ୍ଗରେ। ବିଜନ ଗରିବ ଘରର ପିଲା। ତା ସାଙ୍ଗକୁ ନିଜ ଭାଇ ତୁଳନାରେ କେଡ଼େ ଛୋଟ ଚାକିରିଆଟିଏ ଥିଲା ବି ବିଜନ୍। ସୀମା ସେତେବେଳେ ବହୁତ ମନ ଖରାପ କରି ବସୁଥିଲା। ବେଳେବେଳେ ଭାଇକୁ ତାର ଗୁପ୍ତରେ ପଚାରୁଥିଲା- “ସତରେ ଭାଇ, ୟେ ଏକ୍‌ଜିକ୍ୟୁଟିଭ ଇଂଜିନିୟର ହବାକୁ ଏତେଗୁଡ଼ାଏ ବର୍ଷ ଲାଗିବ-ତମେ କମିଶନର ହବାଯାକେ ? ଏ ବୋକା ଲୋକଟା ସାଙ୍ଗରେ ମୋତେ ଛନ୍ଦିଦେଲେ ଯେ ବାପା ?” ସୀମାର ଆଖିରୁ ଲୁହ ବୋହିଯାଉଥିଲା ଧାର ଧାର। ସିଦ୍ଧାର୍ଥ ସେତେବେଳେ ସାନଭଉଣୀକୁ ପ୍ରବୋଧ ଦବା ପାଇଁ କହୁଥିଲେ- “ତୁ ଜାଣିନୁ ସୀମା। ବିଜନ ଭାରି ବ୍ରିଲିୟାଣ୍ଟ ଷ୍ଟୁଡେଣ୍ଟ ତା ସମୟର। ଆମେ ସବୁ ତା ପାସଙ୍ଗରେ ପଡ଼ିବା ପିଲା ନଥିଲୁ। କିନ୍ତୁ ସେଇଟା ପ୍ରକୃତରେ ବୋକା। ସେ ଯଦି ଆଇ.ଏସ୍‌ସି. ପରେ ଆର୍ଟସକୁ ଚେଞ୍ଜ କରି ଦେଇଥାନ୍ତା, ଫିଜିକ୍ସ ନନେଇ ପଲିଟିକାଲ୍ ସାଇନ୍‌ସ ନେଇଯାଇଥାନ୍ତା, ଆଜି ସେ ନିଶ୍ଚେ ବସିଥାନ୍ତା ଆମ ତାଲିକାର ସବା ଉପରେ। ତେବେ ଦୁଃଖ କରନା-ସେ ଭାରି ବ୍ରିଲିୟାଣ୍ଟ ବୋକା।”

“ବ୍ରିଲିୟାଣ୍ଟ ନା ଛେନାଗୁଡ଼ !” ସୀମା ମୁହଁ ମୋଡ଼ି ଦେଇଥିଲା ସେଦିନ ବିଜନ କଥା ତାଙ୍କ ଘରେ ପଡ଼ିଲାବେଳେ। ତା ମୁହଁଟି ସବୁଦିନେ ଶୁଖିଲା କାନ୍ଦୁରା କାନ୍ଦୁରା ଦିଶେ। କିନ୍ତୁ ଆଜି ସୀମା ଓଠରେ ବ୍ରଡ଼ସ୍ମାଇଲ୍। ଆମେରିକାନ୍‌ମାନେ ଯେମିତି ବତିଶଟା ଧଳା ଧଳା ଦାନ୍ତ ଦେଖେଇ ହସନ୍ତି, ସୀମା ହସୁଥାଏ ସେମିତି। ସୀମାର ବ୍ୟକ୍ତିତ୍ୱ ଏଇ

ବର୍ଷ କେତେଟା ଭିତରେ ଯେ ଏତେ ବେଶି ଡେଭଲପ କରିଯାଇପାରିବ ସିଦ୍ଧାର୍ଥ ପାଇଁ ତାହା ଥିଲା ଆଉ ଏକ ବିସ୍ମୟ।

ନିଜର ବ୍ୟକ୍ତିତ୍ୱକୁ ଆହୁରି ଟିକିଏ ଅଭିବ୍ୟକ୍ତି ଦେଇ ସୀମା କହିଲା- "ଭାଇ, ଆମେରିକାରେ ପିଲାଗୁଡ଼ାକ ଜନ୍ମରୁ ଚଲାଖ। ମିସ୍କୁନ ଆମର କମ୍ପ୍ୟୁଟର ଅପରେଟ କରିଦେବ ଏଇକ୍ଷିଣା ଯଦି ତାକୁ ଦେଖେଇଦବ ଗୋଟାଏ କମ୍ପ୍ୟୁଟର।"

ଭଣଜାର ବୁଦ୍ଧି ଓ ଗୁଣଗ୍ରାମ ଦେଖି ଶୁଣି ସିଦ୍ଧାର୍ଥ ଖୁବ୍ ଖୁସି ହେଲେ। କେଦାରଗୌରୀ ଭ୍ରମଣ ସାରି ସେମାନେ ଫେରିଆସିଲେ ମ୍ୟୁଜିୟମ ପାଖକୁ। ମ୍ୟୁଜିୟମ ଗେଟ୍ ଭିତରକୁ ବାଡ଼ି ବୁଲେଇବା ପୂର୍ବରୁ ମିସ୍କୁନ୍ ପଚାରିଲା, "ଅଙ୍କଲ ! ଏଇଟା କଅଣ ସାଇନ୍‌ସ ମ୍ୟୁଜିୟମ ? ଆମ ବଷ୍ଟନର..."

"ନୋ ନୋ ମାଇଁ ବୟ ! ଏଇଟା ହଉଚି ଆର୍କିଓଲଜିକାଲ ମ୍ୟୁଜିୟମ। ଏଠି ହଜାର ହଜାର ବର୍ଷ ତଳର ପୁରୁଣା ପଥର ମୂର୍ତ୍ତି ସବୁ ରଖାଯାଇଚି। ଚାଲ ଦେଖିବୁ।" - ବିଜନ୍ ବୁଝେଇଦେଲେ ପୁଅକୁ।

ସିଦ୍ଧାର୍ଥ ହସିହସି ଯୋଡ଼ିଲେ ବିଜନଙ୍କ କଥାରେ ନିଜ ଅଭିମତ, "ଚାଲ୍ ଦେଖିବୁ କେତେ ପୁରୁଣା ପଥରର ଗଡ୍‌ସ - ଅଲ୍ ଡେଡ୍ ଗଡ୍‌ସ। "ମାନେ - ଯୋଉ ଭଗବାନମାନେ ମରିଗଲେଣି - ଡେଡ୍ ଗଡ୍‌ସ - ବୁଝିଲୁ ତ ?"

"ଡେଡ୍ ଗଅଡ୍‌ସ" ଆଶ୍ଚର୍ଯ୍ୟ ହୋଇଗଲା ମିସ୍କୁନ। ବିଶ୍ୱାସ କରିପାରିଲାନି ସେ ତା ମାମୁଙ୍କ କଥାକୁ। ଆମେରିକାନ ଅକ୍‌ସେଣ୍ଟ ମିଶା ଓଡ଼ିଆରେ ପଚାରିଲା ସେ ତେଣୁ, "ଗଅଡ୍ ଗୁଡ଼ାକ ମରିଯାଇଛନ୍ତି ? ଏଟା ତେବେ ଗୋଟାଏ ସିମେଟରି ଅଙ୍କଲ୍ ? ଗଅଡ୍‌ମାନଙ୍କର ?"

ସିଦ୍ଧାର୍ଥ ହସିଲେ। ବିଜନ ମଜା କରିବା ପାଇଁ ସୀମା ଓ ସିଦ୍ଧାର୍ଥଙ୍କୁ ବୁଝାଇ ଦେଲା ଭଳି କହିଲେ, "ସେ ଦେଶରେ ଈଶ୍ୱରଅବିଶ୍ୱାସୀ ଲୋକ ବହୁତ। କିନ୍ତୁ ଈଶ୍ୱର ମରିଗଲେଣି କହିଲେ ଲୋକେ ତମକୁ ଭାବିବେ କମ୍ୟୁନିଷ୍ଟ। ଲୋକଟା ବୋଧେ ତା' ମାମୁକୁ କମ୍ୟୁନିଷ୍ଟ ବୋଲି ସନ୍ଦେହ କରି ଚମକୁଚି ନା କଅଣ ! ହାଃ, ହାଃ -"

"ହଁ ହଁ, ମୁଁ ଏକ ପକ୍କା କମ୍ୟୁନିଷ୍ଟ। ତମେ ତ ଜାଣ ମୁଁ କଲେଜରେ ପଢ଼ିଲା ବେଳେ ଏ. ଆଇ. ଏସ୍. ଏଫ୍.ର ମେମ୍ବର ଥିଲି। କଲେଜ ୟୁନିୟନ ପ୍ରେସିଡେଣ୍ଟ ପାଇଁ ଠିଆ ହେଲାବେଳେ ମତେ ଦେଖିଥିବ। ମୋ ବକ୍ତୃତା ଶୁଣିଥିବ। ମୁଁ ଏବେ ବି ସୋସାଲିଜମ୍‌ରେ ବିଶ୍ୱାସ କରେ।" - ସିଦ୍ଧାର୍ଥ ଗମ୍ଭୀର ହୋଇଉଠିଲେ କାହିଁକି କେଜାଣି।

ମ୍ୟୁଜିୟମ ବୁଲା ସଇଲା। ବଡ଼ମାନେ କଅଣ ଦେଖୁଥିଲେ କେଜାଣି - ମିସ୍କୁନ କିନ୍ତୁ ପଚାରି ଚାଲିଥାଏ, "ଡାଡି ଏ ଗଡ୍‌ଙ୍କ ନାଁ କଅଣ ? ଅଙ୍କଲ ଏ ଗଡ୍ କଅଣ ଭାରି

କ୍ରୁଏଲ ଗଡ୍ ଥିଲେ ? ଏ କି ଭୟଙ୍କର ଦିଶୁଛନ୍ତି ! ମମି, ଏ ଜଣେ ଗଡ୍ ନା ଗଡେସ୍ ? ଏମାନେ କଅଣ ସତରେ ବଞ୍ଚିଥିଲେ ?"

ମିସ୍କୁନ୍‌ର ପ୍ରଶ୍ନର ଉତ୍ତର ମିଳୁଥାଏ ଯଥାସମ୍ଭବ। ଡାଡ଼ି କହୁଥାନ୍ତି, "ଏ ଗଡ୍‌ଙ୍କ ନାଁ ଅବଲୋକିତେଶ୍ୱର। ଏ ପଦ୍ମପାଣି। ଏମାନେ ଟେନ୍‌ଥ ସେଞ୍ଚୁରିର।"

ଅଙ୍କଲ୍ କହୁଥାନ୍ତି, "ହେଇ ଦେଖ୍ ଦେଖ୍ - ଏ ଗଅଡ୍‌ଙ୍କ ନାଁ ମହାକାଳ। ଏ ବଡ଼ ଭୟଙ୍କର ଗଅଡ୍। ଏ ସମସ୍ତଙ୍କୁ ମାରି ଖାଇଯାଆନ୍ତି। ଓଃ କି ଭୟଙ୍କର !"

ମିସ୍କୁନର ମମି ତାରା ଦେବୀଙ୍କ ମୂର୍ତ୍ତିକୁ ଲକ୍ଷ୍ୟ କରି କଅଣ ଭାବୁଭାବୁ କହୁଥାନ୍ତି, "ଆହା କି ସୁନ୍ଦର ! ଭାଇ ଏଥିରୁ ଗୋଟିଏ ଗୋଟିଏ ମୂର୍ତ୍ତିର ଦାମ୍ କେତେ ହବ ଜାଣିଚ ? ଦଶ ହଜାର ଡଲାରରୁ କମ୍ ନୁହଁ। ନା ନା - ଦଶହଜାର କିଛି ନୁହଁ। ତମେ ଯଦି ଏଗୁଡ଼ାକୁ ବିକ୍ରୀ କରିବାକୁ ରାଜି ହବ ଆମେରିକାନ୍‌ମାନେ ବିଲିୟନ ବିଲିୟନ ଡଲାର ଦେଇ ତମର ଏ ମ୍ୟୁଜିୟମ ସମେତ ପୁରୁଣା ଭଙ୍ଗା ମନ୍ଦିର ଗୁଡ଼ାକୁ ଏଠୁ ଉଠେଇ ନେଇ ଥୋଇଦିଅନ୍ତେ ସିଧା ଆମେରିକାରେ।

ସିଦ୍ଧାର୍ଥ ହସୁଥାନ୍ତି। କହୁଥାନ୍ତି, "ଖୁବ୍ ଭଲ ହୁଅନ୍ତା। ଇଣ୍ଡିଆରୁ ପଭର୍ଟି ହଟିଯାନ୍ତା ଏକାଦିନକେ। ତୁ ଗୋଟାଏ କାମ କର - ଆଣ୍ଟିକ୍ ବିଜିନେସ କର। ଏ ଡେଡ୍ ଗଡ୍‌ମାନଙ୍କୁ ଏ ଦେଶରୁ ନ ହଟେଇବା ଯାକେ ଏ ଦେଶରୁ ପଭର୍ଟି ଯିବ ନାହିଁ। କି ଫୁଲିସ୍‌ନେସ୍ ! କୋଟି କୋଟି ଟଙ୍କାର ସମ୍ପତ୍ତି ଏଇ ପଥର ଗୁଡ଼ାକ ଦେହରେ ଭର୍ତ୍ତି ହେଇଚି - ଅଥଚ ଆମେ ଦରିଦ୍ର !"

ମିସ୍କୁନ ସବୁ ଶୁଣୁଥାଏ।

ମ୍ୟୁଜିୟମ ବୁଲା ସଇଲା। ଏହାପରେ ସେମାନେ ପଶିବେ ହୋଟେଲ କଳିଙ୍ଗ ଅଶୋକରେ। ବହୁବେଳ ଧରି ବୁଲାହେଲାଣି। ସମସ୍ତେ ଟାୟାର୍ଡ। ଲଞ୍ଚବେଳ ଟିକିଏ ଗଡ଼ିଗଲାଣି ମଧ୍ୟ।

ସମସ୍ତେ କାର୍‌ରେ ବସିଲେ। ମିସ୍କୁନ ତା ଅଙ୍କଲ୍‌ଙ୍କ ପାଖ ସିଟ୍‌ରେ ବସିଲା ପୂର୍ବପରି। କିନ୍ତୁ ସେ କିଛି ସମୟ ହେବ ଚୁପ୍‌ହେଇ ଯାଇଥାଏ। ପୂର୍ବଭଳି ବକ୍ ବକ୍ ହଉନଥାଏ। ବୋଧହୁଏ ତାକୁ ଭୋକଲାଗୁଥାଏ। ସେ ଖୁବ୍ ଟାୟାର୍ଡ ହେଇ ପଡ଼ିଥାଏ।

ଗାଡ଼ି ହୋଟେଲ କଳିଙ୍ଗ ଅଶୋକ ପୋର୍ଟିକୋରେ ଲାଗିଲା। ସମସ୍ତେ ଓହ୍ଲେଇଲେ। ପଶିଲେ ହୋଟେଲ ଲାଓଁଜ୍‌କୁ।

ସିଦ୍ଧାର୍ଥଙ୍କୁ ଏ ହୋଟେଲରେ ସମସ୍ତେ ଚିହ୍ନନ୍ତି। ମ୍ୟାନେଜର ପାଛୋଟି ନେଲେ। ଆଉ କେତେଜଣ ଚିହ୍ନା ବନ୍ଧୁ ମଧ୍ୟ ଦେଖାହେଲେ। ଲବ୍‌ବିରେ ବନ୍ଧୁ ମେଳରେ ବସିପଡ଼ିଲେ ସିଦ୍ଧାର୍ଥ, ବିଜନ ଓ ସୀମା। ମିସ୍କୁନ କଥା ଅଳ୍ପ ସମୟ ପାଇଁ ଭୁଲିଗଲେ ସମସ୍ତେ।

ଲଞ୍ଚ ସର୍ଭ ହେଇସାରିଚି ବୋଲି କେହି ଜଣେ ଆସି ସିଦ୍ଧାର୍ଥଙ୍କ କାନ ପାଖରେ ନଇଁପଡ଼ି କହିବା ପରେ ସେମାନେ ଉଠିପଡ଼ିଲେ। ସେତିକିବେଳେ ଖୋଜାପଡ଼ିଲା ମିସ୍କୁନକୁ। କିନ୍ତୁ ମିସ୍କୁନ କୁଆଡ଼େ ଉଭେଇଯାଇଥାଏ ସେତେବେଳକୁ।

ସୀମା ହାଉଳି ଖାଇଲେ। ବିଜନ ବ୍ୟସ୍ତ ହୋଇ ପଡ଼ି ହୋଟେଲେ ଚାରିପାଖେ ବୁଲି ବୁଲି ଅନୁସନ୍ଧାନ କଲେ କେଉଁଠି ସ୍ୱିମିଂପୁଲ୍ ବା ପାଣିକୁଣ୍ଡ ନାହିଁ ତ! ମିସ୍କୁନ ହୋଟେଲରେ ପଶିଲେ ସ୍ୱିମିଂପୁଲ୍ ପାଖକୁ ବରାବର ପଳାଇଯାଏ ଆମେରିକାରେ। ସିଦ୍ଧାର୍ଥ ଆହୁରି ବ୍ୟସ୍ତ ହୋଇପଡ଼ିଲେ। ବଡ଼ପାଟି କରିଉଠିଲେ, "ଆଇ ସାଲ ସ୍ୟାକ୍ ୟୁ ଅଲ୍! ଆଇ ସାଲ ବ୍ୟାକ୍ ୟୁ ଅଲ୍...."

ଚାରିଆଡ଼େ ଧାଁଧପଡ଼। ପିଲା ଏଇଠି ଥିଲା ଗଲାଭାରି କୁଆଡ଼େ? ହୋଟେଲରୁ ପିଲା ଚୋରି! ପୁଣି ଏଭଳି ବଡ଼ ହୋଟେଲରୁ!

ହଠାତ୍ ବିଜନଙ୍କୁ ଷ୍ଟ୍ରାଇକ୍ କଲା। ସେ ସୀମାଙ୍କୁ ପଚାରିଲେ, "ଏମିତି ଆଉ ଥରେ ହେଇନଥିଲା? ମାର୍କଟ୍ୱେନଙ୍କ ଘରେ ବୁଲୁଥିଲା ବେଳେ ଏ ପିଲା ହଜିଯାଇଥିଲା?"

ସୀମା କାନ୍ଦିପକେଇ କହିଲେ, "ହଁ ଠିକ୍ ତ ଅବିକଳ ଏମିତି। ମୁଁ କଅଣ କରିବି? ଏ ପାଗଳା କଅଣ ପଳେଇଚି କି ମ୍ୟୁଜିୟମକୁ ଆଉ! ଚାଲିଲ ଚାଲିଲ।"

ଆଗେ ଆଗେ ସୀମା, ପଛେ ପଛେ ବିଜନ ଓ ସିଦ୍ଧାର୍ଥ।

ହୋଟେଲ କଳିଙ୍ଗ ଅଶୋକ ଓ ମ୍ୟୁଜିୟମ ମଧ୍ୟରେ ଗୋଟିଏ ଚଉଡ଼ା ରାସ୍ତାର ବ୍ୟବଧାନ ମାତ୍ର!

ସୀମା ଓ ବିଜନ ମ୍ୟୁଜିୟମ ଗେଟ୍ ବାଟେ ପଶୁ ନପଶୁ ସିଦ୍ଧାର୍ଥଙ୍କ ଲୋକେ ପାଚେରି ଡେଇଁପଡ଼ିଥିଲେ।

ମ୍ୟୁଜିୟମର ଚତୁର୍ଦ୍ଦିଗ ଖୋଜା ସରିଗଲା – କିନ୍ତୁ ମିସ୍କୁନ ନାହିଁ!

ସୀମା ଆଉ ସମ୍ଭାଳି ପାରିଲେ ନାହିଁ। ପାଗଳୀ ଭଳି ସେ ଉଚ୍ଚ କଣ୍ଠରେ ବାହୁନିବାକୁ ଲାଗିଲେ, "ମିସ୍କୁନ... ମିସ୍କୁନ... ହେ ଭଗବାନ, ହେ ଭଗବାନ... ମୋ ମିସ୍କୁନ ଗଲା କୁଆଡ଼େ?"

ସେଥର ମାର୍କଟ୍ୱେନ ମ୍ୟୁଜିୟମରେ ଏଇଆଇ ହେଇଥିଲା। ମିସ୍କୁନ ହଜିଯିବା ଖବର ପୁଲିସକୁ ଦିଆଯିବା ପରେ ପୁଲିସ ଚତୁର୍ଦ୍ଦିଗ ଅନୁସନ୍ଧାନ କରି ସୁଦ୍ଧା ପିଲାଟାର ପତ୍ତା ପାଇନଥିଲେ। ସୀମା ସମ୍ଭାଳି ନପାରି ମାର୍କଟ୍ୱେନ୍‌ଙ୍କ ବାସଗୃହ – ସେଇ ବିରାଟ ଘରଟାକୁ ହଲେଇ ଦେଲା ଭଳି ଚିତ୍କାର କରିଉଠିଲେ, ମାର୍କଟ୍ୱେନ୍! ମୋ ପିଲାକୁ ଫେରେଇଦଅ ମାର୍କଟ୍ୱେନ୍...

କିଛି ସମୟ ପରେ ମାର୍କଟ୍ୱେନ୍‌ଙ୍କ ମିଉଜିୟମର ଗୋଟିଏ ଅସମ୍ଭବ ସ୍ଥାନରୁ ମିସ୍କୁନର ସନ୍ଧାନ ପାଇଥିଲା ପୁଲିସ ସେଦିନ। ମାର୍କଟ୍ୱେନ୍‌ଙ୍କ ଲାଇବ୍ରେରିର ଗୋଟିଏ କାଉଚ୍ ଉପରେ ପିଲାଟି ଶୋଇପଡ଼ିଥାଏ କି କଅଣ'। ତା' ହାତରେ ଖଣ୍ଡିଏ ବହି-ଟମ୍‌ସୟର। ବିଶାଳ ମାର୍କଟ୍ୱେନ କାଉଚ୍‌ରେ ବସିପଡ଼ି ମୁହଁ ଉପରେ ଟମ୍‌ସୟର ବହି ଖଣ୍ଡକ ଧରି ସେ ସେଇଠି ବସିଥିବା ବେଳେ ଶୋଇପଡ଼ିଚି ନିଶ୍ଚୟ। କିନ୍ତୁ ବିସ୍ମୟର କଥା ତାକୁ କାଳେ ଥଣ୍ଡା ଲାଗିବ ବୋଲି କେହି ଜଣେ ନିଶ୍ଚୟ ପିଲାଟି ଉପରେ ଗୋଟିଏ ଓଭର କୋଟ୍ ଘୋଡ଼େଇ ଦେଇ ଯାଇଥାଏ। ଆଉ ସେ ଓଭର କୋଟ୍‌ଟା ଥିଲା ଅନ୍ୟ କାହାର ନୁହେଁ – ମାର୍କେଟ୍ୱେନ୍‌ଙ୍କର ସେଇ ପୁରୁଣା ଓଭରକୋଟ୍ ଯୋଉଟା ମ୍ୟୁଜିୟମ ପିସ୍ ହେଇ ଟଙ୍ଗା ହେଇଥିବାର ସମସ୍ତେ ପ୍ରତିଦିନ ଦେଖନ୍ତି ମାର୍କଟ୍ୱେନ୍‌ଙ୍କ ଓାର୍ଡରୋବ୍‌ରେ, ଅନ୍ୟ ରୁମ୍‌ରେ।

ମିସ୍କୁନକୁ ମାର୍କଟ୍ୱେନ-କାଉଚ୍ ଉପରେ ସେଭଳି ଭାବେ ଆବିଷ୍କାର କରି ବିଜନ ଓ ସୀମା ଅଭିଭୂତ ହୋଇପଡ଼ିଥିଲେ। ପୁଲିସ ମଧ୍ୟ ବିସ୍ମୟ ପ୍ରକାଶ କରିଥିଲା। ସେମାନେ ସେ ମିଷ୍ଟ୍ରିଟାକୁ ସଲ୍‌ଭ କରିପାରି ନଥିଲେ। ଓଭରକୋଟ୍‌ଟା ଅନ୍ୟ ରୁମ୍‌ର ୱାର୍ଡରୋବ୍‌ରୁ ବାହାରି ଆସି ଏଠି ପହଞ୍ଚିଲା କିପରି-ଲାଇବ୍ରେରିରେ ? ଏଟା କଅଣ ମାର୍କଟ୍ୱେନ୍ ଭୂତର କାମ ? ସନ୍ଦେହ କରିଥିଲେ ସମସ୍ତେ। କିନ୍ତୁ ଏ ବିଷୟରେ କେହି ପଦେ ହେଲେ ମୁହଁ ଖୋଲି ପଚାରି ନଥିଲେ ପିଲାଟାକୁ।

ବର୍ତ୍ତମାନ ପୁଣି ଥରେ ମିସ୍କୁନ ଜୀବନରେ ସେଇଭଳି ଏକ ଭୌତିକକାଣ୍ଡ ଦ୍ୱିତୀୟଥର ପାଇଁ ଘଟିଥିଲା।

ଗୋଟିଏ ବିରାଟ ବୁଦ୍ଧମୂର୍ତ୍ତିର ଠିକ୍ ପଛପଟକୁ ଲାଗି କାନ୍ଥ ଓ ମୂର୍ତ୍ତି ମଝିରେ ପଦ୍ମାସନରେ ବସିରହିଥିଲା ମିସ୍କୁନ। ତା' ମା'ର ଡାକ ଶୁଣି ତା'ର ଧ୍ୟାନ ବୋଧହୁଏ ଭାଙ୍ଗିଗଲା। ସେ ନିଜେ ଜବାବ ଦେଲା, "ଆଇ ଆମ୍ ହିଅର୍ ମମି।"

ଲୋକେ ଦଉଡ଼ାଦଉଡ଼ି ହେଇ ମ୍ୟୁଜିୟମର ସେଇ ବିରାଟ ହଲ୍‌ଟା ଭିତରକୁ ପଶିଗଲେ ଯୋଉଠୁ ଶୁଣାଗଲା ମିସ୍କୁନର ଆୱାଜ।

ସେ ସେମିତି ପଦ୍ମାସନରେ ବସିଥାଏ। ତାର ଆଖି ଯୋଡ଼ିକ ଅର୍ଦ୍ଧନିମୀଳିତ – ସତେକି ସେ ମହାଧ୍ୟାନରୁ ସେଇ ସଦ୍ୟ ଜାଗ୍ରତ ହୋଇଥାଏ।

ସିଦ୍ଧାର୍ଥ ତାକୁ କୁଣ୍ଢେଇ ପକେଇବାକୁ ହାତ ବଢ଼େଇଦେଲେ। କିନ୍ତୁ ମିସ୍କୁନ ସେ ହାତ ଦୁଇଟାକୁ ଆଡ଼େଇ ଦେଇ କହିଲା, "ଆଇ ଆମ୍ ନଟ୍ ଏ ଡେଡ୍ ଗଡ୍। ନୋ-ୟୁ କାନ୍‌ଟ ସେଲ୍ ମି – ୟୁ କାନ୍‌ଟ ସେଲ୍ ମି।"

ସେ କଅଣ କହୁଚି ? ସମସ୍ତେ ପଚରାପଚରି ହେଲେ। କେହି କିଛି କହିଲେ

ନାହିଁ କାହାକୁ। ପୁଅକୁ କାଖକୁ ଟେକି ନେଇ ସୀମା ବାହୁନିଉଠିଲେ, "ନା ନା, କେହି ବିକ୍ରି କରିବେନାଇଁ ତତେ ପୁଅ- ତତେ କେହି ବିକି ପାରିବେ ନାଇଁ। ତୁ ମୋର ଚଳନ୍ତିଠାକୁର ! ହେ ଭଗବାନ ବୁଦ୍ଧ ! ହେ ଅବଲୋକିତେଶ୍ୱର ! ହେ ମା' ତାରା ମୋ ପୁଅକୁ କୋଟି ପରମାୟୁ ଦିଅ !" ସେ ବାହୁନୁଥିଲେ ଜଣେ ସାଧାରଣ ଇଣ୍ଡିଆନ୍ ମା' ପରି।

■

ଗ୍ଲାସ୍‌ନଷ୍ଟ

"ବିପ୍ଳବର ଯୁଗ ସରିଗଲା-ଏଣିକି ପିସ୍... ପିଇସ୍ - ବୁଝିଲେ ?" ଏତକ କହି ପୂର୍ଣ୍ଣେନ୍ଦୁ ତାଙ୍କ ସେକ୍ରେଟେରିଏଟ୍ ଅଫିସ୍ ରୁମ୍ ଭିତରକୁ ପଶିଗଲେ। ବାହାରେ ମୁହୂର୍ତ୍ତକ ପାଇଁ ଅଟକିଯାଇଥାଏ ଅର୍ଦ୍ଧେନ୍ଦୁ। ପରେ ପରେ ସେକ୍ରେଟେରିଏଟ୍‌ର ବିରାଟ ଲମ୍ବ କରିଡର୍‌ରେ କିଛି ବାଟ ଅଗ୍ରସର ହେବା ପରେ ଅର୍ଦ୍ଧେନ୍ଦୁ ମଧ୍ୟ ନିଜ ଅଫିସ୍‌ରୁମ୍ କବାଟ ସାମ୍ନାରେ ମରାଯାଇଥିବା ନେମ୍‌ପ୍ଲେଟ୍‌ଟାକୁ ଭେଟିଲା। ସେଥିରେ ଲେଖାଥିଲା ଅର୍ଦ୍ଧେନ୍ଦୁ ଦାସ, ଆଇ. ଏ. ଏସ୍.। ମୁହୂର୍ତ୍ତକ ପାଇଁ ପୁଣିଥରେ ଅଟକିଗଲା ସେ ସେଇ ନେମ୍‌ପ୍ଲେଟ୍‌କୁ ଭେଟିବା କ୍ଷଣି। ହଠାତ୍ କଅଣ ମନରେ ପଶିଗଲା କେଜାଣି ସେତିକିବେଳେ। ତା ହାତ ଛାଏଁ ପଶିଗଲା ପକେଟ୍ ଭିତରକୁ। କିନ୍ତୁ କଅଣ ପାଇଁ? ପକେଟରୁ ବାହାରି ଆସିଲା ମାତ୍ରେ ହାତଟା ଆଉ ଥରେ କଅଣ ଯେମିତି ଅଣ୍ଡାଳିବାକୁ ଲାଗିଲା। କଅଣ ଖୋଜୁଥାଏ କେଜାଣି ! ଏହାପରେ ଅର୍ଦ୍ଧେନ୍ଦୁ ସଚେତନ ହୋଇଉଠିଲା। ନିକଟରେ ଅର୍ଡର୍ଲିର ଖାଲି ଟୁଲ୍ ଖଣ୍ଡକ। କରିଡର୍‌ର ଏମୁଣ୍ଡ ସେମୁଣ୍ଡ ମଝିରେ ଯାଆସ ଚଳେଇଚନ୍ତି ଲୋକମାନେ। ଅଫିସ୍ ଆୱାର୍ ଆରମ୍ଭ ହେଇଚି। ଏପର୍ଯ୍ୟନ୍ତ ପୂରା ଜମିନଥାଏ ସେକ୍ରେଟେରିଏଟ୍।

ଜଣେ କିଏ ଅଚିହ୍ନା ଲୋକ ଠିକ୍ ତାଙ୍କରି କଡ଼ଦେଇ ପାସ୍ କଲା। ସେପଟୁ ଆହୁରି ଦୁଇ ତିନିଜଣ ଆସୁଥାନ୍ତି। ସେମାନେ ବେଶ୍ ବଡ଼ପାଟିରେ କଥାବାର୍ତ୍ତା ହେଇ ଅର୍ଦ୍ଧେନ୍ଦୁ ଦିଗରେ ଆଗେଇ ଆସୁଥାନ୍ତି। ଏତେ ଗୁଡ଼ାଏ ଲୋକଙ୍କ ଉପସ୍ଥିତି ହେତୁ ବା ଅନ୍ୟ ଯେ କୌଣସି କାରଣରୁ ହେଉ ଅର୍ଦ୍ଧେନ୍ଦୁ ନିଜ ଡିସିସନ୍‌ଟାକୁ କ୍ୟାରିଆଉଟ୍ କରିପାରିଲା ନାହିଁ। ନେମ୍‌ପ୍ଲେଟ୍‌ରେ ନିଜ ନାଁ ପଛକୁ ସେ ଯେଉଁ ତିନିଟା ଅକ୍ଷର ଲେଖାଯାଇଥାଏ ସେଇ ତିନୋଟି ଅକ୍ଷରକୁ ନିଜ ନାଁଠୁ ବିଚ୍ୟୁତ କରିଦେବା ପାଇଁ ସହସା ବଳବତୀ ଇଚ୍ଛାଟା ତାର ଚରିତାର୍ଥ ହୋଇପାରିଲା ନାହିଁ। ନିଜ ପକେଟ୍‌ରେ ଯଦି ସେତେବେଳେ ଛୁରି ବା ଚାକୁ ଖଣ୍ଡିଏ ଥାଆନ୍ତା ତେବେ ଏହା ସୁନିଶ୍ଚିତ ଯେ

ଅର୍ଦ୍ଧେନ୍ଦୁ ସେଦିନ ସେଇକ୍ଷିଣା ତାର ଇଚ୍ଛାକୁ ପରିପୂର୍ଣ୍ଣ କରିଦେଇ ପାରିଥାନ୍ତା। ସୌଭାଗ୍ୟବଶତଃ ସେଭଳି ପାଗଳାମି କାମରୁ ନିଜକୁ ନିଜେ ସେ କୌଣସି ପ୍ରକାରେ ବଞ୍ଚେଇ ନେଇ ପାରିଲା। ସେ ନିଜ ଅଫିସ୍ ରୁମ୍ ଭିତରକୁ ପଶିଯିବା କ୍ଷଣି ଭେଟିଲା ଅର୍ଡର୍ଲି ହାସ୍‌ନାନ୍‌କୁ। ଏୟାର କଣ୍ଡିସନର୍‌ରୁ ପାଣି ନିଗିଡ଼ି ପଡ଼ିଚି ନା କଅଣ? ଲାଲ୍ ୱାଲ୍-ଟୁ-ୱାଲ୍ କାର୍ପେଟ୍‌ଟା ଠିକ୍ ଏୟାରକଣ୍ଡିସନର୍ ତଳକୁ କିନା ଏଡ଼େ ବଡ଼ ଅରାଏ ଦିଶୁଚି ଆହୁରି ଲାଲ୍-ଗାଢ଼ ଲାଲ୍। ଦୃଶ୍ୟଟା ଖୁବ୍ ବିରକ୍ତିକର ଦେଖାଗଲା ଅର୍ଦ୍ଧେନ୍ଦୁର ଆଖିକୁ।

"କ୍ୟା କର୍‌ତା ଉଧର ହାସ୍‌ନାନ?" କଣ୍ଡିସନ୍‌ରସେ ପାନି ଆତି ହୈ କ୍ୟା?"

"ହାଁ ସାବ୍, ମୈନେ ଶୋଚା-ଖୁନ୍!" ହାସ୍‌ନାନ୍ ନଇଁପଡ଼ି ଆଉଥରେ କାର୍ପେଟ୍‌ର ସେଇ ଅଂଶରେ ହାତ ମାଇଲା। ସେଇଠି ହାତକୁ ଶୁଙ୍ଘିଲା।

"ଆରେ ଚଲ୍-ଖୁନ୍! ଇଧର୍ କାହାଁ ଆଏଗା ଖୁନ୍! ବଡ଼ା ସାହାବ୍ ତ କହତେ ହେଁ କି ରିଭଲ୍ୟୁସନ୍ ଖତମ୍ ହୋ ଚୁକା। ୟେ ଅବି ଚଲ୍ ରହାହୈ ପୋଷ୍ଟ-ରିଭଲ୍ୟୁସନାରୀ ପିଇସ୍ ଟାଇମ୍! ସବ୍ ଠିକ୍ ହୈ... ଓଁ ଶାନ୍ତିଃ ଶାନ୍ତିଃ ଶାନ୍ତିଃ!" କିନ୍ତୁ ଏସବୁ କଥା ସେ ପାଟିଖୋଲି ନିଜ ଅର୍ଡର୍ଲି ହାସ୍‌ନାନ୍‌କୁ ପୂରାପୂରି କହିନଥିଲା - କେବଳ ତା ପାଟିରୁ ବାହାରି ଯାଇଥିଲ-ସେଇ ଆରମ୍ଭ ଦୁଇ ତିନିଟା ଶବ୍ଦ "ଆରେ ଚଲ୍-ଖୁନ୍"। ଏହା ପରେ ସେ ସ୍ୱତଃ ସ୍ୱଗତୋକ୍ତିରେ ନିଜର ମନୋଭାବ ନିଜ ପାଖରେ ବ୍ୟକ୍ତ କରିଥିଲା।

ଏହାପରେ ଆରମ୍ଭ ହେଇଗଲା ଅଫିସ୍ କାମ। ନିଜ ଟେବୁଲ୍‌କୁ ଭଲକରି ଥରେ ଚାହିଁନେଲା ଅର୍ଦ୍ଧେନ୍ଦୁ। ହାସ୍‌ନାନ୍ ତା କାମ ଠିକ୍ ଠିକ୍ କରିସାରିଚି ଦେଖି ତା ମନରେ ସାମାନ୍ୟ ସରସତା ଫେରିଆସିଲା। ଫ୍ଲାୱାର୍ ଭେସ୍‌ରେ ଗୋଟାଏ ମସ୍ତବଡ଼ ପଦ୍ମ-ଦରଫୁଟିଲା କଢ଼ଟିଏ ତା ପାଖକୁ।

ଅର୍ଦ୍ଧେନ୍ଦୁର ପ୍ରିୟ ଫୁଲ ହେଲା ଏଇ ପଦ୍ମ। ନିଜ ପକେଟ୍‌ରୁ ଟଙ୍କା ଖର୍ଚ୍ଚ କରି ସେ ଏ ପଦ୍ମ ମଗାଏ ଅଫିସ୍ ଟେବୁଲର ଫ୍ଲାୱାର୍ ଭେସ୍ ପାଇଁ। ଟେବୁଲ୍ ଉପରେ ଫୁଟିଲା ପଦ୍ମଟିଏ ଦେଖିବାର ଇଚ୍ଛା ତାର ବହୁ ଦିନର। ଗାଁ ସ୍କୁଲ୍‌ରେ ପାଠ ପଢୁଥିଲାବେଳେ ବି ସେ ନିଜ ପଢ଼ା ଜାଗାରେ ଗୋଟିଏ ପଦ୍ମ ଥୋଇଲେ ଯାଇ ପଢ଼ିବାକୁ ବସୁଥିଲା। ସେତେବେଳେ ପଦ୍ମ ପୋଖରୀଟାଏ ଥାଏ ଘର ପାଖରେ। ପଦ୍ମ ପୋଖରୀ ହୁଡ଼ାରେ ତାଙ୍କ ଘର। ଘର ତ ନୁହେଁ କୁଡ଼ିଆ। ନୁଆଁଣିଆ ଚାଳଛପର ଦି' ବଖରା ମାଟି ଘର। ଘରକୁ ଲାଗି ଗୁହାଳ। ଗୋରୁ, ଗୋବର ଛଡ଼ା ଆଉ ଗୋଟିଏ ଚିହ୍ନା ବାସ୍ନା ହେଲା ପଦ୍ମ ପୋଖରୀର ଦଳୁଆ ପାଣି। ଏସବୁ ଭିତରେ ପଦ୍ମ! ଅର୍ଦ୍ଧେନ୍ଦୁର ପିଲା ଦିନଟା ଖୁବ୍ ଶାନ୍ତିରେ କଟିଯାଇଥାଏ ସେଇ ଧୀର ଶାନ୍ତ ଆଉ ସୁସ୍ଥ ପରିବେଶ

ଭିତରେ। କିନ୍ତୁ ଗାଁ ଛାଡ଼ି ସେ ଯେତେବେଳେ ଆସିଲା ସହରକୁ - ହାଇସ୍କୁଲକୁ, ସେଇଠି ପ୍ରଥମ ଅଭାବଟା ତାକୁ ଲାଗିଲା। ପଢ଼ା ଟେବୁଲ ଉପରେ ଆଉ ପଦ୍ମଟିଏ ରଖି ପାରିନଥିଲା ସେ। ସହରରେ ପଦ୍ମ ଦୁଷ୍ପ୍ରାପ୍ୟ ନୁହେଁ ଯଦିଚ, ତଥାପି ସହରରେ ପଦ୍ମ କେଉଁଠି ମିଳେ ଏ କଥା ଚାକିରି ଆରମ୍ଭଯାକେ ଥିଲା ଅଜ୍ଞାତ ତା ପାଇଁ।

ହାଇସ୍କୁଲ୍‌ରୁ କଲେଜ, କଲେଜରୁ ଚାକିରି ଆରମ୍ଭ। ପ୍ରାୟ ଦଶନ୍ଧିଟିଏ ପଦ୍ମ-ଠାରୁ ବିଚ୍ୟୁତ ରହିଗଲା ପରେ ଅର୍ଦ୍ଧେନ୍ଦୁ ଓ ପଦ୍ମ ଏ ଦୁହେଁ ପ୍ରାୟ ଦୁଇଟି ବିପରୀତ ମେରୁ ଆଡ଼କୁ ନିଜକୁ ନିଜେ ଘୁଞ୍ଚେଇ ନେଇ ସାରିଥିଲେ-ଜୀବନର ଅବଶିଷ୍ଟ ଲମ୍ବା ବର୍ଷଗୁଡ଼ାକ ପାଇଁ। ଏଇ ଦଶନ୍ଧି ଭିତରେ 'ପଦ୍ମ' ପରିବର୍ତ୍ତେ 'ରକ୍ତ' 'ରକ୍ତ' ହେଇ ଅନେକଟି ମୂଲ୍ୟବାନ୍ ବର୍ଷ ବିତିଯାଇଥିଲା ବରଂ। ଅର୍ଦ୍ଧେନ୍ଦୁ ଥିଲା ଜଣେ ଖ୍ୟାତନାମା ଛାତ୍ରନେତା କଲେଜ କ୍ୟାରିଅର୍‌ରେ। ତା ପଢ଼ାଟେବୁଲ୍ ଉପରେ ଗଦାଗଦା ବହି ଭିତରେ ସବୁଠୁ ବେଶି ଦୃଷ୍ଟିଆକର୍ଷଣକାରୀ ବହି ତିନିଖଣ୍ଡକୁ ଏଯାଏ ମଧ୍ୟ ଭୁଲି ପାରିନାହିଁ ସେ-ଦାସ୍‌କ୍ୟାପିଟାଲ ଭଲ୍ୟୁମ୍ ୧, ୨ ଓ ୩। ତା'ଛଡ଼ା ଷ୍ଟାଲିନ୍‌ଙ୍କ ଜୀବନୀ! ମସ୍କୋ ପବ୍ଲିକେଶନ୍‌ର ସେଇ ନୂଆ ବହିଟାର ବାସ୍ନା ଏବେ ମଧ୍ୟ ତାଜା ରହିଚି ତା' ନାକରେ। ପାଇନ୍ ପଲ୍‌ପରୁ ତିଆରି ସେଇ କାଗଜର ବାସ୍ନା ସହିତ ଅର୍ଦ୍ଧେନ୍ଦୁ ସ୍ମୃତି ବିସ୍ମୃତି ଲାଭ କରେ ଏତେ ଦ୍ରୁତ ବେଗରେ ଯେ ନିଜକୁ ଆୟତ୍ତ କରିପାରୁନଥିଲା ସେ ସେତେବେଳେ। ପଢ଼ା ଟେବୁଲରେ ବସିଲାବେଳେ ପ୍ରଥମେ ପ୍ରଥମେ ସେ ତାର ସେଭଳି ଅଣ-ଆୟତ୍ତ ଭାବଟାକୁ ଅନୁଭବ କରୁଥିଲା ସେଇ ବହିଟାର ବାସ୍ନା ଯୋଗୁ! କ୍ରମେ ସେ ଭାବ ମଧ୍ୟ ବହି ବ୍ୟତିରେକେ ତାକୁ ଉଚ୍ଛନ୍ନ କରିବାକୁ ଲାଗିଲା। ତାକୁ ସେତେବେଳେ ପ୍ରାୟ ସବୁବେଳେ ଲାଗୁଥାଏ ଯେମିତିକି ସେ ମସ୍କୋ କି ଲେନିନ୍ ଗ୍ରାଡ୍ କି ଷ୍ଟାଲିନ୍‌ଗ୍ରାଡ୍‌ରେ ବୁଲୁଛି। ଥରେ ଥରେ ବି ସେ ସ୍ୱପ୍ନ ଦେଖେ ସାଇବେରିଆର କିମ୍ବା ଭଲ୍‌ଗା ନଦୀର। ଏହାଛଡ଼ା ତାର ସେତେବେଳର ଅତି ପ୍ରିୟ ରଙ୍ଗଟି ଥିଲା ଲାଲ୍ - ଗାଢ଼ ଲାଲ। ଏହା ବ୍ୟତୀତ ଅନ୍ୟ ଯେକୌଣସି ରଙ୍ଗ ଦେଖିଲେ ତାର କେବଳ ବିରକ୍ତି ନୁହେଁ, ଏକ ଅହେତୁକ ହିଂସ୍ରତା ତାକୁ ଆଚ୍ଛନ୍ନ କରିପକାଉଥିଲା। ଉଦାହରଣ ସ୍ୱରୂପ ତାର ଶତ୍ରୁ ଭଳି ରଙ୍ଗଟା ଥିଲା ଗେରୁଆ ରଙ୍ଗଟା ଯୋଉଟା ଲାଲ୍ ନୁହେଁ କି ମାଟିଆ ନୁହେଁ। ଏଇ କାରଣରୁ ସେ ଭୀଷଣ ପ୍ରତିବାଦ କରେ ସେଇ ରଙ୍ଗଟା ବିରୋଧରେ। ରାମକୃଷ୍ଣ ମଠର ଯେ କୌଣସି ବାବାଜିଙ୍କୁ ଦେଖିଲେ ସେ ଅସହିଷ୍ଣୁ ହୋଇପଡ଼େ ତତ୍‌କ୍ଷଣାତ୍। ସେତେବେଳକାର ମନୋବୃତ୍ତିକୁ ତାର ନିଘାକଲେ ସେ ନିଜେ ସ୍ୱୀକାର କରେ- "ହଁ, ସେଦିନ ସ୍ୱାମୀ ବିବେକାନନ୍ଦଙ୍କୁ ମଧ୍ୟେ ଜଣେ ଭଣ୍ଡ ଶଠ ବାବାଜିଛଡ଼ା ଆଉ କିଛି ଚିନ୍ତା କରିପାରିନଥିଲା।" ଏଇ କାରଣରୁ ସେ ତା

ଛାତ୍ରଜୀବନରେ ସମଗ୍ର ଭାରତୀୟ ସନ୍ନ୍ୟାସ ପରମ୍ପରାକୁ କଠୋର ସମାଲୋଚନା ସହିତ ନିନ୍ଦା କରୁନଥିଲା କେବଳ-ବ୍ଲାସ୍‌ଫେମି ମଧ୍ୟ କରି ଆସୁଥିଲା। ତାର ଏ ମନୋବୃତ୍ତି ଆଜି ମଧ୍ୟ ଜୀବିତ। ତେବେ ଯେଉଁଦିନ ସର୍ବଭାରତୀୟ ସେବାର ସର୍ବୋଚ୍ଚ ଚାକିରିର ସନ୍ତକ ସ୍ୱରୂପ ଏଇ ତିନୋଟି ଅକ୍ଷର ଆଇ. ଏ. ଏସ୍. ତା ନାଁ ପରେ ଯୋଡ଼ହେଇଗଲା ସେଦିନ ଅର୍ଦ୍ଧେନ୍ଦୁ ଆଉ ରହିପାରି ନଥିଲା ତାର ଛାତ୍ରୀବନର ଅର୍ଦ୍ଧେନ୍ଦୁ ହୋଇ। ତଥାପି ସେଦିନ ବି ତା ଟେବଲ୍ ଉପରେ ଗୋଟିଏ ଫ୍ଲାୱାର୍-ଭେସ୍ ଭିତରୁ, ଗୋଟିଏ ଗୋଟିଏ ଅର୍ଦ୍ଧଚନ୍ଦ୍ରକାର ମୃଣାଳ ପ୍ରାନ୍ତରୁ ଝୁଲିପଡ଼ିଥିବା ପ୍ରାୟ ଅଧଡଜନେ ପଦ୍ମକୁ ଅନେଇଦେଇ ସେଇ ଚାକିରି ଆରମ୍ଭ ଦିନ ହିଁ ସେ ଚମକିପଡ଼ି ପଚାରିଥିଲା ତାର ସେତେବେଳର ଅଡ଼ର୍ଲିକୁ, "ରାମୁଡ଼! ଏସବୁ କି କାମ! କିଏ କହିଲା ତତେ ଏଗୁଡ଼ାକ ଏଠି ଆଣି ଥୋଇବାକୁ - ଏଁ? ନେ ଫୋପାଡ୍!"

ସେତେବେଳେ ତାର ପ୍ରଥମ ପୋଷ୍ଟିଂ ହେଉଥିଲା ସେଇ ରାମୁଡୁର ରାଜ୍ୟରେ ଯେଉଁଠି ନାରୀମାନେ ବେଣୀରେ କିଆ, କେତକୀ, ଚାମେଲିଠାରୁ ପଦ୍ମ ପର୍ଯ୍ୟନ୍ତ ସମସ୍ତ ପ୍ରକାର ଫୁଲ ଖୋଷିବାର ସଉକ୍ ଥାଏ ବୋଲି ନୁହେଁ - ଫୁଲହିଁ ନାରୀ, ଫୁଲହିଁ ଐଶ୍ୱର୍ଯ୍ୟ, ଫୁଲହିଁ ଶକ୍ତି ବୋଲି ସାଧାରଣ ଲୋକେ ବିଶ୍ୱାସ କରିଆସିଥାନ୍ତି ଆବହମାନ କାଳରୁ।

ପଦ୍ମଫୁଲକୁ ଏ ଟୋକା ହାକିମ ଫୋପାଡ୍ ଫୋପାଡ୍ କହୁଚି ଶୁଣି ମଧ୍ୟ କାନକୁ ବିଶ୍ୱାସ କରିପାରିଲା ନାହିଁ ରାମୁଡୁ। କହିଲା ଖାଲି, "ଚିଉମ୍, ଚିଉମ୍, ହଜୁର୍ ଚିଉମ୍..."

ଅର୍ଦ୍ଧେନ୍ଦୁ କଅଣ କରିବ ସ୍ଥିର କରିପାରିଲା ନାହିଁ। ଭେସ୍‌ଟାରୁ ପଦ୍ମଫୁଲର ଗୁଚ୍ଛଟାକୁ ଉଠେଇ ବାହାରକୁ ଫୋପାଡ଼ି ଦେଲା ସେ। ହଠାତ୍ ସେତିକିବେଳେ ତା ଦୃଷ୍ଟିରେ ପଡ଼ିଲା- ଏକ ଅର୍ଦ୍ଧଉଲଗ୍ନା ସ୍ତ୍ରୀଲୋକ! ମୁଣ୍ଡରେ ବିଶାଳ କାଠ-ଗୋଛା ମୁଣ୍ଡେଇ ବଣ ଆଢୁଆଳରୁ ବାହାରିଆସିଲା - ଏକା ନୁହେଁ ତା ପଛରେ ଆଉ ଅନେକ- ଅବିକଳ ସେଇ ରୂପ। କୌପୁନୀ ଖଣ୍ଡେ ଖଣ୍ଡେ ଅଣ୍ଟା ଚାରିପଟେ - ମୁଣ୍ଡରେ ବିରାଟ କାଠଗୋଛା। ତା ସହିତ ନଗ୍ନ ବକ୍ଷରୁ କାହାର କାହାର ଝୁଲି ପଡ଼ିଚନ୍ତି ଗୋଟିଏ ଗୋଟିଏ କଅଁଳା ଛୁଆ ତ କାହାର ଉଦରାକୃତିରୁ ମନେହେଉଥାଏ ସମ୍ଭବତଃ ଆସନ୍ନପ୍ରସବା।

କିନ୍ତୁ ସେଇ ଉଲଗ୍ନା ଶବରୁଣୀ ଗୁଡ଼ାକ ହଠାତ୍ ଏକ ତୁମୁଳ କାଣ୍ଡ ଆରମ୍ଭ କରିଦେଲେ ଅର୍ଦ୍ଧେନ୍ଦୁର ଅଫିସ୍ ସାମ୍ନାରେ। ମୁଣ୍ଡର ବୋଝକୁ ତଳେ ଫୋପାଡ଼ି ଦେଇ ପ୍ରତ୍ୟେକେ ଦଉଡ଼ି ଆସିଲେ ସେଇ ଗୋଟାଏ ଲକ୍ଷ୍ୟରେ-ଫୁଲ, ପଦ୍ମଫୁଲ। କିଛି ସମୟ ପାଇଁ ଗାଁଲୋକମାନଙ୍କର କଳରୋଳରେ ସ୍ଥାନଟା ମୁଖରିତ ହୋଇଉଠିଲା।

ଏସ୍. ଡି. ଓ. ଅଫିସ୍‌ର ସାମନାପଟ ହେଇଥିବାରୁ ଓକିଲ ମହକିଲମାନେ

ଘେରିଗଲେ ଚାରିଆଡୁ। କିଛି ସମୟ ପର୍ଯ୍ୟନ୍ତ ସେ କାକଳି ବା କଳିଗୋଳ ନତୁଟିବା ଯୋଗୁ ଅର୍ଦ୍ଧେନ୍ଦୁ ବିରକ୍ତ ହୋଇ ପୁଲିସ୍ ଗାର୍ଡ଼୍‌କୁ ଡକେଇ ପଠେଇଲା। କିନ୍ତୁ ସେତେବେଳକୁ ସେମାନେ ସେ ସ୍ଥାନ ଛାଡ଼ି ଚାଲିଯିବାକୁ ବାହାରିଥିଲେ। କାଠ-ଗୋଛାଗୁଡ଼ିକୁ ପୁଣିଥରେ ମୁଣ୍ଡେଇ ନେଇଥାନ୍ତି ସେମାନେ। କିନ୍ତୁ ସେଇ ଗୋଛା ଅନ୍ତରାଳରୁ, ଅଦୃଶ୍ୟ ନାରୀମୁଖକୁ ଦୃଶ୍ୟମାନ କରିଦେଉଥିଲା ଗୋଟିଏ ଗୋଟିଏ ପଦ୍ମଫୁଲ! ଆଶ୍ଚର୍ଯ୍ୟ ହେଲା ଅର୍ଦ୍ଧେନ୍ଦୁ। ଉଲଗ୍ନ ଅର୍ଦ୍ଧଭୁକ୍ ଶ୍ରମଜୀବୀ ଶ୍ରମିକ ଶ୍ରେଣୀ ମଣିଷର ଫୁଲ କଅଣ ଏତେ ଲୋଡ଼ା-? ଚିନ୍ତା କରିପାରିଲା ନାହିଁ ସେ।

"ଆର୍ ଦେ ଫୁଲ୍‌ସ ?" - ତା ତଳ ଅଫିସର୍ ସ୍ଥାନୀୟ ଜଣେ ସବ୍ ଡେପୁଟିଙ୍କୁ ପଚାରିଥିଲା ସେ, "ହଙ୍ଗ୍ରି ମେନ୍ ଫୁଡ୍ ନ ଖୋଜି ଫୁଲ ଖୋଜନ୍ତି କାହିଁକି ଏଠି ପଟ୍ଟନାୟକବାବୁ ?"

ପଟ୍ଟନାୟକ ହସିଦେଇଥିଲେ।

କିନ୍ତୁ, ତା'ର ପରଠୁଁ ଫ୍ଲାୱାର ଭେସ୍‌ରେ ପାଣିରଖି ତହିଁରେ ତାଜା ପଦ୍ମ ବା କଇଁଫୁଲ ଆଣି ରଖିବାକୁ ସେ ଅର୍ଡ଼ର ଦେଇଥିଲା ଅଡ଼ର୍‌ଲି ରାମୁଡୁକୁ। ରାମୁଡୁ ନିଜ ବିସ୍ମୟକୁ ଚାପିରଖି ଆଦେଶ ତାମିଲ କରିଚାଲିଥିଲା ତା ପରଠୁଁ।

ଅର୍ଦ୍ଧେନ୍ଦୁ ଇତିମଧ୍ୟରେ ଅନେକ ଅଞ୍ଚଳ ଓ ଅନେକ ଅଫିସ୍ ଅତିକ୍ରମ କରି ଆସି ପହଞ୍ଚିଲାଣି ସେକ୍ରେଟେରିଏଟ୍‌ରେ। ପ୍ରାୟ ଚଉଦବର୍ଷ ବିତିଗଲାଣି ଏଇ ଭିତରେ। ସେ ବର୍ତ୍ତମାନ କମିସନ୍‌ର ର୍‍ୟାଙ୍କର ଜଣେ ହାକିମ। କିନ୍ତୁ ଅର୍ଦ୍ଧେନ୍ଦୁ ଏଯାଏଁ ସେଇ ଅର୍ଦ୍ଧେନ୍ଦୁ ହିଁ ହୋଇ ରହିଛି ତା ଅନ୍ତରର କେଉଁ ନିଭୃତ ଅଞ୍ଚଳରେ। ସେ ତାର ସର୍ବୋଚ୍ଚ ଅଫିସର୍ ପୂର୍ଣ୍ଣେନ୍ଦୁ ପରି ନିଜକୁ ବୁଝାଇ ଦେଇ ପାରିନାହିଁ, "ବିପ୍ଳବର ଯୁଗ ସରିଗଲା-ଏଣିକି ପିଇସ୍ ପିଇସ୍ - ବୁଝିଲେ ?"

ଅଫିସ୍ ଟାଇମ୍ ଗଡ଼ିଗଡ଼ି ଚାଲିଥାଏ ଦଶରୁ ଏଗାର। ଫାଇଲ୍ ଗଦାଟାକୁ ସେପର୍ଯ୍ୟନ୍ତ ଛୁଇଁନଥାଏ ମଧ୍ୟ ସେ। କଅଣ ଭାବୁଥାଏ କେବଳ ସେଇ ଏକା ଜାଣେ। କାନ୍ଥ ଘଡ଼ିକୁ ଚାହିଁଲା ସେ - ଏଗାରଟା ପାଞ୍ଚ। ଚମକି ପଡ଼ିଲା ଅର୍ଦ୍ଧେନ୍ଦୁ। ପୂର୍ଣ୍ଣେନ୍ଦୁଙ୍କ ସହିତ ପୁଣି ମିଟିଂ। ଏନ୍‌ଗେଜ୍‌ମେଣ୍ଟ ପ୍ୟାଡ୍‌କୁ ଅନେଇ ଦେଖିଲା- ମିଟିଂଟା ହବ ଏକ ନମ୍ବର କନ୍‌ଫରେନ୍‌ସ ହଲ୍‌ରେ। ବେଶ୍ ବଡ଼ ମିଟିଂ। କେନ୍ଦ୍ରରୁ ସେକ୍ରେଟେରି ର୍‍ୟାଙ୍କର ଅଫିସରଙ୍କ ସହିତ ଡିପାର୍ଟମେଣ୍ଟାଲ୍ ହେଡ୍‌ଙ୍କ ମିଟିଂ। ମିଟିଂ ଟାଇମ୍ ସାଢ଼େ ଏଗାର। ବିଷୟ ସୂଚୀକୁ ନିଘା କଲା ସେ ଆଉଥରେ - କଳାହାଣ୍ଡିରେ ଦୁର୍ଭିକ୍ଷ। ପ୍ରଧାନମନ୍ତ୍ରୀଙ୍କ ଭିଜିଟ୍‌ର ଫଳାଫଳ-ଆଫ୍‌ଟର୍ ମାଥ୍! ଆଶଙ୍କିତ ହୋଇପଡ଼ିଲା ଅର୍ଦ୍ଧେନ୍ଦୁ। ଫାଇଲ୍ ଗଦାଟାକୁ ଆଉ ଥରେ ଅନେଇ ଦେଇ ଶିହରି ଉଠିଲା ସେ। ଗଡ୍! ଏ ପର୍ଯ୍ୟନ୍ତ

ଗୋଟାଏ ହେଲେ ଫାଇଲ୍ ଛୁଇଁନାହିଁ ତ ସେ ! ଏ ସବୁଗୁଡ଼ାକ ନିଶ୍ଚେ ସେହି କଳାହାଣ୍ଡି ଫାଇଲ୍ ! କନ୍‌ଫରେନ୍‌ସକୁ ନେଇ ଏତେ ଗୁଡ଼ାଏ ଫାଇଲ୍ – ଅଥଚ ଏ ପର୍ଯ୍ୟନ୍ତ ଗୋଟିଏ ହେଲେ ଖୋଲି ନାହିଁ ସେ ! ଓ ! ଗଡ୍ !

ଅର୍ଦ୍ଧେନ୍ଦୁ କଲିଂବେଲ୍ ଚିପିଲା। ହାସନାନ୍ ମୁହଁ କାଢ଼ିଲା ପରଦା ପାର୍ଟିସନ୍ ଫାଙ୍କରୁ। "ସାର୍ ?" ହାସନାନ୍ ମୁହଁରେ ମୁହେଁ ଦାଢ଼ି।

"ଷ୍ଟେନୋବାବୁଙ୍କୁ ଡାକ।" ଅର୍ଦ୍ଧେନ୍ଦୁ ହାସନାନ୍ ଦାଢ଼ିକୁ ଅନେଇ ସେତେବେଳକୁ ବୁଝିନେଇ ସାରିଥାଏ-ହାସ୍‌ନାନ୍‌ର ରମ୍‌ଜାନ୍ ମାସ ଚାଲିଚି। କିଛି ଖାଇ ନଥିବ ସେ ଅଫିସ୍ ଆସିବା ପୂର୍ବରୁ।

ହାସନାନ୍ ଅନ୍ତର୍ଦ୍ଧାନ ହୋଇଗଲା। ଆସିଲେ ଷ୍ଟେନୋବାବୁ। ସଫା ଧଳା ଧୋତି ପଞ୍ଜାବି ସାଙ୍ଗକୁ ଗହଳ ଭୂଲତା ଦ୍ୱୟର ଠିକ୍ ମଝିରେ ଗୋଟିଏ ଚମତ୍କାର ଚନ୍ଦନଟୋପା ଯୋଗୁ ଲୋକଟା ଖୁବ୍ ଖାଣ୍ଟି ଖାଣ୍ଟି ଲାଗେ ଅର୍ଦ୍ଧେନ୍ଦୁକୁ।

"ମିଶ୍ରବାବୁ, କଳାହାଣ୍ଡି ଦୁର୍ଭିକ୍ଷ ଫାଇଲ୍ ଗୁଡ଼ାକ ରେଡ଼ି ତ ? କନ୍‌ଫରେନ୍‌ସ ପରା ସାଢ଼େ ଏଗାରଟାରେ ?"

ଇନ୍‌ଫରମେସନ୍ ସିଟ୍‌ଟାକୁ ସସମ୍ମାନେ ଅର୍ଦ୍ଧେନ୍ଦୁ ସମ୍ମୁଖରେ ରଖିଦେଲେ ଷ୍ଟେନୋଗ୍ରାଫର୍। ଅଳ୍ପ ହସି କହିଲେ, "ଏଥିରେ ସବୁ ଅଛି ସାର୍ – କଳାହାଣ୍ଡି ବିଷୟରେ ଯାହା ଦରକାର। ପନ୍ଦର ଦିନ ଲାଗିଲାଣି ସାର୍ ! କିନ୍ତୁ... ?"

"କିନ୍ତୁ ?" ଅର୍ଦ୍ଧେନ୍ଦୁ ପ୍ରାୟ ପଚାଶ ପୃଷ୍ଠାର ସେଇ ଟାଇପ୍ କରା କାଗଜ ତାଡ଼ାଟା ଉପରୁ ମୁହଁ ଟେକିଲା। ଚନ୍ଦନ ଟୋପାଟା ଦୁଇ ଭୂରୁ ମଝିରୁ ଜଳ ଜଳ ଚାହିଁଥାଏ ଲୋକଟାର କପାଳରୁ ସେମିତି ଅର୍ଦ୍ଧେନ୍ଦୁର ଆଖିକୁ।

"ସବୁ ପଲିଟିକାଲ୍ ସାର୍-ଆପଣ ଜାଣନ୍ତି !" ମିଶ୍ର ଲୋକଟା ଖାଣ୍ଟି ଖାଣ୍ଟି ଲାଗେ ଅର୍ଦ୍ଧେନ୍ଦୁକୁ।

"ତା ମାନେ ? ଏ ଇନ୍‌ଫର୍ମେସନ୍ ଡାଟା, ଏ ଫାଇଲ୍ ଗଦା ଏଗୁଡ଼ାକ ସବୁ ଫଲସ୍ ? ମିଛ ?"

"ମିଛ ନୁହେଁ-କିନ୍ତୁ ପଲିଟିକାଲ୍ ସାର୍, ସବୁ ପଲିଟିକାଲ୍। ଏବାଟେ କଳା-ହାଣ୍ଡିରୁ ଦୁର୍ଭିକ୍ଷ ଯିବ ନାହିଁ ସାର୍।" ଚନ୍ଦନ ଟୋପାଟାର ଔଜ୍ଜ୍ୱଲ୍ୟ ହଠାତ୍ ବଢ଼ିଗଲା ଭଳି ଦିଶିଲା ଅର୍ଦ୍ଧେନ୍ଦୁକୁ।

"ତେବେ କଅଣ କଲେ ଯିବ ଭାବୁଛନ୍ତି ଆପଣ ?" – ଆଶ୍ଚର୍ଯ୍ୟ ହେଲା ଅର୍ଦ୍ଧେନ୍ଦୁ ନିଜ ସ୍ୱର ନିଜେ ଶୁଣି। ନିଜଠୁଁ ତଳ ଲେଭଲ୍ ତଳ ର୍‍ୟାଙ୍କ୍‌ର ଲୋକଙ୍କ ସାଙ୍ଗରେ ଏତେ ଫ୍ରାଙ୍କ୍ ସେ ହୁଏନା ସାଧାରଣତଃ।

"ମୁଁ କଅଣ ଜାଣେ ସାର୍ ?" ମିଶ୍ରଙ୍କ ଚନ୍ଦନଟିପାର ଔଜ୍ଜ୍ୱଲ୍ୟ କିନ୍ତୁ ବଢ଼ିଚାଲିଥାଏ ତାଙ୍କ କପାଳରେ। ହଠାତ୍ ଲୋକଟା ମୁହଁରୁ ବାହାରିପଡ଼ିଲା, "ଆପଣଙ୍କ ହାତରେ ଅଛି ସବୁ ଚାବି। ଆପଣ ଯଦି ଚାହିଁବେ ଆଜିର ହାଇ ଲେଭଲ୍ କନ୍‌ଫରେନ୍‌ସରେ ସମସ୍ତଙ୍କ ମୁଖା ଖୋଲିଯିବ। କିନ୍ତୁ ଏ କ'ଣ ସମ୍ଭବ !"

ଅର୍ଦ୍ଧେନ୍ଦୁ ଧଡ଼କନା ଉଠି ଠିଆହେଇ ପଡ଼ିଲ। ଏତେ ଜୋର୍‌ରେ ଉଠିପଡ଼ିଲା ଯେ ତା ରିଭଲଭିଂ ଚେୟାରଟାର ଚାରିଗୋଡ଼ରେ ଲାଗିଥିବା ବଲ୍ ଚାରିଟା ପଛକୁ ପେଲିହେଇ ସେ'ଟା କିଛି ଦୂର ଘୁଞ୍ଚିଗଲା।

ସେଦିନ କନ୍‌ଫରେନ୍‌ସରୁ ଫେରୁ ଫେରୁ ସାଢ଼େ-ପାଞ୍ଚ। ମଝିରେ ସାମାନ୍ୟ ସ୍ନାକ୍‌ସ-ଲଞ୍ଚ ପାଇଁ କିଛି ସମୟ ବ୍ରେକ୍ ଛଡ଼ା କନ୍‌ଫରେନ୍‌ସ ହଲ୍‌ରେ ଆଲୋଚନା ପ୍ରାୟ ଲଗାତାର ସାଢ଼େ ଏଗାରରୁ ସାଢ଼େ ପାଞ୍ଚ ଚାଲିଲା।

ମିଟିଂ ସରିଗଲା। ଅର୍ଦ୍ଧେନ୍ଦୁକୁ ନିଜ ରୁମ୍‌କୁ ଡାକିନେଲେ ପୂର୍ଣ୍ଣେନ୍ଦୁ - "ୟୁ ସେଭ୍‌ଡ ଆୱାର୍ ନେକ୍‌ସ ଅର୍ଦ୍ଧେନ୍ଦୁ ଥ୍ୟାଙ୍କ ୟୁ!" ପୂର୍ଣ୍ଣେନ୍ଦୁଙ୍କ କମ୍ପ୍ଲିମେଣ୍ଟ୍‌ସ୍ ଶୁଣି ଅର୍ଦ୍ଧେନ୍ଦୁର ମୁଣ୍ଡ ତଳକୁ ହେଇଗଲା।

"ତମେ ଯୋଉ ଫ୍ୟାକ୍ଟସ ଫିଗର୍ ଗୋଟାକ ପରେ ଗୋଟାଏ ତାଙ୍କ ମୁହଁକୁ ଏମ୍ କରି ଫାୟାରିଂ କଲ ସେଥିରେ ସେଣ୍ଟ୍ରାଲ୍ ଟିମ୍ ଚୁପ୍। ଚୁପ୍ କରିଦେଲ ସମସ୍ତଙ୍କୁ ତମେ ଆଜି। ଅଲ୍ କ୍ୱାଏଟ ଅନ୍ ଦି ୱେଷ୍ଟର୍ଣ୍ଣ ଫ୍ରଣ୍ଟ୍ !"

"ତା ମାନେ ? କିଛି ଗୋଟାଏ ହବ ? ଆଇ ମିନ୍-କଳାହାଣ୍ଡିର ଦୁର୍ଭିକ୍ଷକୁ ଏଡ଼ାଇ..."

ଏଥର ଅର୍ଦ୍ଧେନ୍ଦୁ ମୁହଁ ଉପରକୁ ଗୋଟିକ ପରେ ଗୋଟିଏ ସାଂଘାତିକ ସାଲ୍‌ଭୋ ଛାଡ଼ିଲେ ପୂର୍ଣ୍ଣେନ୍ଦୁ, "ଡୋଣ୍ଟ୍ ଥିଙ୍କ୍ ଅଫ୍ କଳାହାଣ୍ଡି ନାଓ ! ନାଓ ଥିଙ୍କ୍ ଅଫ୍ ୟୋରସେଲ୍‌ଫ ! ନିଜ କଥା ଭାବ। ଏ ଖବର ଚିଫ୍‌ମିନିଷ୍ଟର୍‌ଙ୍କ କାନକୁ ଯିବ। ପ୍ରାଇମ୍ ମିନିଷ୍ଟରଙ୍କ କାନକୁ ଯିବ। ହ୍ୱାଟ୍ ଡୁ ୟୁ ଥିଙ୍କ୍ ଅଫ୍ ୟୋରସେଲ୍‌ଫ ? ମୁଁ ତୁମକୁ ଆଜି ଅଫିସ ଫାଷ୍ଟ୍ ଆୱାର୍‌ରେ ଚେତେଇନଥିଲି - ଏଇଟା ବଡ଼ ରିଭଲ୍ୟୁସନ୍‌ର ଯୁଗ ନୁହେଁ - ଏଟା ଗ୍ଲାସ୍‌ନଷ୍ଟ୍, ପେରିଷ୍ଟ୍ରୋଇକାର ଯୁଗ ! ସେତେବେଳେ ସୋଭିଏଟ୍ ରୁଷ୍‌ରୁ ରିଭଲ୍ୟୁସନ୍ ମରିଗଲାଣି, ଚାଇନାରେ ଡେଙ୍ଗୁଜିଆଓ ପିଙ୍ଗ୍ ଏଜ୍ ଷ୍ଟାର୍ଟ ହେଇଗଲାଣି ତମେ ଏଇ ଇଣ୍ଡିଆରେ ବ୍ଲଡ଼ି ରିଭଲ୍ୟୁସନ୍ କଥା ଉଠାଉଚ ?"

ଅର୍ଦ୍ଧେନ୍ଦୁର ତଳିପେଟ ଭିତରେ ବରଫ ବରଫ ଅନୁଭୂତି।

"କିନ୍ତୁ ଗ୍ଲାସନଷ୍ଟ୍, ପେରିଷ୍ଟ୍ରୋଇକା ମାନେ ତ ଏଇଆ-ବୁରୋକ୍ରାଟିକ୍ ରିଭଲ୍ୟୁସନ୍ ! ଯୋଉମାନେ ଅଫିସ୍ ଭିତରେ ରିଭୋଲ୍‌ଟ କରିବାକୁ ଚାହାନ୍ତି, ଗ୍ଲାସ୍‌ନଷ୍ଟ ତ ତାଙ୍କରି ପାଇଁ, ସାର୍ !"

"ଦେନ୍ ଫେସ୍ ଦ ମ୍ୟୁଜିକ୍... କିନ୍ତୁ ମନେରଖ ଅର୍ଦ୍ଧେନ୍ଦୁ ଏଇଟା ଇଣ୍ଡିଆ; ରଷିଆ ନୁହଁ କି ଚାଇନା ନୁହଁ। ସେଣ୍ଟ୍ରାଲ୍ ଟିମ୍ ଦିଲ୍ଲୀ ପହଞ୍ଚିସାରନ୍ତୁ ଟିକେ। ବଳେ ଦେଖିବ ଯେ!" ପୂର୍ଣ୍ଣେନ୍ଦୁ ମୁହଁ ବୁଲେଇ ଝରକା ଆଡ଼କୁ ଅନାଇ ରହିଲେ।

ଚୁପ୍‌ଚାପ୍ ଉଠିଆସିଲା ଅର୍ଦ୍ଧେନ୍ଦୁ। ପୂର୍ଣ୍ଣେନ୍ଦୁ ତାର ବସ୍। ବସ୍ ଆଗରେ ନିଜକୁ ଡିଫେଣ୍ଡ୍ କରିବାକୁ ଯିବା ଅର୍ଥ ପୁଣି ଥରେ ବ୍ଲଡ଼ି ରିଭଲ୍ୟୁସନ୍ - ଜାଣିଥାଏ ସେ।

ନିଜ ଅଫିସ୍ ରୁମ୍‌କୁ ଫେରି ଆସୁ ଆସୁ ଦର୍ଜା ପାଖରେ ଅଟକିଗଲା ତା ପାଦ। ଫାଷ୍ଟ ଆୱାରରେ ନିଜର ଅଫିସକୁ ପଶିବାକୁ ଯିବା ପୂର୍ବରୁ ଯୋଉ ନାମ ଫଳକଟାକୁ ଦେଖି ସେ ପକେଟରେ ହାତ ପୂରାଇ ଛୁରୀ ବା ଚାକୁ ଖୋଜୁଥିଲା ଏଇ ଭିତରେ ହଠାତ୍ ସେ ନାମଫଳକଟା ମୂଳରୁ ସେଠୁ କୁଆଡ଼େ ଉଭାନ୍ ହେଇଯାଇଥିବା ଦେଖି ସେ ହତବାକ୍ ହେଇଗଲା।

ଫାଇଲ୍‌ପତ୍ର ଧରି ଷ୍ଟେନୋ ଅନେକବେଳୁ ଫେରିସାରିବେଣି କନ୍‌ଫରେନ୍‌ସ ହଲ୍‌ରୁ।

ଡୋର୍ ଠେଲି ଅଫିସ୍ ରୁମ୍ ଭିତରକୁ ପଶିଲା ଅର୍ଦ୍ଧେନ୍ଦୁ।

ଭିତରେ କେହି ନାହିଁ।

କଲିଂ ବେଲ୍ ଚିପିଲା ସେ।

କେହି ଆସିଲେ ନାହିଁ।

ହାତ ଘଡ଼ିକୁ ଚାହିଁଲା ସେ - ମୋଟେ ସାଢ଼େ ଛ'। ଅଫିସ୍‌ରେ ଆଠଟା ସାଢ଼େ ଆଠଟା ଯାକେ ବସି ଫାଇଲ୍ ଦେଖିବା ତା ଅଭ୍ୟାସ। କିନ୍ତୁ ଫାଇଲ ଗୁଡ଼ାକ ବି ଗଲା କୁଆଡ଼େ? ତେବେ କ'ଣ... ଗୋଟାଏ ଅସମ୍ଭବ ଚିନ୍ତା ଆସିଗଲା ତା ମନକୁ। ତେବେ କ'ଣ ସେଣ୍ଟ୍ରାଲ୍ ଟିମ୍ ଦିଲ୍ଲୀକୁ ଫୋନ୍ କରି...? ଓ ନୋ! ଅସମ୍ଭବ। ଏଇଟା ଇଣ୍ଡିଆ। ଏ ରଷ ନୁହଁ କି ଚାଇନା ନୁହେଁ। ଏଠି କମିସନର୍ ର୍‍ୟାଙ୍କ୍‌ର ଜଣେ ଆଇ. ଏ. ଏସ୍. ଅଫିସରକୁ ଏମିତି ପାଞ୍ଚ ମିନିଟ୍‌ରେ ବରଖାସ୍ତ କରି ହୁଏନା। ଇମ୍ପସିବ୍ଲ୍! ଇମ୍ପସିବ୍ଲ୍!

ଅର୍ଦ୍ଧେନ୍ଦୁର ଜୋତା ଭିତରେ ଗୋଡ଼ ଆଙ୍ଗୁଠି ଗୁଡ଼ାକ ଖଜବଜ ହବା ଆରମ୍ଭ କରିଦେଲେ। ସେ ପୁଣି ଥରେ ପାଦ ତଳର କଲିଂବେଲ୍ ସୁଇଚ୍ ଟିପିଲା। ବେଲ୍ ରିଂ କଲା-ଥରକୁଥର - ପରେ ପରେ ଖୁବ୍ ଦୀର୍ଘ ସମୟ ପର୍ଯ୍ୟନ୍ତ। କିନ୍ତୁ ସେ ସବୁର ଫଳ କିଛି ହେଉନଥିଲା।

ବରଫ ମୁଣ୍ଡାଟା ତଳି ପେଟ ଓ ଛାତି ଉଭୟ ଅଞ୍ଚଳକୁ ଗ୍ରାସ କରିସାରି ଉପରକୁ ଉପରକୁ ଫୁଲି ଫୁଲି ଗୋଟିଏ ବୃହଦାକାର ଆଇସ୍‌ବର୍ଗ ପାଲଟୁଥାଏ।

ଅର୍ଦ୍ଧେନ୍ଦୁ ଫ୍ଲାୱାର ଭେସ୍‌ର ମଉଳା ପଦ୍ମ ଫୁଲଟିକୁ ଅନାଇ ରହିଯାଇଥାଏ । ତା ଆଖିରେ ଭାସିଯାଉଥାଏ ଗୋଟିଏ ଛୋଟ ମାଟି କୁଡ଼ିଆ ଭଳି ଘର । କୁଡ଼ିଆକୁ ଲାଗି ଗୁହାଳ ଓ ପଦ୍ମପୋଖରୀ । ନାକରେ ତାର ବାଜୁଥାଏ ଗୁହାଳର ଗୋବର ଗନ୍ଧ ଆଉ ତା'ରି ମଝିରେ ମଝିରେ ପଦ୍ମ ପୋଖରୀର ବାସ୍ନା । ସେଇଠୁ ଆରମ୍ଭ ହେଇଥିଲା ତାର ଯାତ୍ରା – ବର୍ତ୍ତମାନ ସେଇଠିକି ଫେରିଯାଉଥାଏ ସେ । ଇଆରି ନାଁ ତେବେ "ଗ୍ଲାସ୍‌ନଷ୍ଟ୍ ? ପେରିସ୍ତ୍ରୋଇକା ?"

■

ଟେଲିଫୋନ୍ କଲ୍-ଇଣ୍ଟରଭ୍ୟୁ ପୂର୍ବଦିନର

'ନୃପେନ୍ ବାବୁ ଘରେ ଅଛନ୍ତି ? ହାଲୋ ? ହାଲୋ ? ହାଲୋ ?'

ଟେଲିଫୋନ୍ ରିସିଭର୍‌ଟାକୁ ଧରି ନୃପେନ୍ ସେଇଭଳି ଚୁପ୍‌ଚାପ୍ ଠିଆ-ହୋଇଥାନ୍ତି। ସକାଳ ଛ'ରୁ ରାତି ଦଶ ଭିତରେ ସେଇଟା ଥିଲା ବୋଧହୁଏ ହଜାରେଏକ ଥରର କଲ। ପ୍ରତିଥର ନୃପେନ ରିସିଭର ଉଠେଇ ଜବାବ ଦେଉଥାନ୍ତି-ମୁଁ ନୃପେନ୍ ସାହାଦେଓ କହୁଚି। ତାପରେ ଆରପଟୁ ଶୁଣାଯାଉଥିଲା- 'ଓ ! ଆପଣ ? ଆଚ୍ଛା ଶୁଣନ୍ତୁ-କାଲି ଆପଣଙ୍କ ଅଫିସରେ ସେ ପିଅନ ଇଣ୍ଟରଭ୍ୟୁଟା ହବାର ଅଛି ନା ?' 'ଆଜ୍ଞା ହଁ-', ନୃପେନ୍‌ଙ୍କ ମୁହଁରୁ ଏତିକି ବାହାରିବା ମାତ୍ରେ ଆରପଟୁ ପ୍ରାୟ ଏକ ରକମର ବକ୍ତବ୍ୟର ଚୋଟ ବସୁଥିଲା ତାଙ୍କ କାନ ପରଦା ଉପରେ- 'ମୁଁ ମିନିଷ୍ଟରଙ୍କ ପି.ଏ. କହୁଚି...' ବା ମୁଁ ସେକ୍ରେଟେରିଙ୍କ ଷ୍ଟେନୋ କହୁଚି' ଅଥବା 'ଶୁଣନ୍ତୁ ନୃପେନ୍ ବାବୁ! ଆପଣ ଜଣେ ପ୍ରିନସିପ୍‌ଲ୍ଡ୍ ଅଫିସର ଜାଣେ ମୁଁ। କିନ୍ତୁ ଏ କେଶ୍‌ରେ ଆପଣଙ୍କୁ କଂପ୍ରମାଇଜ କରିବାକୁ ପଡ଼ିବ। ଆପଣ ତ ଜାଣନ୍ତି ଭୁବନେଶ୍ୱରରେ ରହିବାକୁ ହେଲେ ଏତେ ହେଡ୍‌ଷ୍ଟ୍ରଙ୍ଗନେସ୍ ଚଳେନା। ଏଟା ଗିଭ୍ ଆଣ୍ଡ୍ ଟେକ୍‌ର ଯୁଗ। ପ୍ଲିଜ୍ ଅଣ୍ଡରଷ୍ଟାଣ୍ଡ ମାଇଁ ପଏଣ୍ଟ-ଡୋଣ୍ଟ୍ ଟେକ୍ ଆମିସ୍- ହି ଇଜ୍ ରେଡ଼ି ଟୁ ଗିଭ୍... ନୋ ନୋ ଏଟାକୁ ବ୍ରାଇବ୍ ଭାବନ୍ତୁ ନାହିଁ... ଇଟ୍‌ସ ଡକ୍ଟରସ୍ ଫି ଓନ୍‌ଲି...'

ନୃପେନ୍ ଶୁଣିଚାଲିଥାନ୍ତି। ଟେଲିଫୋନ୍ ଉପରେ ଏଭଳି କଥାବାର୍ତ୍ତା ଶୁଣିବା ତାଙ୍କ ପାଇଁ ନୂଆ ନଥିଲା ଆଦୌ। ଜୀବନସାରା ଏଇଭଳି ଧମକ ଚମକ ଖୋସାମତି ଅତିଶୟୋକ୍ତି ଭିତରେ ତାଙ୍କର ଚାକିରିକାଳ ପ୍ରାୟ ସରିଯିବାକୁ ବସିଲାଣି। କିନ୍ତୁ ଟେଲିଫୋନ୍ ଉପରେ ସିଧାସଳଖ ଏଭଳି କଥା ଶୁଣିବା ଏଇ ଥିଲା ତାଙ୍କର ପ୍ରଥମ ଅଭିଜ୍ଞତା- 'ହି ଇଜ୍ ରେଡ଼ି ଟୁ ଗିଭ୍ !'

ଟେଲିଫୋନ୍ ରିସିଭରଟାକୁ ଧରି ନୃପେନ ସେଇଭଳି ଚୁପ୍‌ଚାପ୍ ଠିଆ ହୋଇଥାନ୍ତି। କାହିଁକି କେଜାଣି ସେଇ ଶେଷ ଥରକର କଲ୍‌ର ଜବାବ ଦେବା ପୂର୍ବରୁ

ତାଙ୍କ ଭିତରେ ଜବାବ ଦେଲାବାଲା ସେଇ ନୃପେନ୍ ସାହାଦେଓ ଲୋକଟା ପୂରାପୂରି ଚୁପ୍ ପଡ଼ିଯାଇସାରିଥାଏ; ଆଉ ତାଙ୍କର ଚିରାଚରିତ ଜବାବ 'ମୁଁ ନୃପେନ୍ ସାହାଦେଓ କହୁଚି' ବୋଲି କହିବାକୁ ଭୁଲିଯାଇସାରିଥାଏ।

'ହାଲୋ? ହାଲୋ? ହାଲୋ!!...'

ରିସିଭର୍‌ଟାକୁ ଯଥାସ୍ଥାନରେ ରଖିଦେଇ ନୃପେନ୍ ସାହାଦେଓ କିଛି ସମୟ ଚୁପ୍‌ଚାପ୍ ଠିଆହୋଇ ରହିଲେ। ଆକାଶୀ ରଙ୍ଗର ନେଳି ଟେଲିଫୋନ୍‌ଟା ଉପରେ ତାଙ୍କ ଆଖି ଅହେତୁକ ଭାବେ ସ୍ଥିର ହୋଇ ରହିଯାଇଥାଏ। ମନ ଭିତରେ ସେତେବେଳେ ତାଙ୍କର କି କି ଭାବ ସବୁ ଖେଳୁଥାନ୍ତି ବା କୁହୁଳିଥାନ୍ତି, ତାଙ୍କୁ ଜଣାନଥାଏ। କିନ୍ତୁ ସେଇ ନେଳି ରଙ୍ଗଟା ତାଙ୍କ ଆଖିରେ ପଡ଼ିବା ଯୋଗୁଁ ତାଙ୍କୁ କିଞ୍ଚିତ୍ ଆଶ୍ୱସ୍ତ ଲାଗିଲା। ନେଳି ରଙ୍ଗ ପରି ତାଙ୍କର ଆସକ୍ତି ବିଷୟରେ ସେ କେବଳ ସଚେତନ ନୁହେଁ-ଅଚେତନ ମଧ୍ୟ। ବୋଧହୁଏ ସେହି କାରଣରୁ ଦିନମାନ ସେଇ ନେଳି ରଙ୍ଗର ଜିନିଷଟା ଭିତରୁ ପାଞ୍ଚ ସାତ ମିନିଟରେ ବାହାରୁଥିବା ଆଲାର୍ମ ଶବ୍ଦ ସହିତ ଶୁଣାଯାଉଥିବା ଅସହ୍ୟ ଭଲ୍‌ଗାରିଟିକୁ ସେ ସହ୍ୟ କରିବାକୁ ସକ୍ଷମ ହେଉଥିଲେ।

ସେତିକିବେଳେ ଟ୍ରିଂ ଟ୍ରିଂ... ଟ୍ରିଂ ଟ୍ରିଂ... ନେଳି ଜିନିଷଟା ପୁଣି ଥରେ ସବାକ୍ ହୋଇଉଠିବାକୁ ଚେଷ୍ଟାକଲା। ନୃପେନ୍‌ଙ୍କର ହାତ ଏଥର ଆଉ ଲମ୍ବିଲା ନାହିଁ ରିସିଭର୍ ଉଠାଇବା ପାଇଁ। ବରଂ ଯନ୍ତ୍ରଟାକୁ ପଛ କରିଦେଇ ସେ ଡଗ୍-ଡଗ୍ ହୋଇ ବାହାରି ଚାଲିଗଲେ। ଟେଲିଫୋନ୍‌ଟା ସେଇଭଳି ବାଜି ଚାଲିଥାଏ ଅନେକ ବେଳ ପର୍ଯ୍ୟନ୍ତ।

ନୃପେନ୍ ସାହାଦେଓ ସେଦିନ ରାତିରେ ଖାଇ ବସିଲା ବେଳେ ଦୈବାତ୍ ତାଙ୍କ ମୁହଁରୁ ବାହାରିଗଲା, 'ଓଃ କି ବିପଦ ପଡ଼ିବାକୁ ଅଛି କାଲିକୁ...'

'କି ବିପଦ?' -ଚମକି ପଡ଼ିଲେ ଶ୍ରୀମତୀ ସାହାଦେଓ ରୁଟି ଦୁଇଖଣ୍ଡ ସ୍ୱାମୀଙ୍କ ପ୍ଲେଟ୍ ଉପରେ ପରଷୁ ପରଷୁ।

'ଆଃ-ନାଃ-ସେ କିଛି ନୁହେଁ - ଗୋଟିଏ ପିଅନ୍ ପୋଷ୍ଟ ପାଇଁ--ମାଇଁ ଲର୍ଡ!' ସାହାଦେଓ ରୁଟି ଛିଣ୍ଡେଇ ବସୁଥାନ୍ତି ସେଇ ମାତ୍ର। ତାଙ୍କର ମନେ ନଥାଏ ରୋଷେଇ ଘରେ ପୂଝାରୀ ଟୋକାଟିର କାନ ଯୋଡ଼ିକ ବିରାଡ଼ି କାନ ଭଳି ଠିଆ ହୋଇ ରହିଥାଏ କେତେବେଳୁ।

ମିସେସ୍ ସାହାଦେଓ ତରକାରି ଆଣିବା ପାଇଁ ରୋଷେଇ ଘର ଭିତରକୁ ପଶିଗଲେ। ଅଳ୍ପ ସମୟ ପରେ ତରତର ହୋଇ ଫେରିଆସିଲେ ସେ।

"ଆଚ୍ଛା, ତମ ଅଫିସରେ ପିଅନ ପୋଷ୍ଟ ପାଇଁ କାଲି ଇଣ୍ଟରଭ୍ୟୁ? ନରି କଅଣ କହୁଚି-", ମିସେସ୍ ସାହାଦେଓଙ୍କ ସ୍ୱରଟା ହଠାତ୍ ବିଷଭଳି ମନେହେଲା ନୃପେନ୍‌ଙ୍କୁ।

ପୁଣି ତା' ସହତ ତାଙ୍କ କାନରେ ବାଜିଲା, 'ନରିକୁ ଯେ କୌଣସିମତେ ଚାକିରିରେ ପୂରେଇବାକୁ ପଡ଼ିବ କାଲି। ତା ନାଁ ଯାଇଛି ତମ ଅଫିସକୁ। ପିଲାଟା ଅନେକ ଆଶା କରି ପଡ଼ିଚି ଏ ଘରେ। କଅଣ ଶୁଣୁଚ?'

ନୃପେନ୍ ଚଟାପଟ୍ ଖିଆପିଆ କାମ ଛିଣ୍ଡେଇ ଉଠିପଡ଼ିଲେ ହାତ ଧୋଇ ପକେଇବାକୁ।

ମିସେସ୍ ସାହାଦେଓ ବୁଝିପାରିଲେ। ସେ ଜାଣନ୍ତି - ଜଣେ ଖିଆଲୀ ମଣିଷ। ପୁଣି ଅଫିସ ବ୍ୟାପାରରେ ଅନ୍ୟାନ୍ୟ ଲୋକଙ୍କ ପରି ସେ ଘରକୁହା କଥା କାନରେ ପୂରାନ୍ତି ନାହିଁ। କିନ୍ତୁ ନରିର ଦୁଃଖ ତ ଦିନେ ନା ଦିନେ ଶୁଣିବାକୁ ପଡ଼ିବ ତାଙ୍କୁ! ତା ପାଇଁ ନୃପେନଙ୍କୁ ତ ଆଉ କିଏ ଟେଲିଫୋନ କରି କହିବାକୁ ନାହିଁ! ପିଲାଟା ଆଖି ଆଗରେ ଗଧ ଖଟଣି ଖଟୁଚି କୋଉ ଆଶାରେ ଯେ ଆଉ? କୋଉ ଗଡ଼ଜାତ ଅଞ୍ଚଳର ଗରିବ ପିଲାଟିଏ। ବାପା ମା ତାକୁ ଆଣି ଛାଡ଼ିଛନ୍ତି ରଜାଘରେ। ଗାଁରେ ସାହାଦେଓଙ୍କ ଘରକୁ ଲୋକେ କହନ୍ତି ରଜାଘର। କୋଉ ଅତୀତ କାଳରେ ସେ ଘରର କୋଉ ପୁଅ ରଜା ହେଇ ରାଜୁତି କରୁଥିଲା ସେ ଅଞ୍ଚଳରେ। ସେଇ ଖାତିର୍‌ରେ ରଜା ଡାକ ଗୋଡ଼େଇ ଆସିଛି ସେ ଘରକୁ।

'ତମେ ଯଦି ନରିକୁ ଏଥରକ ଚାକିରିରେ ନ ପୂରେଇବ, ତେବେ ଗାଁକୁ ଫେରିଯାଇ କ'ଣ କହିବ ସେ ଭାବୁଛଟି? ନିଜ ଲୋକଙ୍କ ମୁହଁକୁ ଟିକିଏ ଅନାଅ। ମନ୍ତ୍ରୀ ସେକ୍ରେଟେରିଙ୍କ ଲୋକ ତ ସବୁଥର ରହୁଛନ୍ତି - ଏଥର ନରିକଥା ନିଶ୍ଚେ ଯେମିତି ରହିବ...', ଶ୍ରୀମତୀ ସାହାଦେଓ ଦୁଧ ଗ୍ଲାସ୍‌ଟା ବଢ଼େଇ ଧରି ଠିଆ ହେଇପଡ଼ିଲେ ସ୍ୱାମୀଙ୍କ ସାମ୍ନାରେ।

ନୃପେନ୍ ସ୍ତ୍ରୀଙ୍କ ହାତରୁ ଦୁଧ ଗ୍ଲାସଟା ନେଇ ବେସିନ୍‌ରେ ଢାଳିଦେଲେ ଆଉ ସତେକି କିଛି ଘଟିନାହିଁ ସେଇଭଳି ମୁର୍‌କି ହସଟିଏ ହସିଦେଇ ଚାଲିଗଲେ ବେଡ୍‌ରୁମ୍ ଆଡ଼େ।

ଟେଲିଫୋନ୍‌ଟା ଇତିମଧ୍ୟରେ ବେଶ୍ କିଛି ସମୟ ଚୁପ୍ ପଡ଼ିଯାଇଥିଲା। କିନ୍ତୁ ନୃପେନ୍‌ଙ୍କ ଆଖି ଲାଗିଆସିବା କ୍ଷଣି ତା'ରି ଶବ୍ଦରେ ସେ ଚମକିପଡ଼ିଲା ପରି ଧଡ଼୍‌ପଡ଼୍ ହେଇ ଉଠି ବସିଲେ। ସେତେବେଳକୁ ରାତି ପ୍ରାୟ ବାରଟା।

ଧରିବେ କି ନା ଏଇଭଳି ଦୋଦୋପାଞ୍ଚ ହେଇ ଅବଶେଷରେ ଭଦ୍ରତା ଖାତିରରେ ନୃପେନ୍ ରିସିଭର ଉଠେଇଲେ। ହଠାତ୍ ନାରୀ କଣ୍ଠରୁ ନିଜ ପିଲାଦିନର ଡାକ ନାଁ, 'କିଏ ନୁପ୍ କହୁଚ, ନୁପ୍?' ଶୁଣି ତାଙ୍କର ଶରୀର ରୋମାଞ୍ଚିତ ହୋଇଉଠିଲା। ପ୍ରାୟ ତିରିଶ ବର୍ଷ ତଳେ ସେଇ 'ନୁପ୍' ନାମଟି ସେଇ କଣ୍ଠରୁ ପ୍ରଥମଥର ଶୁଣିଲା

ପରେ 'ବସନ୍ତ-କୋକିଳ' ବୋଲି ଗୋଟିଏ ଶବ୍ଦର ଶବ୍ଦାର୍ଥ ତାଙ୍କର ସମଗ୍ର ସତ୍ତାରେ ଆପେ ଆପେ ସଞ୍ଚରିତ ହୋଇଯାଇଥିଲା।

ନୃପେନଙ୍କ ରୁଦ୍ଧ କଣ୍ଠରୁ ଅନେକ ବେଳ ପର୍ଯ୍ୟନ୍ତ କୌଣସି ସ୍ୱର କ୍ଷରଣ ହେବା ସମ୍ଭବପର ନଥିବା ବୁଝିପାରି ଆରପଟୁ ହସର ଝରଣାଟିଏ ମଧ୍ୟ ଅନେକ ମୁହୂର୍ତ୍ତ ପର୍ଯ୍ୟନ୍ତ କୁଳୁକୁଳୁ ହେଇ ବହିଚାଲିଥାଏ। ଅବଶେଷରେ ନୃପେନଙ୍କ କାନରେ ପଡ଼ିଲା, 'ମୁଁ ବୁଝିପାରୁଚି ନୃପ୍ - ମହାରାଣୀ ପାଖରେ ଶୋଇଚନ୍ତି - ସେଇଥିପାଇଁ ତମର ଏ ନୀରବତା। ତେବେ ଆଶ୍ଚର୍ଯ୍ୟ ହୁଅନା ନୃପ! ମୁଁ ତମର ସେଇ ବସନ୍ତକୋକିଳ - ରୀତା - ଅନ୍ୟ କେହି ନୁହେଁ!'

ନୃପେନ୍ ଚୋର ପରି ଶେଯରୁ ଉଠିଲେ। ଲଙ୍ଗ୍‌କର୍ଡ଼ ଟେଲିଫୋନ୍‌ଟିକୁ କ୍ରାଡ଼ଲ୍‌ସହ ଆସ୍ତେ ଉଠେଇ ନେଇ ଅନ୍ୟ ଏକ ରୁମ୍‌କୁ ଚାଲିଗଲେ। ମିସେସ ସାହାଦେଓ ନିଶ୍ଚଳ ଭାବେ ତଥାପି ଶୋଇରହିଥିବା ଦେଖି ତାଙ୍କର ସାରା ଦେହ ଦ୍ୱିତୀୟବାର ରୋମାଞ୍ଚିତ ହୋଇଉଠିଲା।

ଲାଇବ୍ରେରିର ଗୋଟିଏ କଣବାଡ଼ିଆ ଜାଗାରେ ନରମ ଗଦିଲଗା ଏକଣା ସୋଫାଟିଏ ପଡ଼ିଥାଏ ନୃପେନ୍‌ଙ୍କ ସରକାରୀ ବାସଭବନରେ। ଏଇଠି ମଧ୍ୟ ସେ ଅନେକ ଗୁପ୍ତ ଅଫିସ ଚିଠିପତ୍ର ଲେଖନ୍ତି। ଆଉ ଏଇଠି ମଧ୍ୟ ବସିବସି ସାଲମନ୍ ରସିଦ୍‌ଙ୍କ ଭଳି ଲେଖକଙ୍କ ସାଟାନିକ୍ ଭର୍ସେସ୍ ଭଳି ନିଷିଦ୍ଧ ପୁସ୍ତକମାନ ପଢ଼ିବାକୁ ସେ ନିରାପଦ ମନେକରନ୍ତି।

ଟେଲିଫୋନ୍ କ୍ରାଡ଼ଲ୍‌ଟିକୁ ଛାତିରେ ଜାକି ଧରି ନୃପେନ୍ ସୋଫା ଉପରେ ବସିପଡ଼ିଲେ। ରିସିଭର ଭିତରୁ ରୀତାର 'ନୃପ୍' 'ନୃପ୍' ଡାକ ସହିତ ତାର ସେଇ ତିରିଶ ବର୍ଷ ତଳର ଅବିସ୍ମୃତ ରୂପଟି କ୍ରମଶଃ ଜୀବନ୍ତରୁ ଜୀବନ୍ତତର ହୋଇଉଠୁଥାଏ ତାଙ୍କ ଛାତି ଭିତରେ।

ରୀତା ଥିଲା ନୃପେନଙ୍କ କଲେଜ ସଙ୍ଗିନୀ ଯାହା ସହିତ ତାଙ୍କର ବିବାହ ପ୍ରସ୍ତାବ ମଧ୍ୟ ପଡ଼ିସାରିଥିଲା। କିନ୍ତୁ ଶେଷ ମୁହୂର୍ତ୍ତରେ ନୃପେନଙ୍କ ଦାରିଦ୍ର୍ୟ ହିଁ ପ୍ରତିବନ୍ଧକ ସୃଷ୍ଟି କରିଥିଲା ସେଥିରେ। ରୀତାର ବାପା ଥିଲେ ସେ କାଳର ବ୍ରିଟିଶ୍ ସାମ୍ରାଜ୍ୟର ଗୋଟିଏ ଚଳନ୍ତି ସମ୍ରାଟ୍ - ଡେପୁଟି ମ୍ୟାଜିଷ୍ଟ୍ରେଟ୍। ଗୋଟିଏ ଗଡ଼ଜାତ ରାଜକୁଳର 'ସାହାଦେଓ' ପଦଧାରୀ ଦରିଦ୍ର ଲୋକର ପିଲାକୁ ସେ ବା କାହିଁକି ଜୋଇଁ ରୂପେ ବରଣ କରିବାକୁ ଇଚ୍ଛା କରିଥାନ୍ତେ? ରୀତାକୁ ସେ ବିବାହ ଦେଲେ ତାଙ୍କର ସମକକ୍ଷ ଅନ୍ୟ ଜଣେ ଡେପୁଟି ମ୍ୟାଜିଷ୍ଟ୍ରେଟ୍‌ଙ୍କ ପୁଅ ଡେପୁଟି ମ୍ୟାଜିଷ୍ଟ୍ରେଟ୍‌ଙ୍କ ସଙ୍ଗେ।

'ନୃପ୍ ଶୁଣୁଛ ତ? ମୁଁ ଜାଣେ ତମେ କଅଣ ଭାବୁଛ ବର୍ତ୍ତମାନ। ମୋର ହସ

ଶୁଣି ତମେ ନିଶ୍ଚେ ଭାବୁଥିବ ନୃପ୍ ମୁଁ ଖୁବ୍ ସୁଖରେ ଅଛି-ନା ? ପୁଣି ଭାବୁଥିବ- ତିରିଶ ବର୍ଷ ଧରି ମରିସାରିଥିବା ଗୋଟାଏ ସ୍ୱର ପୁଣି ପ୍ରତିଧ୍ୱନିତ ହେଉଚି କୋଉଠୁ- କାହିଁକି ଏଭଳି ଅବେଳରେ ରାତି ଅଧରେ ! ନା ?' ଟେଲିଫୋନ୍‌ରୁ ଅବିରତ ଏକତରଫା ସଂଳାପଟିଏ ଅନୁରଣିତ ହୋଇ ଚାଲିଥାଏ ନୃପେନଙ୍କ କାନ ଦେଇ ହୃଦୟ କନ୍ଦରରେ।

'ନୃପ୍ ! ମହାରାଣୀଙ୍କ ଆଲିଙ୍ଗନ ଭିତରେ ସୁଖ ନିଦ୍ରାରେ ଶୋଇଥିବା ବେଳେ ମୋର ଏ ଅନଧିକାର ପ୍ରବେଶକୁ ତୁମେ ନିଶ୍ଚୟ କ୍ଷମା କରିବ ନାହିଁ ଜାଣେ ମୁଁ ନୃପ୍ ! କିନ୍ତୁ କାହିଁକି କେଜାଣି ବିଗତ ଦୀର୍ଘ ତିରିଶ ବର୍ଷ ଧରି ରାତିର ଏଇ ବେଳେ ମତେ ଲାଗେ ଯେମିତି କି ତମେ ମତେ ଖୋଜୁଛ, ଖୋଜିଚାଲିଚ, ଅଧୀର ହୋଇ ଡାକୁଥାଅ ମଧ୍ୟ ମୋର ଅସଂଖ୍ୟ ନାଁ ଧରି-ସେଇ ଯୋଉ ଅଜବ ନାଁ ସବୁ ତମେଇ ସୃଷ୍ଟି କରିଥିଲ, ମନେଅଛି ନା ? ସେଥିମଧ୍ୟରୁ ଗୋଟିଏ ଆଜିଯାଏ ମତେ ଆଚ୍ଛନ୍ନ କରି ରଖିଛି- କୋଉଟା କହିଲ ? ମନେଅଛି ନା ? ବୋଧହୁଏ ନା-କାରଣ ତମେ ତ ମତେ ବଡ଼ ପାଟିରେ ଡାକିନାହଁ କେବେ ! ସବୁ ସେଇ ମନ ଭିତରେ ଚାଲିଥାଏ ତମର। ଜାଣେ ମୁଁ। ସବୁ ଜାଣେ। ତମେ ମତେ ଯେତେ ସବୁ ଅଜବ ନାଁ ଦେଇଥିଲ ସେଥିରୁ ସେଇ ଗୋଟିକୁ ମୁଁ ଜମାରୁ ଭୁଲିପାରେନା ନୃପ୍। ସେତେବେଳେ ତମେ ଋଷୀ ଟଲ୍‌ଷ୍ଟୟଙ୍କର ମହାକାବ୍ୟ 'ୱାର୍ ଆଣ୍ଡ ପିସ୍' ବହି ଖଣ୍ଡିକ ପଢୁଥିଲ ନିଶ୍ଚେ। ତମେ ମୁହଁରୁ ସେତେବେଳେ ମୁହୂର୍ତ୍ତକୁ ମୁହୂର୍ତ୍ତ ଉଚ୍ଚାରିତ ହେଉଥିଲା ସେଇ ଗୋଟିକ ଶବ୍ଦ-ନାଟାସା... ନାଟାସା...। କେତେବାର ପଚାରିଚି ମୁଁ - କିଏ ସେ ହତଭାଗିନୀ ? ନାଟାସା...ନାଟାସା ହଉଚ ସେ ଏତେଥର ? କିନ୍ତୁ ଥରେ ହେଲେ ଭଲା ତମ ମୁହଁରୁ ମୁଁ ଶୁଣିଥାନ୍ତି ତମର ସେ ସିକ୍ରେଟ୍‌ଟା ! ମତେ ଲୁଚେଇ ରଖିଥିଲ ନା ! କିନ୍ତୁ ତମେ ବୋଧହୁଏ ଜାଣନା ନୃପ୍-ଅନେକ ବର୍ଷ ଲାଗିଗଲା ମତେ ଯଦିଚ ତଥାପି ତମ ସିକ୍ରେଟ୍‌କୁ ଆବିଷ୍କାର କଲି ମୁଁ ଦିନେ ! ଜାଣ ? ଜାଣିଚ ? ତମର ସେଇ ସିକ୍ରେଟ୍‌ଟା ଅନ୍‌କଭର୍ କରିବାକୁ କେତେ ବର୍ଷ ଲାଗିଗଲା ମୋତେ ? ତମେ ମତେ ଲୁଚେଇଥିଲ ନା ? କିନ୍ତୁ ବର୍ଷ ପରେ ବର୍ଷ ଲାଇବ୍ରେରିରୁ ବହି ଅଣ୍ଡାଳି ଅଣ୍ଡାଳି ଦିନେ ନାଟାସା ନାଁର ସନ୍ଧାନ ପାଇଲି ମୁଁ ନୃପ୍। ତମେ ଜାଣି ସୁଖୀ ହେବ ନିଶ୍ଚୟ ମୁଁ ମୋ ନିଜ ଅଧ୍ୟବସାୟ ଯୋଗୁଁ ତମର ସିକ୍ରେଟ୍‌ର ସନ୍ଧାନ ପାଇଲି ଅବଶେଷରେ। ତମେ ନିଶ୍ଚେ ଭାବିନେଇଥିଲ ଯେ ମୁଁ ଅର୍ଥାତ୍ ଆମଭଳି ନାରୀମାନେ ବହି ପଢ଼ାରେ କଦାପି ସମକକ୍ଷ ହୋଇପାରିବୁ ନାଇଁ ତମ ଭଳି ପୁରୁଷମାନଙ୍କର। ନା ?' ଏହାପରେ ରୀତାର କଣ୍ଠରୁ ଉଚ୍ଛଳ ଉଠିଲେ ସେଇ ହସଟା ଯାହାକୁ ଶୁଣିଲ ପରେ ନୃପେନ ଆଉ ଚୁପ୍ ହେଇ ରହିପାରିଲେ ନାହିଁ।

ଟେଲିଫୋନ୍ ମାଉଥ୍ ପିସ୍‌ଟିକୁ ଅଶେଷ ମର୍ଯ୍ୟାଦାବନ୍ତ ଚୁମ୍ବନ ସହକାରେ ଥରେ ଦୁଇଥର ଓଠରେ ସ୍ପର୍ଶ କରୁ କରୁ ତାଙ୍କ ପାଟିରୁ ଅସ୍ପଷ୍ଟ ଶବ୍ଦଟିଏ ଶୁଣାଗଲା।

'ତମର ଦେହ ଖରାପ ନାହିଁ ତ ନୃପ୍?' - ସହସା ହସ ବନ୍ଦ ହୋଇଗଲା ଆରପାଖେ। ରୀତା ବା ନାଟାସା ବା ସେ ଯେ କେହି ହେଇଥାନ୍ତୁ ନା କାହିଁକି। ନୃପେନଙ୍କ 'ଓଃ' ଉଚ୍ଚାରଣର ତାତ୍ପର୍ଯ୍ୟ ସେ ନିଶ୍ଚୟ ବୁଝିପାରିନଥିଲେ, କାରଣ ସେଇ 'ଓଃ'ଟି ଭିତରେ ସାରା ଦିନର ସମସ୍ତ ଅବସାଦ ସେଇମାତ୍ର ତାଙ୍କ ଶରୀର ଓ ମନରୁ ଲଥ୍‌କିନା ଖସିପଡ଼ିଲା-ପୁରୁଣା ଘା'ରୁ ଖୋଳପା ଛାଡ଼ିଗଲା ପରି। ସାରାଦିନ ଧରି ସେଇ ଟେଲିଫୋନ୍‌ଟା ଉପରେ କି ଅବ୍ୟକ୍ତ ବେଦନା ସହକାରେ ସେ ଅଭିଶାପ ପରେ ଅଭିଶାପ ବର୍ଷି ଚାଲିନଥିଲେ! ଗୋଟାଏ ବୁଲାକୁକୁରର ରାତ୍ରୀକାଳୀନ ମର୍ମନ୍ତୁଦ ବିଳାପ ପରି ଟେଲିଫୋନ୍‌ର କ୍ରିଂ କ୍ରିଂକୁ ସେ ଘୃଣା କରି ଆସିଥିଲେ ଆଜି ଦିନ ସାରା। ଛୁଟି ଦିନଟାକୁ ପ୍ରତି ଘଣ୍ଟାରେ ଅନ୍ୟୂନ ଦଶଥର ହାରରେ ବ୍ୟାହତ କରୁଥିବା ସେଇ ଘୃଣ୍ୟ ଯନ୍ତ୍ରଟାକୁ ଯେ ସେ ଅବଶେଷରେ ଚୁମ୍ବନ ଦେଇ ପାରିଲେ ତାହାହିଁ ଥିଲା ତାଙ୍କର ସେ ଅସ୍ପଷ୍ଟ 'ଓଃ'ର ଅନ୍ୟତମ କାରଣ।

'ଓଃ...ନା ରୀତୁ ମୁଁ ଠିକ୍ ଅଛି... ପୂରାପୂରି ଠିକ୍ ଅଛି। ଆଜି ମୋର ପରମ ସୌଭାଗ୍ୟ-ଦେବୀ ସରସ୍ୱତୀ ସ୍ୱୟଂ ମୋ କାନ ପାଖରେ ବୀଣା ବାଦନ କରୁଛନ୍ତି। ଅଃ! ଅନନ୍ତକାଳ ବିତିଯାଇଚି ଏଇ ଭିତରେ। ସତରେ ରୀତା ଦେବି! ମୁଁ ତନ୍ମୟ ହୋଇ ଶୁଣୁଥିଲି ତମର ପ୍ରତ୍ୟେକଟି ଶବ୍ଦ-ପ୍ରତ୍ୟେକଟି ନିଶ୍ୱାସର ପତ୍ରଝରା ଶବ୍ଦର ସଙ୍ଗୀତ! ଆଃ, ମୁଁ କେତେ ବିହ୍ୱଳିତ! ତାହେଲେ ନାଟାସା ନାଁର ପତ୍ତା ପାଇଗଲ? ହିମାଳୟର ଗିରିଗହ୍ୱର ଭିତରେ ସ୍ୱୟଂ ଗଙ୍ଗାଙ୍କର ଉତ୍ପତ୍ତିସ୍ଥଳ ଖୋଜିବା ପାଇଁ ପର୍ବତାରୋହଣ କୌଶଳ ଆୟତ୍ତ କରିନେଲ? ୱାର୍ ଆଣ୍ଡ ପିସ୍ ପଢ଼ିଲ? କେବେ... କେବେ? ଆଶ୍ଚର୍ଯ୍ୟ! ଆଃ ଚମତ୍କାର! କିନ୍ତୁ, ସେତେବେଳେ? ମୁଁ ସେତେବେଳେ ସେସବୁ ବହିର ନାଁ କହୁଥିଲି ତମକୁ, ତମେ କେମିତି ମୁହଁ ମୋଡ଼ିଦେଉଥିଲ ମନେଅଛିନା?...' ନୃପେନଙ୍କର ଅସ୍ପଷ୍ଟ ସ୍ୱର ପ୍ରଶ୍ନ ହେଉଥାଏ ଆସ୍ତେ ଆସ୍ତେ। ପାଖ ବଖରାରେ ସୁଷୁପ୍ତା ମିସେସ୍ ସାହାଦେଓଙ୍କ ସ୍ଥିତି ବିଷୟ ସେ ପାସୋରି ଯାଉଥାନ୍ତି ଧୀରେ ଧୀରେ।

'ମନେଅଛି-କିନ୍ତୁ ସେଦିନ ଆଉ ନାହିଁ ନୃପ୍। ତମେ ବୋଧହୁଏ ଆମର କୌଣସି ଖବର ରଖିନ ନୃପ୍!' ଆରପଟୁ ଏକ ପ୍ରକାର କାନ୍ଦଣାର ସ୍ୱର ଶୁଣି ଚମକପଡ଼ିଲେ ନୃପେନ୍।

'ନୋ ଡିଅର ନୋ-କ'ଣ ଘଟଣା କୁହ ତ! କ୍ଷମା କରିବ ନିଶ୍ଚେ - ମିଷ୍ଟର

ସୁନ୍ଦରରାୟଙ୍କ ସମ୍ପର୍କରେ ମୁଁ ସେଇଦିନଠାରୁ ଆଉ ବିଶେଷ କିଛି ଖବର ରଖିବାକୁ ଚେଷ୍ଟା କରିନାହିଁ। ତମେ ଜାଣ, ତମ ବାପାଙ୍କ ବିଚାର ପ୍ରତି ମୋର ପ୍ରଗାଢ଼ ସମ୍ମାନ ଏବେ ମଧ୍ୟ ରହିଛି ରୀତା ଦେବୀ! ମୁଁ ଆଦୌ ଦୁଃଖିତ ନୁହେଁ ବିବାହ ପ୍ରସ୍ତାବଟା ସେଦିନ ଭାଙ୍ଗିଗଲା ବୋଲି। କିନ୍ତୁ, ୟୁ ଆର୍ ରାଇଟ୍ ରୀତା ଦେବୀ-ମୁଁ ଆପଣଙ୍କୁ ମନେପକାଏ। ଆପଣ ପ୍ରାୟ ସବୁଦିନେ ମୋ ମନ ଉପରକୁ ପ୍ରଗାଢ଼ ସ୍ମୃତିର ଫୁଲ ଆଞ୍ଜୁଳିସବୁ ପକାନ୍ତି - ଖାଲି ରାତି ଅଧରେ ନୁହେଁ, ନାନା ଦୈନନ୍ଦିନ ଜୀବନର ଅନେକ ଦୁରୂହ ମୁହୂର୍ତ୍ତସବୁ ଅଛି ଯୋଉଠି ବାସ୍ତବତାକୁ ଅତିକ୍ରମ କରିବା ପାଇଁ ସ୍ୱପ୍ନରଥମାନେ ଦରକାର ପଡ଼ନ୍ତି। ଆପଣ ସେଇ ସ୍ୱପ୍ନ ରଥରେ ବସି ଠିକ୍ ସମୟରେ ଆସିଯାନ୍ତ ମତେ ନେଇଯିବା ପାଇଁ। ଆଜି ସତରେ ସେମିତି ଗୋଟାଏ ଦୁରୂହ ଦିନ ମୋ ଜୀବନରେ ରୀତା ଦେବୀ! ମୁଁ ଆପଣଙ୍କୁ ସତରେ ମନେପକାଉଥିଲି ଆପଣ ଠିକ୍ ସେତେବେଳେ ଅଚାନକ ଏମିତି ଫୋନ୍ କରିବେ କି ନା ହୁଏତ ବିଚାରୁଥିବେ ସେତେବେଳେ। ଆଃ, ମୋର ପରମ ସୌଭାଗ୍ୟ। ଏ ଟେଲିଫୋନ୍‌ଟାକୁ ଦିନତମାମ ମୁଁ 'କର୍ସ' କରି ଚାଲିଥିଲି... ଅଭିଶାପ ଦେଇଚାଲିଛି!'

'କର୍ସ କରିଚାଲିଥିଲେ? କାହାକୁ? ମତେ?'

'ଆଃ ନା... ତା କେବେ ହୋଇପାରେନା ରୀତା ଦେବୀ! ଏଇ ଟେଲିଫୋନ୍‌ଟାକୁ ମୁଁ ମୋର ନିତ୍ୟ ଶତ୍ରୁ ବୋଲି ମନେକରେ।'

'ଓ, ତାହାହେଲେ ମୁଁ ଟେଲିଫୋନ୍‌ରେ ଖୁବ୍ ଡିଷ୍ଟର୍ବ କରିଚି ତୁମକୁ ନୃପ୍... ତେବେ ରଖୁଚି।'

'ଆହା; ନା ରୀତା ନା। ତୁମର କଲ୍ ମତେ ବଞ୍ଚେଇଦେଲା ବୋଲି କୁହ। ମୁଁ ମୁମୂର୍ଷୁ ହୋଇ ପଡ଼ିଥିଲି ଶେଯ ଉପରେ। ଚାରିଆଡୁ ଆଟାକ୍। ଏପରିକି ମିସେସ୍ ସାହାଦେଓ ମତେ ଗ୍ଲାସେ ଖିର ଦେଲେ ଯେ ମୁଁ ତାକୁ ବେସିନ୍‌ରେ ଢାଳିଦେଲି ରାଗରେ। ଓଃ ଅସହ୍ୟ ସେ ସବୁ! ଛାଡ଼। ସେ ବିଷୟ ଆଉ ପକାଅନା ଦୟାକରି। ଏବେ କୁହତ ମିଷ୍ଟର ସୁନ୍ଦରରାୟ ତ ଦିଲ୍ଲୀରେ ଥିଲେ- ରିଟାୟାର୍ ଟାଇମ୍ ତ...'

'ଓ! ଏଇ ଖବର ରଖିଚ ତେବେ ଆମର - ନୃପ୍?' ଲାଇନ୍ ସେପଟୁ ପୁଣି ଥରେ ହସ ଶୁଣାଗଲା। ଏ ହସଟା କିନ୍ତୁ ଥିଲା ଭିନ୍ନେ ପ୍ରକାରର। ସେଥିରେ ରୀତା ବା ନାଟାସା କେହି ନଥିଲେ।

'ଆଇ'ମ୍ ସରି ମିସେସ୍ ସୁନ୍ଦରରାୟ!' ନୃପେନ୍ ଛେପ ଢୋକିଲେ।

'ମୁଁ ମିସେସ୍ ସୁନ୍ଦରରାୟ କେବେ ନଥିଲି - ଏବେ ବି ନାହିଁ - ତଥାପି ସେଇ ସୁନ୍ଦରରାୟ ବଂଶଟି ପାଇଁ ମୁଁ ନିଜେ ଦାୟୀ ନୃପ୍! ସୁନ୍ଦରରାୟ ମତେ ଦୁଇଟି ସୁନ୍ଦର

ପୁତ୍ର ସନ୍ତାନ ଉପହାର ଦେଇ ମୋ ସହିତ ସମସ୍ତ ସମ୍ପର୍କ ତୁଟେଇ ଦେଇଛନ୍ତି ବୋଲି କେବେହେଲେ କେହି କହି ନାହିଁ ତମକୁ ନୃପ୍ ?'

'ନା – ନା – ନୋ ! ନେଭର୍ ! ହ୍ୱାଟ୍ ଏ ଘାଷ୍ଟ୍‌ଲି ନିଉଜ୍ ! କି ଜଘନ୍ୟ ସମ୍ବାଦ ଦେଉଛ ତମେ ରୀତା ?' ନୃପେନ୍‌ଙ୍କୁ ମନେହେଲା ଯେମିତି ନିଜର କାରୁଣ୍ୟ ପ୍ରକାଶ କରିବାକୁ ଯାଇ ସେ ସ୍ୱୟଂ ଟେଲିଫୋନ୍‌ର ମାଉଥପିସ୍ ଭିତରକୁ ନିଜକୁ ବଳିତାଟିଏ କରି ଠେଲିଦେଉଥିଲେ ।

'ଆହୁରି ଅନେକ ଜଘନ୍ୟ ସମ୍ବାଦ ଦେବାକୁ ଅଛି ନୃପ୍-ତମର ଧୈର୍ଯ୍ୟ ଅଛି ତ ଶୁଣିବାକୁ ? ତେବେ ଶୁଣ !' ସେପଟେ କିଛି ସମୟ ପାଇଁ ସମ୍ପୂର୍ଣ୍ଣ ନୀରବତାର ରାଜୁତି ଶୁଣି ନୃପେନ ମନେକଲେ ବୋଧହୁଏ ଲାଇନ୍ କଟିଗଲା । କିନ୍ତୁ ଅଳ୍ପ ସମୟ ପରେ ଦୀର୍ଘଶ୍ୱାସଟିଏ ଶୁଣାଗଲା ।

'ହାଲୋ ! ରୀତା ? ହାଲୋ-ୟେସ୍-ମୁଁ ଭାବିଲି ଲାଇନ୍ କଟିଗଲା–' ନୃପେନ୍ ବ୍ୟଗ୍ର ହୋଇଉଠିଲେ ରୀତା ସମ୍ପର୍କରେ ସମ୍ପୂର୍ଣ୍ଣ ସମ୍ବାଦଟା ଜାଣିବା ପାଇଁ । ସେତିକିବେଳେ ତାଙ୍କ କାନକୁ ଛୁଞ୍ଚିରେ ଫୋଡ଼ିଦେଲା ଭଳି ସେଇ ଜଘନ୍ୟ ବାକ୍ୟଟି ପ୍ରଥମେ ଶୁଣାଗଲା–

'ତମର – ତମ ଅଫିସ୍‌ରେ ଗୋଟିଏ ପିଅନ୍ ପୋଷ୍ଟ ପାଇଁ କାଲି କୁଆଡ଼େ ଇଣ୍ଟରଭ୍ୟୁ ହେବାର ଅଛି ନୃପ୍ ?'

ନୃପେନ୍ ସେ ପର୍ଯ୍ୟନ୍ତ ଟେଲିଫୋନ୍‌ଟାକୁ କ୍ରାଡଲ୍ ସମେତ ଛାତିରେ ଧରି ରଖିଥାନ୍ତି । ସେଇଟିକୁ ଆସ୍ତେକିନା ତଳେ ରଖୁ ରଖୁ ଜିନିଷଟା କଚାଡ଼ି ହେଇ ପଡ଼ିଗଲା କାର୍ପେଟ୍ ଉପରେ ।

'ହାଲୋ ! ହାଲୋ' ଲାଇନ୍‌ଟା ତଥାପି କଟିନଥାଏ ଆଉ ରିସିଭର୍‌ଟା ନୃପେନ୍‌ଙ୍କ କାନ ପାଖରେ ତଥାପି ଲାଗିରହିଥାଏ ।

'ୟେସ୍ – ୟେସ୍ – କହନ୍ତୁ ରୀତା ଦେବୀ ।' – ନୃପେନ ଯନ୍ତ୍ରବତ୍ ଜବାବ ଦେଉଥାନ୍ତି ଅବିକଳ ସେମିତି ସ୍ୱରରେ ଯେମିତି ସେ ଜବାବ ଦିଅନ୍ତି ଯେତେବେଳେ ତାଙ୍କ କାନରେ ବାଜେ – 'ମୁଁ ମିନିଷ୍ଟରଙ୍କ ପି. ଏ. କହୁଚି' କିମ୍ବା 'ମୁଁ ସେକ୍ରେଟାରିଙ୍କ ଷ୍ଟେନୋ କହୁଚି !'

'ମୋର ବଡ଼ପୁଅ ଶିବୁ – ଶିବ ସୁନ୍ଦର ସୁନ୍ଦରରାୟ...'

ଚମକି ପଡ଼ିଲେ ନୃପେନ ସାହାଦେଓ । ତାଙ୍କ ପାଟିରୁ ବାହାରିପଡ଼ିଲା, 'ହ୍ୱାଟ୍ ଡୁ ୟୁ ମିନ୍ ? ଆପଣଙ୍କ ପୁଅ ଆପ୍ଲାଇକରିଚି ପିଅନ ପୋଷ୍ଟ ପାଇଁ ? କ'ଣ କହୁଚନ୍ତି ମିସେସ୍ ସୁନ୍ଦରରାୟ ?'

'ମୁଁ ଆଦୌ ମିସସ୍ ସୁନ୍ଦରରାୟ ନୁହେଁ ନୃପେନ୍ ବାବୁ ! ଆପଣ ଭୁଲିଯାଉଛନ୍ତି ।

ସୁନ୍ଦରରାୟଙ୍କ ଦୁଇଟି ସୁନ୍ଦର ପୁଅଙ୍କର ମାଆ ମୁଁ - ଆଉ ସେତିକି ମାତ୍ର ମୋର ପରିଚୟ।'

'କିନ୍ତୁ ଆପଣଙ୍କର ସେ ସୁନ୍ଦର ପୁଅଟିକୁ ଆପଣ ଗୋଟିଏ ଅଫିସ୍‌ର ପିଅନ୍, ଚାକିରିରେ ପୂରେଇବାକୁ ଚାହାନ୍ତି ? ଅସମ୍ଭବ ! ଅସମ୍ଭବ !' ନୃପେନ୍ ସାହାଦେଓଙ୍କ ସ୍ୱର ମରିମରି ଆସୁଥାଏ।

କିନ୍ତୁ, ଆର ପଟେ ସ୍ୱରର ଗାମ୍ଭୀର୍ଯ୍ୟ କ୍ରମେ ବଢ଼ି ବଢ଼ି ଚାଲିଥାଏ। ନାରୀ ସ୍ୱରଟି ସ୍ପଷ୍ଟ ଶୁଭୁଥାଏ ନୃପେନ୍‌ଙ୍କ କାନକୁ।

'ଦେଖ ନୃପ୍ ! ତମ ପାଖକୁ ଆଜି ଶହ ଶହ ଫୋନ୍ କଲ୍ ଆସିଥିବ। ମନ୍ତ୍ରୀ କହିଥିବେ, ସେକ୍ରେଟେରି କହିଥିବେ, ଆହୁରି ଅନେକ କେହି କହିଥିବେ ନିଶ୍ଚୟ। ହଁ ମିସେସ୍ ସାହାଦେଓ ମଧ୍ୟ କହିଥାଇପାରନ୍ତି-ନଚେତ୍ ଦୁଧ ଗ୍ଲାସକ ବେସିନ୍‌କୁ ଯାଇଥାନ୍ତା ବା କାହିଁକି ? ମୁଁ ସବୁ ବୁଝିଛି ନୃପ୍ ! କିନ୍ତୁ, ମୁଁ ଯୋଉ ପିଲାଟି କଥା କହୁଚି ତାହାର ଏକ ସ୍ୱତନ୍ତ୍ର ଦାବି ଅଛି ନିଶ୍ଚୟ। ତମେ ଜାଣନା ନୃପ୍, ମୋର ବଡ଼ପୁଅ ଶିବ-ଯାହାର ପୂରା ନାଁ ଶିବ ସୁନ୍ଦର ସୁନ୍ଦରରାୟ, ସେ ବି. ଏ. ପାସ୍ କରିଚି, ଅନର୍ସ ରଖିଚି ଇକନମିକ୍‌ସରେ ! କିନ୍ତୁ ସେ କିଛି ନୁହେଁ। ତାର ଦାବି ସ୍ୱତନ୍ତ୍ର-କହିଲି ନା-ଏକ ସ୍ୱତନ୍ତ୍ର ଦାବି ଜାହିର୍ କରିବାକୁ ଚାହେଁ ସେ। ସେ ଚାହେଁ ମେରିଟ୍‌ର ଜୟହେଉ- ହଁ ମେରିଟ୍‌ର ଜୟ କେବଳ ଚାହେଁ ସେ। ସେ କାଲି ଇଣ୍ଟରଭ୍ୟୁରେ ତାର ସବୁ କଥା କହିବ ଯଦି ତାକୁ ପଚରାଯାଏ। ଏଥରକୁ ମିଶେଇ କୋଡ଼ିଏଟି ଇଣ୍ଟରଭ୍ୟୁ ଦେଇସାରିଲାଣି ସେ- ଆଇ. ଏ. ଏସ୍.ରୁ କ୍ଲରିକାଲ୍ ଯାଏ। କିନ୍ତୁ ତାର ସେଇ ଗୋଟିଏ କଂପ୍ଲେନ - ଆଜିର ଇଣ୍ଟରଭ୍ୟୁରେ ମେରିଟ୍‌ର ସ୍ଥାନ ନାହିଁ। କାଲି ଇଣ୍ଟରଭ୍ୟୁରେ କଅଣ ହେବ ଜାଣେନା ମୁଁ। ଯେତେହେଲେ ମୁଁ ତାର ମା-ଯଦି ପଦଟିଏ କଥାରେ ତାର କିଛି ଉପକାର ହେଇପାରେ- କିଛି ମନେ କରିବ ନାଇଁ ନୃପ୍। ରାତି ଅଧରେ ଏ ବିଚିତ୍ର ଟେଲିଫୋନ୍ କଲ୍ ଯେମିତି ତୁମର ଦାମ୍ପତ୍ୟ ଜୀବନରେ ଆଦୌ ବାଧା ସୃଷ୍ଟି ନକରେ, ସେତିକି ଭଗବାନଙ୍କୁ ପ୍ରାର୍ଥନା। ଶୁଭରାତ୍ରି ! ନା, ନା-ଶୁଭ ପ୍ରଭାତ। ଘଣ୍ଟାକୁ ଚାହିଁଲଣି ତ ? ରାତି ଦୁଇ। ହଁ, ତା ନାଁ ଶିବ-ଶିବସୁନ୍ଦର...। ବାକିଟା ତ ନିଶ୍ଚୟ ମନେରହିଥିବ ତମର। ରହିଲି... ଏଁ ?'

■

ଜନଗଣଙ୍କ ମନ ଓ ତାର ଅଧିନାୟକ

ବସ୍‌ଷ୍ଟାଣ୍ଡର ସେଇ ଜାଗାରେ-ଇସ୍ କି କୁତ୍ସିତ ! କି କଦର୍ଯ୍ୟ ! କି ଦୁର୍ଗନ୍ଧ ! କିନ୍ତୁ, ଆହା, କି ସୁନ୍ଦର ପିଲାଟି ଖେଳୁଚି ସେଠି ? ଥାକୁଲ୍ ଥୁକୁଲ୍ - ଗୋରା ତକ୍‌ତକ୍। ଏଡ଼େ ବଡ଼ ମୁଣ୍ଡ। ମୁହଁ ଦିଶୁଚି ପୂର୍ଣ୍ଣଚନ୍ଦ୍ର। ଆହାରେ ଶିଶୁ! କିଏ ତତେ ଏଡ଼େ ସୁନ୍ଦର କରି ଗଢ଼ିଦେଲା ! ପୁଣି କିଏ ତତେ ଆଣି ଏଠି ଏ ନର୍ଦ୍ଦମା ପାଖରେ ପକାଇଲା ? କିଏ ସେ ? କିଏ ସେ ବଦ୍‌ମାସ୍ କିଏ ସେ ଶ... ?

ମୁଁ ବସ୍‌ରେ ବସିଥାଏ, ଆଉ ବସ୍‌ଷ୍ଟାଣ୍ଡର କଡ଼ପଟକୁ ସେଇ ଅପରିଷ୍କାର ନଳାପାଖ ଜାଗାଟିକୁ ଝରକା ବାଟେ ନିର୍ନିମେଷ ନୟନରେ ଅନାଇରହିଥାଏ। ଛୋଟ ପିଲାଟି ଖେଳୁଥାଏ। ହଁ, ଖେଳୁଥାଏ-ହାତ ଗୋଡ଼ ହଲାଇ ଖେଳୁଥାଏ। ଖୁବ୍ ଅଳ୍ପଦିନ ହେବ ସେ ବୋଧହୁଏ ଗୁରୁଣ୍ଡିବାରୁ ବସି ଶିଖିଥାଏ। ବସୁବସୁ ଟଳିପଡୁଥାଏ। କିନ୍ତୁ ଟଳିପଡ଼ିବା ମାତ୍ରେ ସେ ପୁଣି ଆଣ୍ଠୁ ପକେଇ ଗୁରୁଣ୍ଡିବା ଅବସ୍ଥାକୁ ପ୍ରାପ୍ତ ହେବା କ୍ଷଣି, ବସିପଡ଼ିବାକୁ ଅନବରତ ସଚେଷ୍ଟ ହେଉଥାଏ। ସେଥିପାଇଁ ପ୍ରଗାଢ଼ ଆୟାସର ଆବଶ୍ୟକତା ଥାଏ। ପ୍ରଗାଢ଼ ନିଷ୍ଠା, କଠୋର ସାଧନାର ଆବଶ୍ୟକତା ମଧ୍ୟ। ଏ ସମସ୍ତ ଆବଶ୍ୟକତା ପୂରଣ କରିବା ପାଇଁ ସେଇ କ୍ଷୁଦ୍ର, କୋମଳ ମାଂସର ପିଣ୍ଡୁଳାଟି ଭିତରୁ କି ଅଦ୍ଭୁତ ଶକ୍ତି ସେ କେଉଁଠୁ କିପରି ସଂଚରୁଥାଏ ! ପିଲାଟି ବସିପଡୁଥାଏ। ଚକାପକେଇ କେତୋଟି ମୁହୂର୍ତ୍ତ ପାଇଁ 'ଝୁଲରେ ହାତୀ ଝୁଲ' ଭଳି ନିଜକୁ ନିଜେ ଝୁଲାଉଥାଏ। ପୁଣି ନିଜକୁ ନିଜେ ଖୁବ୍ ତାରିଫ୍ କଲାଭଳି, ଚାରିଆଡ଼କୁ ଆଖି ବୁଲେଇ ନେଇ ହସିଦେଉଥାଏ ! ଆହା, କି ସୁନ୍ଦର ସେ ହସ ! କି ଐଶ୍ୱର୍ଯ୍ୟମୟ ! କି ଅବିସ୍ମରଣୀୟ ! କିନ୍ତୁ ହାୟ... ମୁଁ ବସ୍ ଝରକାରୁ କେବଳ ଅନାଇ ରହିଥାଏ।

"ମାନନୀୟ ଭଦ୍ରବ୍ୟକ୍ତି ଓ ଭଦ୍ରମହିଳାଗଣ !..."

ବସ୍‌ଭିତରର କୋଳାହଳ ଅହେତୁକ ଭାବେ କ୍ଷଣକ ପାଇଁ ସ୍ତବ୍ଧ ହେଇଗଲା। କାନଗୁଡ଼ିକ ସତର୍କ ହୋଇଗଲା। ଆଖିମାନେ କନକନ ହେଇଗଲେ। କି ଅଦ୍ଭୁତ ସ୍ୱର

ସତେ! କି ଗାମ୍ଭୀର୍ଯ୍ୟ, କି ଅନିର୍ବଚନୀୟ ନିଷ୍ଠା ସତରେ ସେ ସ୍ୱରରେ! କୌଣସି ମହାମାନ୍ୟ, ନେତୃସ୍ଥାନୀୟ, ଗୁରୁସ୍ଥାନୀୟ, ଉଚ୍ଚକୋଟୀର ମହତ୍ତ୍ୱପୂର୍ଣ୍ଣ ସୁପୁରୁଷର କଣ୍ଠସ୍ୱର ବ୍ୟତୀତ ଏଭଳି ସ୍ୱର, ଏଭଳି ଉଚ୍ଚାରଣ ବାସ୍ତବିକ ଆଉ କାହାର ବା ହୋଇପାରେ? ବସ୍‌ରେ ଆଳୁବସ୍ତା ଭଳି ଲଦା ହେଇ ଚାଲିଥିବା ଯାତ୍ରୀଙ୍କ ଲଦନଣ ଅନ୍ତରାଳରୁ ଯେଉଁ ପ୍ରଶସ୍ତ ମୁହୂର୍ତ୍ତଟି ଗୋଟିଏ ଅସଭ୍ୟ କୋଳାହଳକୁ ଅତିକ୍ରମ କରି ହଠାତ୍ ଏକ ଶାନ୍ତ ସଭ୍ୟ ଔତ୍ସୁକତାମୟ ନୀରବତାର ବାତାବରଣ ସର୍ଜନା କରିଦେଲା ଠିକ୍ ସେଇ ସୁଯୋଗଟିକୁ ହାସଲ କରିନେବା ପାଇଁ ମୋ ଭିତରେ କିଏ ଯେମିତି ଗର୍ଜି ଉଠିବାକୁ ମୁହଁ ଖୋଲିଆସୁଥିଲା।

"ହେଇକ୍! ଆରେ ହେଇକ୍! ଦେଖ ଦେଖ-ସେ ପିଲାଟାକୁ କିଏ ସେମିତି ପକେଇ ଦେଇଯାଇଚି ସେଠି ସେ ନଳା ପାଖରେ ଦେଖ ତ!"

କିନ୍ତୁ ମୋ ମୁହଁରୁ କଥା ବାହାରିବା ପୂର୍ବରୁ ସେଇ ଅପୂର୍ବ ଦୁର୍ଲଭ ନୀରବତାକୁ ସଂପୂର୍ଣ୍ଣ ମୂଳୋତ୍ପାଟିତ କରିଦେଲା ଗୋଟାଏ ବୁଲା ବେପାରୀର ଭାଷା-

"ଏଇ ଦେଖନ୍ତୁ ଆସିଗଲା ବମ୍ବେର ସୁଖ୍ୟାତ କଳାକାର ଅପାଲାସ୍ୱାମୀ ନାଇଡୁଙ୍କ ଯୁଗପତ୍ ସୃଷ୍ଟିର ଚରମ କୃତିତ୍ୱର ଏଇ ଚମତ୍କାର ନମୁନା! ଧାତୁ-ବିଦ୍ୟା ଉପରେ ଅନ୍ୟୂନ ଦଶବର୍ଷର ପ୍ରଗାଢ଼ ଗବେଷଣାର ଯୁଗାନ୍ତକାରୀ ସୁଫଳର ଜ୍ୱଳନ୍ତ ପ୍ରମାଣ - ଏଇ ନେକ୍‌ଲେସ୍... ମାନନୀୟ ଭଦ୍ରବ୍ୟକ୍ତି ଓ ଭଦ୍ରମହିଳା ଗଣ...!"

କି ଅଦ୍ଭୁତ ସ୍ୱର ସତେ ଲୋକଟାର! ବସ୍ ଗୋଟାକଯାକର ଲୋକ ମେସ୍-ମରାଇଜ୍‌ଡ୍ ହୋଇଗଲା ପରି ସେଇ ଲୋକଟା ଆଡ଼କୁ ଅନାଇ ରହିଲେ, ଆଉ ତା'ର ଅପୂର୍ବ ବିପଣିକୁ ତାରିଫ୍ କଲାପରି ସତୃଷ୍ଣ ନୟନରେ ଲୋକଟାର ଗୋଟାଏ ହାତ ଆଙ୍ଗୁଠିରୁ ଝୁଲିପଡ଼ିଥିବା ସାରିସାରି ଝଲମଲ୍ ଝଲମଲ୍ କରୁଥିବା କୌଣସି ଧାତୁର ସୂକ୍ଷ୍ମ ତାରରୁ ତିଆରି ହାରଗୁଡ଼ିକୁ ପିଇଗଲା ଭଳି ଚାହିଁରହି ତାର ଯାଦୁକରୀ ଭାଷାକୁ ଉପଭୋଗ କରିଲାଗିଲେ।

"ଭଦ୍ର ମହୋଦୟଗଣ! ଆମର ମାତୃଭୂମି ଭାରତବର୍ଷର ଯୋଗ୍ୟତମ ସନ୍ତାନ ମହାନ୍ କଳାକାର ଅପାଲାସ୍ୱାମୀ ନାଇଡୁଙ୍କ ନାମ ଆପଣମାନେ ଅବଶ୍ୟ ଶ୍ରବଣ କରିଥିବେ। ଖୁବ୍ ଅଳ୍ପଦିନ ତଳେ ଏଇ ସୁବିଖ୍ୟାତ କଳାକାର ନାଇଡୁ ମହାଶୟଙ୍କୁ ମସ୍କୋଠାରେ ଭାରତ ଉତ୍ସବର ସମ୍ମାନିତ କଳାକାରବର୍ଗଙ୍କ ମଧରେ ଶ୍ରେଷ୍ଠତମ ଶିଳ୍ପୀର ଉପାଧିରେ ଭୂଷିତ କରାଯାଇଥିବା ସମ୍ବାଦ ଅବଶ୍ୟ ଆପଣମାନେ ଖବରକାଗଜରୁ ପାଠକରିଥିବେ। ବର୍ତ୍ତମାନ ମୋର ଏଇ ତର୍ଜନୀଟିକୁ ନିରୀକ୍ଷଣ କରନ୍ତୁ। ଏଥିରୁ ଝୁଲିପଡ଼ିଥିବା ଏଇ ଅପୂର୍ବ ଧାତୁନିର୍ମିତ ହାରଗୁଡ଼ିକର ଐକାନ୍ତିକ ସୌନ୍ଦର୍ଯ୍ୟ ଅବଲୋକନ

କରନ୍ତୁ। ଏଇ ଧାତୁଟିର ସ୍ୱରୂପ ନିରୂପଣ କରିବାପାଇଁ ଥରେ ଚେଷ୍ଟାକରି ଦେଖନ୍ତୁ। ଏହାକୁ ଆପଣ ସାଧାରଣ କୌଣସି ଧାତୁ; ଯଥା ରୁପା, ଆଲୁମିନିୟମ୍ ଅଥବା ଜର୍ମାନ୍ ସିଲ୍‌ଭର୍ ଜ୍ଞାନ କରି ନିଜର ଅଜ୍ଞତା ପ୍ରକାଶ କରିବା ପୂର୍ବରୁ ଥରେ ସ୍ୱହସ୍ତକୁ ନେଇ ଏହାର ଯଥାର୍ଥ ସ୍ୱରୂପ ଓ ସ୍ୱଗୁଣ ନିରୂପଣ କରନ୍ତୁ। ଆପଣ ନିଶ୍ଚିତ ଭାବେ ବିସ୍ମିତ ହେବେ ଯେ ଏହା ଆପଣଙ୍କର ଜ୍ଞାନ ଅନ୍ତର୍ଗତ କୌଣସି ସାଧାରଣ ଧାତୁ ନୁହେଁ ନିଶ୍ଚୟ। ଏହାହିଁ ଆଜି ବିଶ୍ୱକୁ ଶ୍ରୀଯୁକ୍ତ ନାଇଡୁଙ୍କ ଅବଦାନ-ଯେଉଁଥିପାଇଁ ସେହି ମହାନ୍ ଧାତୁ ବିଜ୍ଞାନୀ ତଥା ବିଖ୍ୟାତ କଳାକାରଙ୍କୁ ମସ୍କୋଠାରେ ଭାରତ-ସୋଭିଏତ୍ ମୈତ୍ରୀ ସଂଘ ପକ୍ଷରୁ ପ୍ରଦତ୍ତ ହୋଇଅଛି ସେହି ମହାନ୍ ସମ୍ମାନ..."

ଲୋକଟା କହିଚାଲିଥାଏ-ଅବିଶ୍ରାନ୍ତ ! ଶବ୍ଦସମ୍ଭାରର ଜଣେ ସମର୍ଥ ମାଲିକ ନିଶ୍ଚୟ ସେ। ତା ଛଡ଼ା ପ୍ରାଚୀନ ଓଡ଼ିଆ ଭାଷାସାହିତ୍ୟ ଉପରେ ତାର ଅସମ୍ଭବ ଦକ୍ଷତା ଯୋଗୁଁ ସେ ଜଣେ ଉଚ୍ଚଶିକ୍ଷିତ ବ୍ୟକ୍ତି ହୋଇଥିବା ସୁନିଶ୍ଚିତ-ଏଥିରେ ମଧ୍ୟ ସନ୍ଦେହର ଅବକାଶ ନଥାଏ। ତା'ର ଶ୍ରୋତୃବର୍ଗଙ୍କ ଉପରେ ଭାଷା ଓ କଣ୍ଠ ସ୍ୱରର ଯାଦୁକରୀ ପ୍ରଭାବ ଅତି ଅଳ୍ପ ସମୟ ଭିତରେ ବିସ୍ତାର କରି ନେଇସାରି ବକ୍ତା ଜଣକ ଏଥର ବସ୍‌ର ପ୍ରତ୍ୟେକ ଯାତ୍ରୀଙ୍କ ପାଖକୁ ନାଟକ ରୀତିରେ ଆଗେଇଆସି ଜଣ ଜଣ କରି ପ୍ରତ୍ୟେକଟି ଯାତ୍ରୀର ହାତକୁ ସେଇ ଉଜ୍ଜ୍ୱଳ ଧାତୁ ନିର୍ମିତ ବହୁମୂଲ୍ୟ (?) ହାରଗୁଡ଼ିକୁ ଅକାତରରେ ବଢ଼େଇଦେଇ ସ୍ମିତହାସ୍ୟ ପୂର୍ବକ ଆହ୍ୱାନ କରୁଥାଏ-

"ଖାଲି ହାତରେ ନୁହେଁ - ଗଳାରେ ପିନ୍ଧି ପରୀକ୍ଷା ମଧ୍ୟ କରନ୍ତୁ। ପ୍ରଭେଦ ସ୍ପଷ୍ଟତଃ ହୃଦୟଙ୍ଗମ କରିପାରିବେ ଭଦ୍ର ମହୋଦୟ ମହୋଦୟାଗଣ ! ଆପଣ ସେ ଏଇ ଆଭୂଷଣଟି ଯୋଗୁଁ ଅସାମାନ୍ୟ ସୌନ୍ଦର୍ଯ୍ୟର ଅଧିକାରୀ ହୋଇସାରିଛନ୍ତି, ଏହାର ପ୍ରମାଣ ଆପଣ ଅତି ଶୀଘ୍ର ପ୍ରାପ୍ତ ହୋଇପାରିବେ ! ଦୟାପୂର୍ବକ ଏଇ ଦର୍ପଣରେ ନିଜର ମୁଖାବଲୋକନ କରନ୍ତୁ !"

ଲୋକଟା ଏଥର ଜଣ ଜଣ କରି ବସ୍ ପ୍ୟାସେଞ୍ଜରଙ୍କ ପାଖକୁ ଆସି ପ୍ରତ୍ୟେକ ପ୍ୟାସେଞ୍ଜର ହାତରେ ଗୋଟିଏ ହାର ଧରେଇ ଦେଉ ଦେଉ ଛୋଟ ହାତ ଦର୍ପଣଟିଏ ମଧ୍ୟ ତାଙ୍କ ମୁହଁ ସାମ୍ନାରେ ଧରିରଖୁଥାଏ କେତେ ସେକେଣ୍ଡ ପାଇଁ। ତା ପରେ ସେ ଆଗେଇଯାଉଥାଏ ଅନ୍ୟ କୌଣସି ପ୍ୟାସେଞ୍ଜର ଆଡ଼କୁ। ଯାତ୍ରୀମାନେ ମଧ୍ୟ ଅତ୍ୟଧିକ ଆଗ୍ରହ ପ୍ରକାଶପୂର୍ବକ ଲୋକଟାକୁ ପ୍ରଶ୍ରୟ ଦେଉଥାନ୍ତି। ସେଇ ସୁଯୋଗରେ ବୁଲା ବେପାରୀଟି ନାରୀ ଯାତ୍ରୀମାନଙ୍କ ସିଟ୍ ପାଖକୁ ଆସି ସେମାନଙ୍କୁ ତା'ର ସେଇ ଅପୂର୍ବ ବିପଣିଟି ପ୍ରଦର୍ଶନ କରାଇ, ନାନା ମନଭୁଲା ସାହିତ୍ୟିକ ଭାଷାର ଚାଟୁ ବାକ୍ୟ ପ୍ରୟୋଗ ପୂର୍ବକ, ନିଜର ବ୍ୟବସାୟ ଚାଲୁ କରିଦେବା ପାଇଁ ଆୟୋଜନରତ ହୋଇପଡ଼ିଥାଏ।

ବସ୍ ଭିତରେ ଏଇ ନିତିଦିନିଆ ଜୀବନ ସହିତ ତାଳ ଦେଇ ବସ୍ ବାହାରେ ମୂଳ ନଳାରୁ ବାହାରୁଥିବା ନାକଫଟା ଦୁର୍ଗନ୍ଧ ପବନ ସହିତ ଜୀବନର ଅନ୍ୟ ଏକ ନିତିଦିନିଆ ଦୃଶ୍ୟ ମଧ୍ୟ ସମତାଳରେ ମୋ ଆଖି ଆଗରେ ନାଚିଚାଲିଥାଏ। ଅବୋଧ ଶିଶୁଟି ତଥାପି 'ଝୁଲରେ ହାତୀ ଝୁଲ' କରୁଥାଏ ନିଜକୁ ନିଜେ। ଏଯାବତ୍ କେହି ଜଣେ ହେଲେ ଦାବୀଦାର୍ ଶିଶୁର ପାଖ ମାଡ଼ିବାର ଦେଖାଯାଉନଥାଏ। ସମୟ ଯେତିକି ଯେତିକି ଗଡ଼ିଚାଲିଥାଏ, ମୋ ମନରେ ସନ୍ଦେହ ଓ ଆଶଙ୍କା ସେତିକି ସେତିକି ମାଡ଼ି ମାଡ଼ି ପଡୁଥାଏ। ମନକୁମନ ମୁଁ କେତେ ଥର ପଚାରିସାରିଲିଣି ସେତେବେଳକୁ-

"ଏ କଅଣ ସତକୁ ସତ ଏକ ଅରକ୍ଷିତ ! ଯାର ମା' ଏଇଠି କୋଉଠି ବସି ଯାକୁ ଚାହୁଁ ନାଇଁ ସତରେ ନା କଅଣ ? ଏଡ଼େ ସୁନ୍ଦର ପିଲାଟା ! ଏଭଳି ପିଲାଙ୍କୁ କଅଣ ଏମିତି ଛାଡ଼ିଦେଇ ଚାଲିଯାଇପାରେ କୋଉ ମା ? ଆଶ୍ଚର୍ଯ୍ୟ ! ଏଭଳି ଗୋଟିଏ ସୁନ୍ଦର ସ୍ୱାସ୍ଥ୍ୟବାନ୍ ପିଲାକୁ ବସ୍‌ଷ୍ଟାଣ୍ଡର ନଳା ପାଖରେ ବସେଇଦେଇ ଚାଲିଯିବାକୁ କୋଉ ମା'ର ମନ ହେଲା ? ଶଳା ଏ ଦେଶରେ ମା'ମାନେ କଅଣ ସତକୁସତ ମରିଗଲେଣି ? ବସ୍‌ଷ୍ଟାଣ୍ଡକୁ ଶହ ଶହ ବସ୍ ଆସୁଚି ଯାଉଚି। ହଜାର ହଜାର ସ୍ତ୍ରୀଲୋକ ତ ବସିଥିବେ ଗାଡ଼ିରେ। ଅନାଉଥିବେ ଝରକା ବାଟେ ଏଣିକି ତେଣିକି ? କଅଣ କାହାର ଆଖିରେ ପଡ଼ି ନାଇଁ ଏ ଦୃଶ୍ୟ ? ଏ ଭୟଙ୍କର ଦୃଶ୍ୟ ? ପିଲାଟା ନଳା ପାଖରେ ଖେଳୁଚି ! ସେ କି ଜାଗା ! କି କି ରୋଗର ଜୀବାଣୁ ନଥିବେ ସେଇ ମାଟିରେ ସେଠି ? ପିଲାଟା ଯେ ସେଠି ଗୁରୁଣ୍ଡୁଚି, ବସୁଚି, ପେଟୋଉଚି, ମାଟି ଖାଇ ଦେଉଚି-ଏ ଯେ କି ଭୟଙ୍କର ଘଟଣା, କି ହାହାକାରମୟ ଦାରୁଣ ଏ ଦୃଶ୍ୟ, ଏକଥା କଅଣ କେହି ଦେଖିପାରୁନାଇଁ, ଜାଣିପାରୁନାଇଁ ?"

ମୋ ଦେହ ଭିଡ଼ି ମୋଡ଼ି ହେଇଗଲା। ମୁଁ ଆଉ ସ୍ଥିର ହୋଇ ବସି ପାରିଲି ନାହିଁ। ହୁଏତ ଖୁବ୍ ବଡ଼ ପାଟିରେ ଚିତ୍କାରଟାଏ କରିପକାଇବି କିମ୍ବା ଭୁସ୍‌କିନା ଉଠିଯାଇ ପିଲାଟାକୁ ସେଠୁ ଟେକିଆଣି ଝାଡ଼ିଝୁଡ଼ି ସଫା କରିଦେଇ ଡାକମାରିବି, "ଆରେ ହେ ଶଳା ! ଏ ଛୁଆ କାହାର ? ଯାକୁ ଏମିତି ନାରଖାର କରୁଚ କାହିଁକି ବେ ଶାଳୀମାନେ !"

କିନ୍ତୁ ସେକଥା ହବାର ନ ଥିଲା। ମୁଁ ଯେ ଜଣେ ସାମାଜିକ ପ୍ରାଣୀ, ଉଚ୍ଚ ଶ୍ରେଣୀର ପ୍ରାଣୀଟିଏ, ପୁଣି ଯାହାର ଏପରି ପରିସ୍ଥିତିରେ ଆଦୌ କୌଣସି କିଛି କରିପାରିବାର ଶକ୍ତି ସାମାର୍ଥ୍ୟ ନ ଥିଲା-ମୁଁ ବେଶ୍ ଭଲ କରି ସେ କଥା ହୃଦୟଙ୍ଗମ କରିପାରୁଥିଲି। ବସ୍ ଭିତରେ ପାଟିକରିବା ବା ବସ୍ ଭିତରୁ ଧଡ଼୍‌କିନା ଉଠିଯାଇ ଲୋକଦେଖାଣିଆ ଭାବେ କିଛି ନା କିଛି ହେଲେ ଗୋଟିଏ ଦୃଶ୍ୟ ସୃଷ୍ଟି କରିଦେବା

ଯେ ମୋର ସାମାଜିକ ସମ୍ମାନ, ମୋର ଚାକିରି, ମୋର 'ମୋ' ପଣିଆର ଘୋର ବିରୋଧୀ ଏକ ଅନୁଚିତ କାମ ତା ମୁଁ ଖୁବ୍ ବୁଝିପାରୁଥିଲି । କିନ୍ତୁ କଥାଟା ଠିକ୍ ସେଇଆ ନୁହେଁ । ମୋର ଅକର୍ତ୍ତବ୍ୟବୋଧର ପ୍ରଧାନ କାରଣ ବିଷୟରେ ମୁଁ ମଧ୍ୟ କ୍ରମଶଃ ସଚେତନ ହୋଇଉଠିଥିଲି । ସେ ଭିତରେ ବସିଥିବା ଯାତ୍ରୀମାନଙ୍କ ଦୃଷ୍ଟି ଆକର୍ଷଣ କରିବାକୁ ହେଲେ ମତେ ଯେ ବର୍ତ୍ତମାନ ଏଇ ବୁଲାବେପାରୀଟି ସହ ଏକ ପ୍ରତିଯୋଗିତାରେ ଅବତୀର୍ଣ୍ଣ ହେବାକୁ ପଡ଼ିବ, ତାହା ମୁଁ ଅନୁମାନ କରିନେଇସାରିଥିଲି ଓ ସେଥିପାଇଁ ପଛେଇ ଯାଉଥିଲି । ଲୋକଟାର ଅଦ୍ଭୁତ ଶକ୍ତିଶାଳୀ କଣ୍ଠସ୍ୱର, ତା'ର ଭାଷାର ଚାଟୁକାରୀ କ୍ଷମତା, ସାହିତ୍ୟିକ ଶବ୍ଦ ସମ୍ବଳିତ ବାହ୍ୟ ସମ୍ବେଦନଶୀଳତା ଓ କୃତ୍ରିମ ନାଟକୀୟତାର ଲୌକିକ ପ୍ରଭାବକୁ ଅତିକ୍ରମ କରି ମୁଁ କିପରି ଅବା ଏ ମୂଢ଼ ଦର୍ଶକର ଦୃଷ୍ଟିକୁ ଗୋଟାଏ ଚକଚକିଆ ଧାତୁ ନିର୍ମିତ ହାର ଭଳି ଅଳଙ୍କାର ଆଡୁ ଘୂରାଇନେଇ ଠୁଳ କରିଦେଇ ପାରିବି ସେଇ ମୂତଖାନା ନଳା ପାଖର ଇଲାକାଟା ଉପରେ ଯେଉଁଠି ଖେଳୁଚି ଗୋଟିଏ ଶିଶୁ-ତୁଚ୍ଛା ମଣିଷ ପିଲାଟାଏ ମାତ୍ର ? ମୋର କ'ଣ ସେଭଳି ଶକ୍ତି ଅଛି ? ବେକରେ ଗୋଟିଏ ଗୋଟିଏ ଦି'ଟଙ୍କିଆ ହାର ପକେଇ ବୁଲାବେପାରୀର ଦର୍ପଣରେ ନିଜର ମୁହଁ ଦେଖି ବିଭୋର ହୋଇ ଉଠୁଥିବା ସ୍ତ୍ରୀ ପୁରୁଷ ନିର୍ବିଶେଷରେ ଏଇ ସ୍ଥୂଳ, ବସ୍ତୁବାଦୀ ମଣିଷଗୁଡ଼ାଙ୍କୁ କୋଉ ଭାଷାରେ ସଂବୋଧନ କଲେ ସେମାନେ ଏ ବୁଲାବେପାରୀଠୁଁ ମୁହଁ ବୁଲେଇଆଣି ମୋ ଆଖିରେ ଆଖି ମିଳେଇ ଅନେଇବେ ସେଇ ମୂତଖାନା ଦିଗକୁ ? କି ଭାଷା, କି ସାହିତ୍ୟ ସେ – ମୁଁ ବୁଝିପାରୁନଥିଲି ଆଦୌ ।

ଏଇ ଭିତରେ ବୁଲାବେପାରୀଟି ତା'ର ସୁନିଶ୍ଚିତ ବ୍ୟାବସାୟିକ ପନ୍ଥା ଅବଲମ୍ବନ ପୂର୍ବକ ଗରାଖମାନଙ୍କଠାରୁ ପଇସା ଆଦାୟ କରିବା ଅଭିଯାନ ଆରମ୍ଭ କରିଦେଇଥିଲା । ତାର ସେଇ ଈଶ୍ୱରଦତ୍ତ ସ୍ୱର ଗାମ୍ଭୀର୍ଯ୍ୟ ଓ ସୁନିର୍ବାଚିତ ସାହିତ୍ୟିକ ଶବ୍ଦାବଳିଯୁକ୍ତ ଭାଷାରେ ଶ୍ରୋତୃବର୍ଗଙ୍କ ମନୋହରଣ କରିସାରି ସେ ଅବଶେଷରେ ବିଶ୍ୱବିଖ୍ୟାତ ଶିଳ୍ପୀ ଓ ଧାତୁବିଦ୍ୟା ବିଶାରଦ, ଭାରତ-ସୋଭିଏତ୍ ମୈତ୍ରୀ ସଂଘ ଦ୍ୱାରା ମସ୍କୋଠାରେ ପୁରସ୍କୃତ ମହାମାନବ ଜନୈକ ଅପାଲାସ୍ୱାମୀ ନାଇଡୁଙ୍କ ପରିକଳ୍ପିତ ଅଳଙ୍କାରଟିକୁ ମାତ୍ର ଦୁଇଟି ଟଙ୍କାରେ ହସ୍ତାନ୍ତର କରିଦେବାର ପ୍ରସ୍ତାବଟିକୁ ଆଗତ କରିସାରିଥାଏ । ତାହାରି ସହିତ ସେ ବାରମ୍ବାର ଘୋଷଣା କରିଚାଲିଥାଏ ମଧ୍ୟ – "ନା, ମୁହୂର୍ତ୍ତକ ପାଇଁ ଭାବନ୍ତୁ ନାହିଁ ଯେ ଏଭଳି ଏକ ଅମୂଲ୍ୟ କଳା ସାମଗ୍ରୀର ମୂଲ୍ୟ ମାତ୍ର ଦୁଇ ଟଙ୍କା ! ମାନନୀୟ ଭଦ୍ରବ୍ୟକ୍ତି ଓ ଭଦ୍ରମହିଳାଗଣ ! ଏ ଜଗତରେ କଳାର ମୂଲ୍ୟ, ପ୍ରକୃତ ମୂଲ୍ୟ କ'ଣ କଦାପି ସ୍ଥିରୀକୃତ ବା ନିୟନ୍ତ୍ରିତ ହୋଇପାରିଛି-କେବେ ନା କେବେ ? ଆପଣ ହୁଏତ କାଲି ସକାଳୁ ଶୁଣିବେ ଏଇ ଅଳଙ୍କାରଟି ଠିକ୍ ଏଇଠି, ଏଇ ବସ୍‌ଷ୍ଟାଣ୍ଡରେ ବିକ୍ରି ହେଉଛି ପାଞ୍ଚ

ଟଙ୍କାରେ, ପୁଣି ପଅରଦିନ ଶୁଣିବେ- ଯାର ମୂଲ୍ୟ ବର୍ଦ୍ଧିତ ହୋଇଛି ଦଶ ବା ପନ୍ଦର ଟଙ୍କାକୁ। ଏହାହିଁ କଳାକୃତିର ଦୁର୍ଭାଗ୍ୟ ବା ସୌଭାଗ୍ୟ। ଅପରିଚିତ କଳାକାରମାନେ ଏହି କାରଣରୁ ପ୍ରଥମେ ଅତି ଶସ୍ତାରେ ନିଜର ବିପଣିଟିକୁ ମେଲିଦେବାକୁ ବାଧ୍ୟ ହୁଅନ୍ତି ଅଜଣା କଳାପ୍ରେମୀ ଗ୍ରାହକମାନଙ୍କ ସମ୍ମୁଖରେ। କିନ୍ତୁ ପରେ ? ଯେତେବେଳେ ସେଇ ଅପରିଚିତ ଅଜ୍ଞାତ କଳାକାର ସୁପରିଚିତ, ସୁବିଖ୍ୟାତ ହୋଇ କଳାପ୍ରେମୀଙ୍କ ଦୃଷ୍ଟି ପଥାରୂଢ଼ ହୁଅନ୍ତି, ସାମାନ୍ୟ ଚିତ୍ରପଟଟିଏ ଆଜି ଏକ ଡଲାର୍‌ରେ ବିଦେଶରେ ବିକ୍ରୀ ହେବାକୁ ଯୋଗ୍ୟ ନ ହେଉଥିବା ସ୍ଥଳେ ସେଇ ଚିତ୍ରପଟଟିକୁ କାଲି ଏକ ମିଲିୟନ୍ ଡଲାର୍ ଦେଇ କିଣି ନେବାକୁ ଆଗ୍ରହୀ ଗ୍ରାହକ ବାହାରି ପଡ଼ନ୍ତି-ଏ ସମ୍ବାଦ ତ ଆପଣମାନେ ନିଶ୍ଚୟ ଶୁଣିଥିବେ। ବିଶ୍ୱବିଖ୍ୟାତ ଶିଳ୍ପୀ 'ଭାନ୍‌ଗଗ୍'ଙ୍କ ନାମ ହୁଏତ ଶୁଣିଥାଇପାରନ୍ତି ଆପଣ..."

ଏଇ ମୁହୂର୍ତ୍ତରେ ବୁଲାବେପାରୀ ମୁହଁରୁ 'ଭାନ୍‌ଗଗ୍'ଙ୍କ ନାଁଟା ବାହାରି ପଡ଼ିବା ମାତ୍ରେ ମୋ ଦେହ ଭିତରେ ଏକ ବିଦ୍ୟୁତ୍‌ସ୍ଫୁରଣ ଘଟିଲା। ଆଶ୍ଚର୍ଯ୍ୟ! ଏ ଲୋକଟା 'ଭାନ୍‌ଗଗ୍' ନାଁ ସହିତ ମଧ୍ୟ ପରିଚିତ ? ଏ କ'ଣ ତେବେ ସେହି ବହିଟା ପଢ଼ିଚି- 'ଦ ଲଷ୍ଟ୍ ଫର୍ ଲାଇଫ୍' ? ଆୟରଭିଂ ଷ୍ଟୋନ୍‌ଙ୍କର ବିଶ୍ୱବିଖ୍ୟାତ ପୁସ୍ତକ ?

ଏଥର ଝରକା ଆଡୁ, ବସ୍‌ଷ୍ଟାଣ୍ଡର ମୂତଖାନା ପାଖରେ ମାଟିରେ ଖେଳୁଥିବା ଶିଶୁଟି ଆଡୁ ଆଖି ପୂରାପୂରି ଘୂରାଇ ଆଣି ଲୋକଟାକୁ ନିରୀକ୍ଷଣ କରିବାକୁ ପଡ଼ିଲା ମତେ। କେହି ଜଣେ ଉଚ୍ଚ ଶିକ୍ଷିତ ବେକାର ଯୁବକ ନିଶ୍ଚୟ ସେ ଦାଣ୍ଡରେ ପଡ଼ି ଏଭଳି ଏକ ତୁଚ୍ଛ ଧନ୍ଦା ଧରିନେବାକୁ ବାଧ୍ୟ ହୋଇଚି ନା କଅଣ ? ଲୋକଟି ଆଡ଼କୁ ସହାନୁଭୂତିଶୀଳ ହୋଇ ଅନାଇବା ମାତ୍ରେ ତାର ଶରୀରର ବୈକଲ୍ୟ ପ୍ରତି ମୋର ଦୃଷ୍ଟି ଆକୃଷ୍ଟ ହୋଇପଡ଼ିଲା। ଡେଙ୍ଗା ସରସର ଏଡ଼େ ବଡ଼ ଟୋକାଟିଏ। କିନ୍ତୁ ଏ କ'ଣ- ତାର ଅଣ୍ଟାଟା ଏମିତି କଣ ଦିଶୁଚି ? ପେଟ ବୋଲି ଗୋଟାଏ ଜିନିଷ ତା ଶରୀରର କେଉଁ ସ୍ଥାନରେ ? ଆରେ! ଅଦ୍ଭୁତ! ଏଭଳି ଏକ ଶରୀରରୁ ଏଭଳି ଗମ୍ଭୀର ସ୍ୱର, ଏଭଳି ବିଜ୍ଞାନସୁଲଭ ଭାଷାର ଉତ୍ପତ୍ତି ହେଉଛି କିପରି ? ଲୋକଟା ପ୍ରତି ମୋର ସାମୟିକ ହେୟଜ୍ଞାନ, ତାର ତୁଚ୍ଛ ମନୋହରଣକାରୀ ଭାଷା ପ୍ରତି ମୋ ବିଦ୍ୱେଷ କ୍ଷଣକ ପାଇଁ ପ୍ରଶମିତ ହୋଇଆସିଲା। ଅହେତୁକ ସହାନୁଭୂତିବଶତଃ ମୋ ପାଟିରୁ ବାହାରି ପଡ଼ିଲା—

"ହୋ ବାବୁ, ଟିକିଏ ଏଆଡ଼େ ଆସିଲ !..."

ଲୋକଟି ବୋଧହୁଏ ଭାବିଲା ମୁଁ ତାର ସେଇ ଅପୂର୍ବ ବିପଣି ପ୍ରତି ଆକୃଷ୍ଟ ହୋଇପଡ଼ିଛି। ତେଣୁ ତରବର ହୋଇ ସେ ମୋ ଆଡ଼କୁ ଆଗେଇ ଆସିଲା। ମୋ ପାଖରେ ପହଞ୍ଚିଯାଇ ମୋ ହାତକୁ ଗୋଟାଏ ସେଇ ଦି' ଟଙ୍କିଆ ହାରକୁ ବଢ଼ାଇ

ଦେଇ କହିଲା- "ମୁଁ ବଳେ ଆସିଥାଆନ୍ତି ସେ ଆପଣଙ୍କ ପାଖକୁ। ଏ ଭିଡ଼ ଦେଖୁଛନ୍ତି ତ? ଆପଣ ତ ବସିଚନ୍ତ ଏ ସାଇଡ୍ ସିଟ୍‌ରେ ନା..."

"ନା, ନା-" ତା ହାତରୁ ହାରଟାକୁ ଗ୍ରହଣ କରିବା ପରିବର୍ତ୍ତେ ମୁଁ ତା ମୁହଁକୁ ଚାହିଁ ହସିଦେଇ କହିଲି, "ମୁଁ ଆପଣଙ୍କୁ ଆପଣଙ୍କ ମୂଲ୍ୟ ଦେବାକୁ ପ୍ରସ୍ତୁତ। କିନ୍ତୁ ତା ବଦଳରେ ମତେ ଆପଣ ଗୋଟିଏ କଥା ଦେବେ... ଦେବେ କି?"

ଆଶ୍ଚର୍ଯ୍ୟ ହୋଇଗଲା ଟୋକାଟା। ଅଳ୍ପ ଟିକିଏ ହସିଦେଇ ସନ୍ଦେହରେ ଚାହିଁଦେଲା ସେ ଚାରିଆଡ଼କୁ। ବୁଝିପାରିଲାନାହିଁ ନିଶ୍ଚେ ମୋ ଅଭିପ୍ରାୟ। ପାଖ ପ୍ୟାସେଞ୍ଜରମାନେ ମଧ୍ୟ ସନ୍ଦେହରେ ପଡ଼ିଲା ଭଳି ଚାହାଁଚାହିଁ ହେଲେଣି ପରସ୍ପର ମୁହଁକୁ।

"ମୁଁ ଆପଣଙ୍କୁ ଦଶୋଟି ଟଙ୍କା ଦେବି..."

ଲୋକଟାର ସନ୍ଦେହ ତ ଏଥର ଢେର୍ ବଢ଼ିଗଲା। କିନ୍ତୁ ତା ସତ୍ତ୍ୱେ ସେ ମୋ ଆଡ଼କୁ ଆଗ୍ରହାତ୍ମକ ଦୃଷ୍ଟିଟିଏ ନିକ୍ଷେପ କରିବା ଜାଣି ମୁଁ ତତ୍‌କ୍ଷଣାତ୍ ମୋ ପ୍ରସ୍ତାବ ଆଗତ କରିଦେଲି, "ମତେ ଆପଣଙ୍କର ସ୍ୱର ଏବଂ ଭାଷା-ଈଶ୍ୱରଦତ୍ତ କଣ୍ଠସ୍ୱର ଏବଂ କବି ଲେଖକ ସାହିତ୍ୟିକଙ୍କ ଏ ଯୋଉ ଅତୁଳନୀୟ ଭାଷା-ସମ୍ଭାର ଆପଣ ବ୍ୟବହାର କରିଚାଲିଛନ୍ତି, ତାର ଏକ ସାମାନ୍ୟାଂଶ ଭଡ଼ାରେ ଦେବାକୁ ଅନୁରୋଧ କରୁଛି-ଅନ୍ତତଃ ପାଞ୍ଚୋଟି ମିନିଟ୍ ପାଇଁ ଦେବେ କି? ବିନିମୟରେ ମୁଁ ଆପଣଙ୍କୁ ଦେବି ଦଶୋଟି ମାତ୍ର ମୁଦ୍ରା।"

ଯୁବକଟି ମୋର ଅସଲ ଉଦ୍ଦେଶ୍ୟ ସେ ପର୍ଯ୍ୟନ୍ତ ଅନୁମାନ କରି ପାରିନଥିଲା। କେବଳ ସାମାନ୍ୟ ଆତ୍ମସଚେତନ ହୋଇଉଠି ସେ ଏକ ସଂଦିଗ୍ଧ ସ୍ୱର ପ୍ରକାଶ କରି ପଚାରିଲା, "ମୋର ସ୍ୱର? ମୋ ଭାଷା? ଭଡ଼ାରେ? ବୁଝିପାରୁନାହିଁ ଆଜ୍ଞା?"

"ମୁଁ ବୁଝାଇ ଦେବି-କିନ୍ତୁ ଆପଣ ସମ୍ମତ କି? ପାଞ୍ଚ ମିନିଟ୍ ପାଇଁ ଆପଣଙ୍କର ଏ ଅତୁଳନୀୟ ଐଶ୍ୱରୀୟ ଦାନକୁ ବାଣିଜ୍ୟ ବା କମର୍ସ ଆଡୁ ଜୀବନ ବା ଯଥାର୍ଥ କଳାର ଦିଗରୁ ଘୂରାଇ ଆଣି ପାରିବେ କି?"

"ମୁଁ ବୁଝିପାରୁନାହିଁ ଆଜ୍ଞା" - ଲୋକଟି ଏଥର ବ୍ୟସ୍ତ ବିବ୍ରତ ହୋଇଉଠିଲା। ତା'ର ସମସ୍ତ ବାଣିଜ୍ୟିକ ବିପଣିଟିକୁ ସେ ବସ୍ ଭିତରେ ବସିଥିବା ଅଜ୍ଞାତ ଯାତ୍ରୀଙ୍କ ହାତକୁ ବଢ଼ାଇଦେଇସାରିଛି। ସେଗୁଡ଼ିକର ମୂଲ୍ୟ ଏ ପର୍ଯ୍ୟନ୍ତ ସଂଗ୍ରହ କରିନାହିଁ ସେ। ବସ୍‌ଟା ଯେକୌଣସି ମୁହୂର୍ତ୍ତରେ ଛାଡ଼ି ଦେଇପାରେ। ଡ୍ରାଇଭର୍ ହର୍ଣ୍ଣ ଦେବା ଆରମ୍ଭ କରିଦେଇଛି।

"ଦେଖ ବାବୁ, ମୁଁ ମଧ୍ୟ ତତ୍ପର ହୋଇଉଠିଲି ଲୋକଟାକୁ କରଛଡ଼ା ନକରିବା

ଉଦ୍ଦେଶ୍ୟରେ। ଟିକିଏ ମାତ୍ର ଆଉ ବିଳମ୍ବ ନକରି ମୁଁ ମୋ ଉଦ୍ଦେଶ୍ୟ ପ୍ରକାଶ କରଦେଲି- କହିଲି ହେଇ ଦେଖ- ଅନାଅ ଟିକିଏ ଏ ଝରକା ବାଟେ - ହେଇ ସେଠିକି-ସେ ମୁତଖାନା ଆଡ଼ିକି। ଦେଖିଲ ? ଦେଖୁଚ ଟି ? ସେ ଜାଗାରେ, ସେଇ ମୁତ ସନ୍ତସନ୍ତ ମାଟି ଉପରେ ମଣିଷ ପିଲାଟାଏ ଖେଳୁଚି କେମିତି ଦେଖୁଚଟି ? ସେ ପିଲାଟି କାହାର ? କିଏ ତା ବାପ ମା ? କିଏ ତାର ଦାବିଦାର ? ସେ କଅଣ ସେଇଠି ସେମିତି ଖେଳୁଥିବ, ଆଉ ଆମେ ଏ ଅପାଲସ୍ୱାମୀ ନାଇଡୁଙ୍କ ନିର୍ମିତ ହାର ପିନ୍ଧୁଥିବା ? ଦର୍ପଣରେ ମୁହଁ ଦେଖୁଥିବା ? ଟିକିଏ ଦୟାକରି ଏ ବସ୍‌ର ଯାତ୍ରୀମାନଙ୍କୁ ତମର ଏ ଅଦ୍ଭୁତ ଈଶ୍ୱରଦତ୍ତ ସ୍ୱରସମ୍ଭାର, ଭାଷାସମ୍ଭାର ପ୍ରୟୋଗ କରି ଶୁଣାଇଦିଅ ତ ବାବୁ-ସମସ୍ତେ ଏ ନାଇଡୁହାର ଆଡୁ ଆଖି ବୁଲେଇ ଅନାନ୍ତୁ ଥରେ ସେ ପିଲାଟି ଆଡ଼କୁ !"

ମୋର କ୍ଷୁଦ୍ର ବା ଦୀର୍ଘ ବକ୍ତୃତାର ପ୍ରଭାବ ତା ଉପରେ କିଛିହେଲେ କିଛି ବୋଧହୁଏ ପଡ଼ିଲା। କିନ୍ତୁ ସେ ମୋର କଥାକୁହା ଢଙ୍ଗକୁ ନାପସନ୍ଦ କଲାପରି ମତେ ଚାହିଁଲା। ହେୟ ହସଟିଏ ପ୍ରକାଶ ପାଇଲା ତା ଓଠ ଉପରେ। ତା' ସହିତ ସେଇ ଅଦ୍ଭୁତ ଗମ୍ଭୀର ସ୍ୱର ଶୁଣାଗଲା-

"ଆପଣ ତ ବେଶ୍ କଥା କହିଜାଣିଚନ୍ତି ସାର୍ - ନିଜେ କହୁନାହାନ୍ତି ?"

"ମୋର ସ୍ୱର କାହିଁ ? ଭାଷା କାହିଁ ? କହିବା ଭଙ୍ଗୀ କାହିଁ ? ମୁଁ ତ କମର୍ସିଆଲ ଆର୍ଟିଷ୍ଟ ନୁହଁ-ଆମ କଥା କିଏ କାହିଁକି ଶୁଣିବ ? ପୃଥିବୀର ସବୁ କାନଗୁଡ଼ିକୁ ତ ସେମାନେ ଖରିଦ କରି ନେଇ ସାରିଚନ୍ତି ନା !"

"ତ ଠିକ୍। କିନ୍ତୁ ଆପଣ ମୁହଁ ଖୋଲୁନାହାନ୍ତି କାହିଁକି ? ଥରେ ଠିଆହୋଇପଡ଼ି କୁହନ୍ତୁ - ମୁହଁ ଫିଟାଇ ପଚାରନ୍ତୁ - ସେ ପିଲାଟି କାହାର ? ଏଭଳି ଏକ ଅମୂଲ୍ୟ ଐଶ୍ୱରିକ ଅବଦାନକୁ ଏ ମାନବଜାତି ନଳା ମୁହଁକୁ ଫିଙ୍ଗି ଦେଇଚି କାହିଁକି ? ପଚାରନ୍ତୁ ନା ଏ ପ୍ରଶ୍ନଟା ଥରେ ମୁହଁ ଖୋଲି ଏମାନଙ୍କୁ, ଏ ଯୋଉମାନେ ନିର୍ବେଦ ହୋଇ ବସିଚନ୍ତି ଏମିତି ଏଠି ଏ ଗାଡ଼ି ଭିତରେ ! ପଚାରନ୍ତୁ ...ହଁ ହଁ ପଚାରନ୍ତୁ !"

ଲୋକଟା ସତେ ଯେମିତି ଏକ ଚାଲେଞ୍ଜ୍ ନିକ୍ଷେପ କଲା ମୋ ମୁହଁ ଉପରକୁ। ମୋର ଧୈର୍ଯ୍ୟ ଭୁଷୁଡ଼ି ପଡ଼ିଲା। କ୍ରୋଧ ଜାତ ହେଲା। ଏପର୍ଯ୍ୟନ୍ତ ବହୁ ଆୟାସ ସହକାରେ ଅବଦମିତ ହୋଇ ରହିଥିବା ମୋର ବିରକ୍ତି ଓ କ୍ରୋଧ ହଠାତ୍ ମୋ କଣ୍ଠରୁ ଉଦ୍‌ଗତ ହୋଇଉଠିଲା ସୋଡ଼ା ବୋତଲରୁ ଠିପି ଖୋଲିଗଲା ପରି। ମୁଁ ଉଠିପଡ଼ିଲି। ଅଜାଣତରେ ମୋ ମୁହଁରୁ ବାହାରିଗଲା-

"ହେଇକ୍। ଏଠି ହାର କିଣା କଅଣ ଚଲେଇଚ ସମସ୍ତେ - ସେପଟକୁ ଅନାଅ ! ହେଇ ସେଠି ମୁତଖାନା ପାଖରେ କାହା ପିଲା ସେ। କିଏ ଛାଡ଼ିଦେଇ ଆସିଚ ସେ

ପିଲାକୁ ସେଠି ସେମିତି ? ଦେଖିପାରୁନ ? ଜାଣିପାରୁନ ସେ ଜାଗାରେ କି କି ଜୀବାଣୁ ଅଛନ୍ତି । ପୋଲିଓ ହେଇଯିବ ! ହଇଜା ହେଇଯିବ ! ଟିଟାନସ୍ ହେଇଯିବ ! ଜାଣିପାରୁନ ! ବୁଝିପାରୁନ ! ଏଠି ହାର କିଣା ଚାଲିଚି ? ଆହା ! ଯୋଉ ସୁନ୍ଦର ମୁହଁଗୁଡ଼ାକ ତ – ପୁଣି ଦର୍ପଣ ଦେଖା ଚାଲିଚି ? ଛି – ଛିଇଃ !"

ହଠାତ୍ ବସ୍ ଭିତରେ କୋଳାହଳ ସ୍ତବ୍ଧ ହୋଇଗଲା ।

ସେଇ ସ୍ତବ୍ଧତା ଭିତରୁ ଶୁଣାଗଲା ପ୍ରଥମେ ଏକ କ୍ଷୀଣ ହସ – ହସ ତ ନୁହେଁ ଉପହାସ । ତା'ରି ପରେ ପରେ ସେଇ ଅଦ୍ଭୁତ କଣ୍ଠ ସ୍ୱର ! ସେଇ ଗମ୍ଭୀର ଅନିର୍ବଚନୀୟ କଣ୍ଠସ୍ୱର –

"ମାନନୀୟ ଭଦ୍ରବ୍ୟକ୍ତି ଓ ଭଦ୍ରମହିଳାଗଣ ! ସେଇ ଶିଶୁଟିକୁ ଦେଖନ୍ତୁ । ସେଇ ଅବହେଳିତ ସ୍ୱର୍ଗୀୟ ସୌନ୍ଦର୍ଯ୍ୟକୁ ଅବଲୋକନ କରନ୍ତୁ । ଭଦ୍ରବ୍ୟକ୍ତି ପଚାରୁଛନ୍ତି – ସେ ଶିଶୁଟି କାହାର ? କିଏ ତାର ପିତା ମାତା, କିଏ ତାର ରକ୍ଷକ ପାଳକ ? ଭଦ୍ର ମହାଶୟଗଣ, ଆପଣ କଣ ସତେ ବିଶ୍ୱାସ କରିବେ, ପ୍ରତେ ଯିବେ, ଯଦି ମୁଁ ସ୍ୱୀକାର କରେ ଯେ, ସେ ଶିଶୁ ପ୍ରକୃତରେ ମୋର ? ମୁଇଁ ତାର ପିତାମାତା, ପାଳକ ରକ୍ଷକ ସବୁ କିଛି । ଆଜକୁ ସାତ ଦିନ ତଳେ ପିଲାଟିର ମା ଇହଧାମ ତ୍ୟାଗ କରି ଚାଲିଗଲାବେଳେ...."

ହଠାତ୍ ଯୁବକଟିର ସ୍ୱର ଭଙ୍ଗା ଭଙ୍ଗା ଶୁଣାଗଲା । କିନ୍ତୁ ସେଇ ଭଙ୍ଗା ସ୍ୱରଟା ତା'ର ଆହୁରି ଗମ୍ଭୀର, ଆହୁରି ଉଦାର, ଆହୁରି କରୁଣ, ଆହୁରି କେମିତି କେମିତି ଶୁଭିଗଲା କାନକୁ । ଶ୍ରୋତୃବର୍ଗ ବିଚଳିତ ହୋଇପଡ଼ିଲେ । ତତ୍କ୍ଷଣାତ୍ ଅଧିକାଂଶ ହାତରୁ ଦୁଇଟଙ୍କିଆ ନୋଟ ପାଞ୍ଚ ଟଙ୍କିଆ ନୋଟ୍‌ମାନ ଯୁବକଟି ଆଡ଼କୁ ଲମ୍ବିଆସିଲା । କେହି କେହି ନାରୀ ସହଯାତ୍ରୀ ସହସା ଦୟାର୍ଦ୍ର ହୋଇଉଠି ସକେଇବାକୁ ଆରମ୍ଭ କରିଦେଲେ ମଧ୍ୟ ।

ଲୋକଟି ବର୍ତ୍ତମାନ ଟଙ୍କା ସଂଗ୍ରହ ପାଇଁ ତତ୍ପର ହୋଇଉଠିଲା । ବୁଲିବୁଲିକା ହାତରୁ ହାତ ଲମ୍ବି ଆସିଥିବା ନୋଟ୍‌ଗୁଡ଼ିକୁ ସଂଗ୍ରହ କରିନେଇ ସେ ତରବର ହୋଇ ଗାଡ଼ିରୁ ଓହ୍ଲେଇପଡ଼ିଲା ।

ମୁଁ ବସିପଡ଼ିଲି । ଝରକା ବାଟ ଦେଇ ବସ୍‌ଷ୍ଟାଣ୍ଡ ମୁତଖାନା ଆଡ଼କୁ ବେକ ଝୁଙ୍କାଇ ଅନାଇ ରହି ଅପେକ୍ଷା କଲି-ବୋଧହୁଏ ଏହାରି ପରେ ପିଲାଟିକୁ ସେଇ ନରକରୁ ଉଦ୍ଧାର କରିନେବା ପାଇଁ ତା'ର ଜନ୍ମଦାତା ସେଇ ଅଦ୍ଭୁତ ଯୁବକଟି ନିଶ୍ଚୟ ଆଗେଇ ଆସିବ । ସେଇ ମାର୍ମିକ ଦୃଶ୍ୟଟିକୁ ଅପେକ୍ଷା କରି ମୁଁ ବସ୍ ବାହାରକୁ ବେକ କାଢ଼ି କଇଁଚଟିଏ ପରି ଦୀର୍ଘ ସମୟ ଅନାଇ ରହିଲି । ମୁଁ ଏକା ନୁହେଁ – ଏଥର ବସ୍

ଭିତରର ପ୍ରାୟ ସବୁ ଯାତ୍ରୀଙ୍କ ଦୃଷ୍ଟି ମଧ୍ୟ ପ୍ରଲମ୍ବିତ ହୋଇ ରହିଥାଏ ସେଇ ଦୃଶ୍ୟ ଆଡ଼କୁ। କିନ୍ତୁ, କାହିଁ ? ଯୁବକଟି ଗଲା କୁଆଡ଼େ ? ବସ୍‌ରୁ ତରବର ହୋଇ ଓହ୍ଲେଇପଡ଼ି ଗଲା କୁଆଡ଼େ ସେ ?

ଶିଶୁଟି ପୂର୍ବପରି ସେଇ ପୂତିଗନ୍ଧମୟ ନରକ କୁଣ୍ଡ ଭିତରେ ତାର ଐଶ୍ୱରିକ କ୍ରୀଡ଼ାରେ ପ୍ରମତ୍ତ ରହିଥାଏ। ହାତ ଗୋଡ଼ ହଲାଇ ଖେଳୁଥାଏ। ଗୁରୁଣ୍ଡି ଗୁରୁଣ୍ଡି କିଛି ବାଟ ଆଗେଇଯାଇ ବସିପଡ଼ିବାକୁ ଚେଷ୍ଟା କରୁଥାଏ। ବସୁ ବସୁ ପୁଣି ଟଳିପଡୁଥାଏ। ଟଳିପଡ଼ି ପୁଣି ଉଠି ବସିବାକୁ ସତତ ଚେଷ୍ଟିତ ହେଉ ହେଉ ଏପଟ ସେପଟକୁ ଅନାଇ ଦେଉଥାଏ। କଅଣ ଦେଖିପାରୁଥାଏ କେଜାଣି – ତା ଓଠରୁ ଅନିର୍ବଚନୀୟ ସ୍ୱର୍ଗୀୟ ହସଟିଏ ଝରିପଡ଼ି ପୁଣି ଶୁଖିଯାଉଥାଏ ମଧ୍ୟ। ଆହା – ଆହା !

ବସ୍ ଗୋଟାକଯାକ ବର୍ତ୍ତମାନ ପ୍ରତିଧ୍ୱନିତ ହେଉଥାଏ ସେଇ ଗୋଟିଏ ଶବ୍ଦ – ଆହା, ଆହା ! କିନ୍ତୁ ସେଇ ଆହା ଶବ୍ଦରୁ ବଡ଼ ପ୍ରତ୍ୟାଶିତ ଘଟନାଟି ଆଉ ଘଟୁ ନଥାଏ। କୌଣସି ହାତ ସେଇ ଶିଶୁଟି ଉପରକୁ ଲମ୍ବିଯାଇ ତାକୁ କୋଳକୁ ଟେକି ନେବାର ସମ୍ଭାବ୍ୟ ଘଟନାଟି ଆଉ ଘଟୁନଥାଏ।

ବସ୍ ଛାଡ଼ିଲା। ପିଲାଟି ସେମିତି ଖେଳୁଥାଏ।

ହଠାତ୍ ମୋ ପାଖରୁ ଜଣେ ଯାତ୍ରୀଙ୍କ ଫୁସ୍‌ଫୁସ୍ କଥା କାନରେ ବାଜିଲା – "ଠକିଦେଲା – ଏ ପିଲା ତାର ନୁହେଁ – ମିଛ କହି ଟଙ୍କା ନେଇ ଚାଲିଗଲା – ଛି ଛି.."

"କିନ୍ତୁ ତା'ର କ'ଣ ଦୋଷ ?" ଅନ୍ୟ ଜଣେ ସହଯାତ୍ରୀ ସେଇଭଳି ନରମ ଗଳାରେ ପ୍ରତିବାଦ କଲେ, "ସେ ପୁଣି ବ୍ୟବସାୟ କରିବ ତ ! ପିଲାଟିକୁ କୋଉଠି ଛାଡ଼ିଲେ ତ ସେ ତା ଧନ୍ଦା କରିବ ? କୋଉଠି ଛାଡ଼ିବ ? ତାର ତ ସ୍ତ୍ରୀ ମରିଯାଇଚି ଶୁଣିଲେ – ପିଲାଟିକୁ ରଖନ୍ତା କୋଉଠି ଯେ ସେ ?"

"ରଖିବାକୁ କ'ଣ ଏଇ ଜାଗା ? ଏ ନଳାମୁହଁ ? ଏଇ ନରକ ?" ଅନ୍ୟ ଜଣେ ସହଯାତ୍ରୀ ପ୍ରତିବାଦ ଜଣେଇଲେ।

ତାର ଉତ୍ତର ମିଳିଲା – "ନରକ ହିଁ ଆଜିର ମଣିଷର ନିବାସ। ଏ ପୃଥିବୀଟା ତ ଗୋଟାଏ ବିଶାଳ ନରକ ଯୋଉଠି ପଡ଼ିଯାଇଚୁ ଆମେ ସମସ୍ତେ। ଏଥିରୁ ରକ୍ଷା କାହିଁ କହନ୍ତୁ ତ !"

ପ୍ରେମର ପ୍ରମାଣ

"ଆହା, କି ସୁନ୍ଦର ଧାନକ୍ଷେତ, କି ବିଶାଳ ଆକାଶ-କେଡ଼େ ନେଳି ସତରେ ଏଠିକା ଆକାଶର ରଙ୍ଗ !" ଭଦ୍ରଲୋକ ଏଇଭଳି ଭାବୁଥା'ନ୍ତି ହୁଏତ। କିଏ ଜାଣେ ସେ କୋଉଠିକା ଭଦ୍ରଲୋକ ? କାହିଁକି ଏମିତି ବୁଲି ବୁଲି ଚାହୁଁଚନ୍ତି ଚାରିଆଡ଼କୁ ? ଅଦୂରରେ ତାଳଦଣ୍ଡା କେନାଲର ଗାଢ଼ ନେଳିପାଣିର ଧାର। ସେପଟ ତୁଠରେ ମାଇପେ ଗାଧୋଉଚନ୍ତି। ପରିଷ୍କାର ନେଳିପାଣି ଭିତରୁ ଝଲଝଲ ଦିଶୁଚି ଦୁଇ ତିନି ପୁଞ୍ଜା ଗୋରା ଗୋରା କଳା କଳା ଗୋଡ଼, ଜଙ୍ଘ, ପିଠି, ପେଟ, ନିତମ୍ବ। ଏ ଭଦ୍ରଲୋକ କଅଣ ସେଇଆଡ଼େ ଅନେଇଚନ୍ତି କି ଆଉ ଏମିତି ତନ୍ମୟ ଆଖିରେ ? ଏଁ ? ଆରେ ଆରେ ! ଏ ତ ଖାସା ଭଦ୍ରଲୋକ ! ବାଃ, ଆରେ ବାଃ ! ପିଇଯାଉଚି ନା କଅଣ ଏ ବୁଢ଼ାଟା ! ନାଇଁ ନାଇଁ ବୁଢ଼ା ହବ କାହିଁକି - ବାଳ ତ ସେତେ ଧଳା ଦିଶୁନାଇଁ ଶଳା ମୁଣ୍ଡରେ ? ବୁଢ଼ା ହବ କାହିଁକି ମ ! ଆରେ ଆରେ ସାଇଲା ସାଇଲା - ଆମ ଝିଅବୋହୂଙ୍କ ମାନମହତ ଭଣ୍ଡୁର କରିଚାଲିଚି ଶଳାଟା କେଡ଼େ ନିର୍ଦ୍ୱନ୍ଦ୍ୱରେ ଦେଖ ତ ! ଏଁ ? ବସିଚି କେମିତି ଦେଖ ! ପୁଣି ଯୋଉ ଗଛମୂଳେ ବସିଚି ସେଇଟା କଦମ୍ବ ! ବାହାରେ ରସିକ ! ପର ଗାଁକୁ ଆସି, ଝିଅବୋହୂଙ୍କ ଗାଧୁଆତୁଠରେ ବସି, ପୁଣି କଦମ୍ବ ଗଛ ମୂଳରେ ଏ କାମ ! ଭାରି ସାହସ ତ !

ଆଖିପିଛୁଳାକେ ଗୋଟାଏ ବୋଲୁଅ କାହୁଁ ଉଡ଼ିଆସିଲା ଆଉ ଦାଲୁକିନା ପଡ଼ିଲା ବଳଭଦ୍ରବାବୁଙ୍କ ଗୋଡ଼ଠୁଁ ମୋଟେ ଇଞ୍ଚେ କି ଦି'ଇଞ୍ଚ ଛଡ଼ାରେ। ବଳଭଦ୍ର ଚମକିପଡ଼ିଲେ। ଆକାଶର ଗାଢ଼ନେଳି ରଙ୍ଗଟା ପଟାକ୍‌କିନା ଉଭେଇଗଲା ତାଙ୍କ ଆଖିରୁ। ତାଙ୍କର ଲମ୍ବିଲା ଡାହାଣ ଗୋଡ଼ଟା ରିଫ୍ଲେକ୍‌ସ ଆକ୍‌ସନ-ବଶତଃ ଜାକିହେଇ ଆସିଲା ଏଡ଼େ ଜୋର୍‌ରେ ଯେ ସେ ପ୍ରାୟ ଟଳିପଡ଼ିଥାନ୍ତେ ପଛକୁ ଆଉ ଗଡ଼ଗଡ଼ା ମାରି ପଡ଼ିଥାନ୍ତେ ନାଳବନ୍ଧ ଆରପଟକୁ। କିନ୍ତୁ ଭାଗ୍ୟକୁ କଦମ୍ବ ଗଛଟା ରକ୍ଷା କରିଦେଲା ତାଙ୍କୁ। କାରଣ ତା'ର ଗଣ୍ଡିକୁ ଅଧାଆଉଜି ବସି, ବଡ଼ିସକାଳୁ ସେ ଦେଖିଚାଲିଥିଲେ ସୂର୍ଯ୍ୟୋଦୟର ସେଇ ଚିରନ୍ତନ ଆଉ ନିତ୍ୟନୂତନ

ଅଭିଭୂତକାରୀ ପଟ୍ଟ-ପରିବର୍ତ୍ତନ-ଯାହାକୁ ଦେଖିବା ପାଇଁ ସେ ବହୁ-ବର୍ଷର ବ୍ୟବଧାନ ପରେ ଆସିଥିଲେ ତାଙ୍କର ଜନ୍ମଭୂମି, ନିଜର ବାଲ୍ୟଲୀଳା କ୍ଷେତ୍ର, ସେଇ ଗାଁକୁ, ଯାହାର ଅବସ୍ଥିତି ସେଇଠି ସେଇ ତାଳଦଣ୍ଡା କେନାଲ ତଟ ସନ୍ନିକଟ ଅଞ୍ଚଳରେ।

ବଳଭଦ୍ର ଚମକିପଡ଼ିଲେ ଆଉ ଥରେ। ସେତେବେଳକୁ ତିନି ଚାରିଜଣ ଗ୍ରାମୀଣ ଯୁବକ ତାଙ୍କୁ ପ୍ରାୟ ଘେରିଯାଇ ସାରିଥାନ୍ତି। ତାଙ୍କ ସେପଟକୁ ଆହୁରି ପାଞ୍ଚ-ଛ'ଜଣ ସେହି ବେଶ ପୋଷାକର ଟୋକା କୌଣସି କାରଣରୁ ନିକଟକୁ ନ ଆସି ଦୂରଛଡ଼ା ହେଇ ଠିଆହେଇ ରହିଥାନ୍ତି। ସେମାନଙ୍କ ହାବଭାବ ବଡ଼ ସନ୍ଦେହଜନକ ମନେହେଲାଣି ସେତେବେଳକୁ ବଳଭଦ୍ରଙ୍କୁ। କଅଣ ଉଦ୍ଦେଶ୍ୟ? ସକାଳୁ କିଛି ଗୋଟିଏ ଝମେଲା ଘଟିଯିବାକୁ ଯାଉଚି ନା କଅଣ? ଆତଙ୍କିତ ହୋଇଉଠିଲେ ବଳଭଦ୍ର। ଟିକିଏ ପୂର୍ବରୁ ଯୋଉ ସୁନ୍ଦର ଧାନକ୍ଷେତ, ବିଶାଳ ନୀଳ ଆକାଶକୁ ଅନାଇ ରୋମାଞ୍ଚିତ ହୋଇଉଠିଥିଲେ ସେ, ଏଇ ଭିତରେ କୁଆଡ଼େ ହଜିଗଲାଣି ସେସବୁ ସ୍ୱର୍ଗୀୟ ଭାବାବେଗ। ବର୍ତ୍ତମାନ ସେ ଏକ ଅପ୍ରତ୍ୟାଶିତ ପରିସ୍ଥିତିର ସମ୍ମୁଖୀନ-ଏହା ହୃଦୟଙ୍ଗମ କରିବା ମାତ୍ରେ ତାଙ୍କ ଭିତରେ ଆହୁରିଓଏକ ଅପ୍ରତ୍ୟାଶିତ ଆବେଗର ଆବିର୍ଭାବ ଯେ ଏତେ ଶୀଘ୍ର ଘଟିଯିବ, ଏହା ଥିଲା ତାଙ୍କର ଆତଙ୍କର ମୌଳିକ କାରଣ।

"ଏ ଢେଲା କିଏ ଫୋପାଡ଼ିଲା ମୋ ଉପରକୁ? ତମେ?" ତଳକୁ ନଇଁପଡ଼ି ଢେଲାଟାକୁ ଉଠେଇନେଲେ ବଳଭଦ୍ର, ଆଉ ତାଙ୍କଠୁଁ ଚାରି-ପାଞ୍ଚଫୁଟ ଛଡ଼ାରେ ତାଙ୍କୁ ଘେରିଗଲା ଭଳି ଛଡ଼ା ଛଡ଼ା ଠିଆହେଇ, ଗାରେଡ଼େଇ ଗାରେଡ଼େଇ ଚାହିଁ, ଛକିଲା ଭଳି ଦିଶୁଥିବା ଟୋକା ତିନିଟାଙ୍କୁ କଟମଟ ଆଖିରେ ଅନେଇ ଦେଇ ଆଉ ଥରେ ଆଖର ପ୍ରଶ୍ନଟିଏ ପଚାରିବା ସ୍ୱରରେ ପଚାରିଦେଲେ ସେ, "କିଏ ଫୋପାଡ଼ିଲା? କୁହ!"

ଟୋକାମାନେ ବଢ଼େଇଲା ଗୋଡ଼ଗୁଡ଼ିକୁ ପଛେଇ ନେଇ ଆହାବିଗଲେ ଟିକିଏ। ସେଇଠୁ ପରସ୍ପରକୁ ଚାହାଁଚୁହିଁ ହେଇଗଲେ ମଧ୍ୟ।

ବଳଭଦ୍ର ହୁଏତ ଅପେକ୍ଷା କରୁଥିଲେ ସେଇ ସୁଯୋଗକୁ। ହଠାତ୍ ସେ ଆରମ୍ଭ କରିଦେଲେ ନିଜଆଡୁ ଏକ ବିଚିତ୍ର ଓ ସଂପୂର୍ଣ୍ଣ ଅପ୍ରତ୍ୟାଶିତ ଚାଲ୍। ଖେଦିପଡ଼ିଲେ ସେ ବାଘ ଭଳି ଜଣକ ଉପରକୁ; ସେ ଥିଲା ସେମାନଙ୍କ ଭିତରେ ସବୁଠୁଁ ଡେଙ୍ଗା, ବଳୁଆ ଆଉ ଦିଶୁଥିଲା ସବୁଠୁଁ ବେଶି ମାରାତ୍ମକ ତା'ର ବେକର ବାଘଦାନ୍ତୀ ତାବିଜ ତଳକୁ ଖଣ୍ଡେ ହଳଦିଆ ରଙ୍ଗର ଗେଞ୍ଜି ଯୋଗୁଁ - ଯୋଉଟା ଉପରେ ନେଳି ଅକ୍ଷରରେ ଲେଖାହୋଇଥିଲା-LOVE।

ବଳଭଦ୍ର ତାଙ୍କ ଜୀବନକାଳ ଭିତରେ କଦାପି ଏଭଳି ହୁଣ୍ଡାମସ୍ତିଆ କାମ କରିନଥିଲେ, ଯାହା କରିବା ପାଇଁ ଏକ ଭୟଙ୍କର ଶକ୍ତି କୁଆଡୁ ନାହିଁ କୁଆଡୁ କେମିତି

କେଜାଣି ଭରପୂର ହେଇ ଉଛୁଳିଉଠିଲା ତାଙ୍କ ମାଂସପେଶୀରେ। ଗୋଟାଏ ଲମ୍ଫରେ ସେ ଟୋକାଟାକୁ ମାଡ଼ିବସି କାବୁକରିନେଲେ। ତା'ରି ପରେ ପରେ ଘଟିଗଲା ସେଇ ଅଭାବନୀୟ ଦୁର୍ଘଟନାଟି ଯୋଉଥିପାଇଁ ବଳଭଦ୍ର କଦାପି ପ୍ରସ୍ତୁତ କରିପାରିନଥିଲେ ନିଜକୁ।

ଆଖି ପିଛୁଳାକ ଭିତରେ ସେ ସେଇ ହୁଣ୍ଡା, ଗାଉଁଲି, ବଜାରି ଟୋକାଟିକୁ ପୂରାପୂରି ସାବାଡ଼୍ କରିଦେବା ଲକ୍ଷ୍ୟରେ ତାକୁ ଜାକିଆଣିଲେ ନିଜ ଛାତି ଆଡ଼କୁ। ତା'ପରେ ହଠାତ୍ ଯୁବତୀ ମା'ଟିଏ ନିଜର ଦୁଧଖିଆ ଛୁଆକୁ କୋଳକୁ ଟାଣିଆଣି ଲୋକଲୋଚନର ଅନ୍ତରାଳରେ ପିଲାଟି ମୁହଁକୁ ଅମୃତଭରା କୁମ୍ଭଟିକୁ ନିଜ ଛାତିରୁ ଅଜାଡ଼ି ଦେବା ଭଳି ସେ ସେଇ ଗାଉଁଲି ହୁଣ୍ଡା ଗୁଣ୍ଡା ଟୋକାଟି ଉପରେ ଅଜାଡ଼ି-ଦେଲେ ତାଙ୍କର ଦୀର୍ଘ ଜୀବନବ୍ୟାପୀ ସଞ୍ଚିତ କୌଣସି ଏକ ସଂଗୁପ୍ତ ଭାବସମ୍ଭାରକୁ; ଯାହାର ସ୍ଥିତି ସଂପର୍କରେ ସେ ଏଯାବତ୍ ଥିଲେ ସମ୍ପୂର୍ଣ୍ଣ ଅଚେତନ।

"ତା ହେଲେ... ତୁଇ ଫୋପାଡ଼ିଥିଲୁ ଏ ଟେକା ମୋ ଉପରକୁ? ଏଁ? ହଉ ତେବେ ନେ! ନେ ଯାକୁ! ନେ ସମ୍ଭାଳ! ହଁ, ନେ, ନେ, ନେ-ସମ୍ଭାଳ ସମ୍ଭାଳ ସମ୍ଭାଳ ଯାକୁ!" ବଳଭଦ୍ରଙ୍କ ଓଠରୁ ଖାଲି ଏଭଳି ଭାଷା ନୁହେଁ, ଏକ ବିଚିତ୍ର ଶବ୍ଦ ଲଗାତର ବାହାରିଚାଲିଲା ପ୍ରତିଟି ପଦ କଥାର ପ୍ରତିଧ୍ୱନି ପରି ତା'ପଛକୁ ତା' ପଛକୁ। ସେଇ ପ୍ରତିଧ୍ୱନିରେ ଶିହରିଉଠିଲା କେବଳ ସେଇ କବଳିତ ଯୁବକଟି ନୁହେଁ, ତାର ଦୁରବସ୍ଥା ଲକ୍ଷ୍ୟକରୁଥିବା ଆଖପାଖର ଅନ୍ୟାନ୍ୟ ହୁଣ୍ଡା ଗୁଣ୍ଡା ଗାଉଁଲି ଟୋକାଙ୍କ ସମେତ ସମଗ୍ର ଗ୍ରାମୀଣ ପରିବେଶଟି ମଧ୍ୟ।

ସେତେବେଳକୁ କଦମ୍ବ ଗଛରେ ଅସଂଖ୍ୟ କଦମ୍ବ ଫୁଲ ଫୁଟିସାରିଥାଏ। ସାରା ଗଛଟା ଦିଶୁଥାଏ ଅନ୍ଧକାରାଚ୍ଛନ୍ନ ମହାକାଶରେ ସହସା ଉଦୟ ହୋଇଉଠିଥିବା ରାଶି ରାଶି ଉଜ୍ଜ୍ୱଳ ନକ୍ଷତ୍ରଙ୍କ ମହାସମାରୋହ ପରି।

"କଅଣ ଦେଖୁଛ? ଏଠିକି ଆସ! ମୁଁ ତମ ସମସ୍ତଙ୍କୁ ଏଇଭଳି ଲକ୍ଷ ଲକ୍ଷ ଚୁମ୍ବନରେ ଛାଇଦେବାକୁ ଚାହେଁ! ଆସ! ନିକଟକୁ ଆସ। ଚାଲିଆସ। ଏଠି ବିନା ମୂଲ୍ୟରେ ଏ ସବୁ ଦୁଷ୍ପ୍ରାପ୍ୟ ବସ୍ତୁକୁ ମୁଁ ବିତରଣ କରିଦେବାକୁ ଚାହେଁ ତମମାନଙ୍କ ଭିତରେ। ଆସ-ପାଖକୁ ଲାଗିଆସ। ନିଅ – ଲୁଟିନିଅ ଏସବୁ ଅମୂଲ୍ୟ ପଦାର୍ଥ ଗୁଡ଼ିକୁ। ମୋ ପାଖରେ ଏତେଗୁଡ଼ାଏ ସଂପତ୍ତି ଥିଲା ବୋଲି ମତେ ମଧ୍ୟ ମାଲୁମ ନଥିଲା ବାବୁମାନେ। ଭଲକଲ – ଅମୃତ ମାଠିଆକୁ ଢେଲାମାରି କଣା କରିଦେଲ। ଖୁବ୍ ଭଲକଲ – ଏଥର ନିଅ – ବୋହି ନିଅ – ଲୁଟି ନିଅ – ଆଉ ଅପେକ୍ଷା କାହାକୁ?"

ବଳଭଦ୍ର ଥକ୍କାମରା ହେଇ ବସିପଡ଼ିଲେ ସେଇଠି-ଯୋଉଠି ବସି ମହା-ପ୍ରକୃତିର ଅନନ୍ତ ଶ୍ୟାମଳିମା, ଅନନ୍ତ ନୀଳିମାର ପ୍ରତିବିମ୍ବକୁ ତାଳଦଣ୍ଡା କେନାଲର

ନୀଳ ଜଳଧାରରେ ବିମୋହିତ ହୋଇ ଦେଖୁ ଦେଖୁ ଗୋଟାଏ ବୋଲୁଅ କୁଆଡୁ ଆସି ପଡ଼ିଥିଲା ତାଙ୍କ ପାଖାପାଖି, ଆଉ ଧ୍ୟାନ ଭାଙ୍ଗିଗଲା ପରେ ସେ ଆବିଷ୍କାର କରିଥିଲେ ଏକ ସମ୍ପୂର୍ଣ୍ଣ ଭିନ୍ନ ପ୍ରକାରର ପରିସ୍ଥିତିକୁ। ସେତେବେଳକୁ ସେ ଆଉ ଏକା ହୋଇ ବସିନଥିଲେ ସେଠି ଅବଶ୍ୟ - ତାଙ୍କୁ ଘେରି ବସିପଡ଼ିଥିଲେ ସେମାନେ ସମସ୍ତେ ସେଇ ଗ୍ରାମୀଣ ହୁଣ୍ଡାଗୁଣ୍ଡା ଯୁବକଦଳ।

"ତାହେଲେ ଆପଣ ଆସିଚନ୍ତି ରିଟାୟାରମେଣ୍ଟ ପରେ ଏ ଗାଁରେ ରହିବାକୁ? କିନ୍ତୁ କିଏ ଆପଣ? ଆମେ ତ କେବେ ଆପଣଙ୍କୁ ଦେଖିନୁ କି ଆପଣଙ୍କ ନାଁ ଶୁଣିନୁ?" ବଳଭଦ୍ରଙ୍କୁ ଘେରି ବସିଥିବା ଟୋକାମାନଙ୍କ ଭିତରୁ ଜଣେ ତଥାପି ସନ୍ଦିହାନ ଅବସ୍ଥାରେ ଘାଲେଇ ଘାଲେଇ ପଚାରୁଥାଏ ସେଇଭଳି ପ୍ରଶ୍ନ।

"ହଁ, ଅବସର ନେବା ପରେ ଗାଁରେ ବାକିତକ ଜୀବନ କଟେଇଦେବା ଅଛି ମୋର ଲକ୍ଷ୍ୟ; କିନ୍ତୁ ରହିବି କୋଉଠି? ଘର ଖଣ୍ଡିଏ ତ ଅନ୍ତତଃ କରିବାକୁ ପଡ଼ିବ! ସେ କଅଣ ସହଜ କାମ?" ବଳଭଦ୍ରଙ୍କ ଧ୍ୟାନ ପୁଣି ଥରେ ଫେରି ଆସୁଥାଏ ଶ୍ୟାମଳ ଶସ୍ୟକ୍ଷେତ୍ର, ସୁନୀଳ ଆକାଶ ଆଡ଼କୁ।

"କୁଛ୍ ପରୱା ନାହିଁ ମଉସା, ଆମେ ଆପଣଙ୍କୁ ସାହାଯ୍ୟ କରିବୁ ଘର ତିଆରି କରିବାକୁ। ଆପଣ ଏ ଗାଁର କୋଉ ଜମିଟା ଖରିଦ କରିବାକୁ ଚାହାନ୍ତି, କୋଉ ଡିହ ଆପଣଙ୍କ ପସନ୍ଦ; କୋଉଠି ମୂଳଦୁଆ ପକେଇବେ, କହନ୍ତୁ ନା? ଆମେ ଯୁବକଦଳ ସବୁ କରିବାକୁ ପ୍ରସ୍ତୁତ ଆପଣଙ୍କ ପାଇଁ।"

"କାଇଁ, ଆପଣ ମଉସା ଗୋଟାଏ କାମ କରୁନାହାନ୍ତି-ଆପଣ ଜମି କିଣିବାକୁ ଚାହୁଁଚନ୍ତି ନା? ଆସନ୍ତୁ ମୋ ସାଙ୍ଗରେ। କେତେ ଜମି ନେବେ? ଏଠାକାର ପୁରୁଣା ଜମିଦାରଙ୍କର ଜମିସବୁ ପଡିଚି। ଅଉଲ ଜମି। ବଢିଆ ଡିହ ଜମି। ସେ ବିକିରି କରିଦବାକୁ ବସିଚନ୍ତି। କଷ୍ଟମର ପାଉନାହାନ୍ତି। ନେବେ ଆପଣ?"

"ଆବେ କିଣିବେ କଅଣ କହୁଚୁ! ଜମିଦାର ମଲେଣି। ଜମିଦାରି ଉଠିଗଲାଣି। ତାଙ୍କ ଖାନାବାଡ଼ି ସବୁ ପଡ଼ିଚି ଆଉ କାହା ପାଇଁ? ଏ ଶଳା ଚୁଟିଆ ସରପଞ୍ଚ ପେଇଁ? ଲୋକ ଲଗେଇ ଖଣ୍ଡକୁ ଖଣ୍ଡ ଜମି ମାଡ଼ିବସୁଚି ଜମିଦାରର ପୁଅମାନେ ଅନଉ ନାହାନ୍ତି ବୋଲି। ସେମାନେ ବସିଚନ୍ତି ସେଣେ କୁଆଡ଼େ- କଟକରେ, କଲିକତାରେ, ଦିଲ୍ଲୀରେ। ଆଉ ଏଣେ ଏ ଚୁଟିଆ ବନା ଟାଉଟର ହେଇଚି ସରପଞ୍ଚ। ନିଜ ନାଁ ଲେଖି ଜାଣି ନାଇଁ, ହେଲେ ଡେଲି ଲେଖାଯାଉଚି ଏତାଲା ଗାଁ ଫାଣ୍ଡିରେ-ମିଛ ଏତାଲା। ପୁଣି କାହା ନାଁରେ - ଆମ ଭଳିଆ ପିଲାଙ୍କ ନାଁରେ; ଯେ ବି.ଏ. ପାସ୍ କରି ବେକାର! ଛିଃ ଛିଃ, ଶଳା କି ଯୁଗ ହେଲା ଏ! ହଁ ମଉସା, ଜମି ଆପଣଙ୍କର ଦରକାର?"

ବଳଭଦ୍ରଙ୍କ କାନରେ ପଡୁଥାଏ ସେସବୁ; କିନ୍ତୁ ଏ ପର୍ଯ୍ୟନ୍ତ ସେ ସମ୍ପୂର୍ଣ୍ଣ ସ୍ଥିରତା ଅନୁଭବ କରିପାରି ନଥାନ୍ତି। ବୟସ ଅଠାବନ - ଷାଠିଏରେ ପଞ୍ଚାଏ ଗାଁ ଟୋକାଙ୍କ ସାଙ୍ଗେ ତାଙ୍କର ଏଭଳି ନାଟକୀୟ ମୁକାବିଲା ଦ୍ୱାରା ଯେଉଁ ପରିମାଣର ଉତ୍ତେଜନା ତାଙ୍କୁ ଉଠାପକା କରି ଶେଷରେ ଏକ ଅଦ୍ଭୁତ ସ୍ଥିତି ଭିତରେ ପକାଇ ଦେଇଥିଲା, ସେ ସମସ୍ତ ଉତ୍ତେଜନାର ପ୍ରଭାବ ଏ ପର୍ଯ୍ୟନ୍ତ ପ୍ରଶମିତ ହୋଇନଥାଏ ପୂରାପୂରି ତାଙ୍କ ମସ୍ତିଷ୍କ ଓ ହୃଦୟରୁ। ତେଣୁ ଯୁବକମାନଙ୍କର କୌତୂହଳ ସହିତ ତାଳଦେଇ ଗତି କରିନପାରି ସେ ଚୁପ୍‌ଚାପ୍ ବସିପଡ଼ିଥାନ୍ତି ଟିକିଏ ଖାଲି ଭଲକରି ଦମ୍ ନବାକୁ। କିନ୍ତୁ ବଳଭଦ୍ରଙ୍କ ପାଟି ଫିଟିଗଲା ତାଙ୍କ ଅଜାଣତରେ-

"କଅଣ କହିଲ ବାବୁମାନେ? ଏ ଗାଁରେ ଗୋଟିଏ ଫାଣ୍ଡି ବସିଲାଣି ନା କଅଣ? କାଇଁ, ଆମ ପିଲାଦିନେ ତ ଫାଣ୍ଡି ନାଁ ଶୁଣିନଥିଲୁ ଆମେ ଏ ଅଞ୍ଚଳରେ! ମାଲିମକଦ୍ଦମା ହେଲେ ଆମେ ଯାଉଥିଲୁ କଟକ - ଏଠୁ ପନ୍ଦର କିଲୋମିଟର ମୋଟେ। ତେବେ ତମର ଏଠି ଫାଣ୍ଡି ବସିଲା କେବେଠୁଁ ଯେ?"

ଟୋକାମାନେ ପରସ୍ପର ମୁହଁକୁ ଚାହାଁଚୁହିଁ ହେଲେ। ଲୋକଟାର କଥାରୁ ଏତେବେଳକେ ବୁଝିଲେ ସେମାନେ ଯେ, ସେ ହଉଚି ପ୍ରକୃତରେ ଏଇଠିକାର, ଏଇ ଅଞ୍ଚଳର। କିନ୍ତୁ କିଏ ସେ? କେବେ ତ ଦେଖିନାହାନ୍ତି କେହି ଏ ଲୋକକୁ! ଏ କଅଣ ତାଙ୍କ ଅଞ୍ଚଳ ବାସିନ୍ଦା? ସନ୍ଦେହ ବଢ଼ିଗଲା ସମସ୍ତଙ୍କର।

"ଆପଣଙ୍କ ପିଲାଦିନଟା କଅଣ ଏଇ ଗାଁରେ କଟିଥିଲା? ଆପଣ କ'ଣ ଏଇ ଗାଁ ପିଲା? ଆମରିପରି? ତେବେ ଆପଣଙ୍କ ଘରବାଡ଼ି ତ ଥିବ ଏ ଗାଁରେ? ପୁଣି ଜାଗା ଖୋଜୁଛନ୍ତି କଅଣ?" ସ୍ପୋର୍ଟିଂ ଗେଞ୍ଜି ଉପରେ 'ଗାଭାସ୍କର' ଛାପ ମରାହୋଇଥିବା ଟୋକାଟାଏ ଏଥର ବଳଭଦ୍ରଙ୍କ ଦୃଷ୍ଟି ଆକର୍ଷଣ କଲା।

"ମୁଁ ତ ଜାଗା ଖୋଜୁନାଇଁ ବାବୁ, ଖୋଜୁଚି ମୋ ପିଲାଦିନକୁ, ଆଉ ଭାବୁଚି ବୁଢ଼ାଦିନେ ଏ ଗାଁରେ ଘର ଖଣ୍ଡିଏ କରି ରହିବାକୁ। ଇଚ୍ଛାକଲେ ରହିପାରିବି କି ନା"- ବଳଭଦ୍ର 'ଗାଭାସ୍କର' ଛାପ ଉପରୁ ଆଖି ବୁଲେଇନେଲେ କେନାଲ ଆଡ଼କୁ। ସେପଟ ଘାଟରେ ସ୍ତ୍ରୀଲୋକମାନେ ତଥାପି ଗାଧୋଉଥାନ୍ତି ଦଳ ଦଳ ହୋଇ। ସେମାନଙ୍କ ଅର୍ଦ୍ଧନଗ୍ନ ସୁସ୍ଥସବଳ ଶରୀରଗୁଡ଼ିକର ପ୍ରତିବିମ୍ବ ଚହଲା ନେଳିପାଣିର ଦର୍ପଣରେ ଦିଶୁଥାଏ ପୂର୍ବବତ୍ ଅସାମାନ୍ୟ, ସ୍ୱର୍ଗୀୟ।

"ଆପଣଙ୍କ ପିଲାଦିନଟା କଅଣ ଏମିତି କଟଉଥିଲେ ଆପଣ?" ଟିକିଏ ଖୁ ଖୁଁ ହସ ସାଙ୍ଗରେ ସାମାନ୍ୟ ଜିଜ୍ଞାସାମିଶା ସ୍ୱରଟିଏ କାନରେ ପଡ଼ିଲା ବଳଭଦ୍ରଙ୍କର। ମୁହଁ ନ ବୁଲେଇ ପିଲାଟିକୁ ଆଡ଼ଆଖିରେ ଦେଖିନେଲେ ବଳଭଦ୍ର। ତାର ଚେହେରାରୁ

ଦିଶୁଥାଏ ସେ ଫିଲ୍ମଷ୍ଟାର ଅମିତାଭ ବଚ୍ଚନର ଏକ ଗ୍ରାମୀଣ ସଂସ୍କରଣ-ଯଦିଚ ପିଲାଟି ପ୍ରତି କରୁଣା ଜାତ ହେଲା ତାଙ୍କର।

"ହଁ ବାବୁ, ମୋ ପିଲାଦିନଟି କଟିଥିଲା ଏଇ କେନାଲ ବନ୍ଧ ଉପରେ, ପ୍ରାୟ ଏଇ ଜାଗାରେ, ଯୋଉଠି ବସିଚେ ଆମେ ଏଇଲେ ମଧ୍ୟ... ?"

"ଏ କଦମ୍ବଗଛ ଥିଲା ଏଠି ?" - ପୁଣି ଟିକିଏ ଖୁଁ ଖୁଁ ହସ।

ବଳଭଦ୍ର ବେକ ଟେକି ଚାହିଁଲେ ଉପରକୁ। ବିଶାଳ କଦମ୍ବ ଗଛଟାର ସ୍ଥିତି ସମ୍ପର୍କରେ ସେ ପ୍ରାୟ ଅବହିତ ନଥିଲେ ସମ୍ଭବତଃ ପୂର୍ଣ୍ଣମାତ୍ରାରେ ଏଯାବତ୍। ହଠାତ୍ ତାଙ୍କର ଅର୍ଦ୍ଧଶାୟିତ ଶରୀରଟି ସଳଖେଇଗଲା। ସେ ଉଠିବସିଲେ- ମେରୁଦଣ୍ଡକୁ ସଳଖ କରି ପଦ୍ମାସନରେ ବସିବାକୁ ଉଦ୍ୟତ ହେଲା ଭଳି।

"କେବଳ କଦମ୍ବଗଛ ନୁହେଁ ବାବୁମାନେ, ଏଠି ଏଇ ଜାଗାରେ, ଏଇ କଦମ୍ବ ବୃକ୍ଷର ଡାଳରେ ବସି ବଂଶୀବାଦନ କରିବାର ଦୃଶ୍ୟ ଦେଖିଛି ମୁଁ ସ୍ୱଚକ୍ଷୁରେ-ହଁ ହଁ-ସ୍ୱଚକ୍ଷୁରେ ଦେଖିଚି ମୁଁ ଏଇଠି, ଏଇ ଗଛଡ଼ାଳରେ ସ୍ୱୟଂ ଶ୍ରୀକୃଷ୍ଣଙ୍କୁ।" ବଳଭଦ୍ରଙ୍କ ଦେହ ଗୋଟାକଯାକର ରୁମ ଟାଙ୍କୁରିଉଠିଲା। ଗାଁ ଟୋକାମାନେ ବଳଭଦ୍ରଙ୍କ ଶରୀରରେ ଟାଙ୍କୁରି ଉଠିଥିବା ରୁମଗୁଡ଼ିକୁ ଦେଖି କିଞ୍ଚିତ୍ ଉଲ୍ଲସିତ ଅନୁଭବକଲେ। କାହାରି କାହାରି ଦେହର କିଛି କିଛି ଅଂଶର ରୋମାବଳି ମଧ୍ୟ ଆପେ ଆପେ ଟାଙ୍କୁରିଗଲା। ଏଥର ଏକ ସମ୍ମିଳିତ ପ୍ରଶ୍ନ ଉଦ୍‌ଗତ ହେଲା ଗାଁଟୋକାଙ୍କ କଣ୍ଠରୁ- "ମିଛ କହୁଛନ୍ତି ଆପଣ ମଉସା, ମିଛ ! ଶ୍ରୀକୃଷ୍ଣଙ୍କୁ ଦେଖିଛନ୍ତି ଆପଣ ?"

ଏଭଳି ପ୍ରଶ୍ନର ଉତ୍ତର ନଥିଲା ଜାଣିଥିଲେ ବଳଭଦ୍ର। ତଥାପି ତାଙ୍କ ପାଟିରୁ ବାହାରିପଡ଼ିଲା, "କେବଳ ମୁଁ ନୁହେଁ-ଆମ ସମୟର ଅଧିକାଂଶ ଲୋକ, ବିଶେଷତଃ ଗ୍ରାମବାସୀ ଶ୍ରୀକୃଷ୍ଣଙ୍କ ଦର୍ଶନ ପାଉଥିଲେ ଏଇଠି ଏଇଭଳି ସ୍ଥାନରେ; ଯେଉଁଠି ଏଇ ଏଇ ଜିନିଷ ଏକାଠି ହବାର ଦେଖୁଥିଲେ ସେମାନେ।"

"କି କି ଜିନିଷ ?" ଗୋଟିଏ ଦୀର୍ଘଶ୍ୱାସ ଭିତରୁ ଏ ପ୍ରଶ୍ନଟା ଆସିଲା କି ଆଉ ? ବୁଲି ଚାହିଁଲେ ବଳଭଦ୍ର। ପିଲାଟି ବଳଭଦ୍ରଙ୍କ ଆଖି ସାଙ୍ଗରେ ଟିକିଏ ସମୟ ଆଖି ମିଳେଇ ଦୃଷ୍ଟି ଅବନତ କରିନେବାବେଳେ ବଳଭଦ୍ରଙ୍କ ଆଖିରେ ପଡ଼ିଲା ତାର ଜିନ୍‌ପ୍ୟାଣ୍ଟ-ଗୋଟାଏ ଅରଖ ନୂଆ ଜିନ୍‌ପ୍ୟାଣ୍ଟ-ସଂପୂର୍ଣ୍ଣ ଆଧୁନିକ, ଏବେକା ମାର୍କେଟରେ ନୂଆ ଅତିଥି "ହାରା ଇଣ୍ଟରନ୍ୟାସନାଲ" ! ଆଶ୍ଚର୍ଯ୍ୟ ହେଲେ ବଳଭଦ୍ର। ଏ ଟୋକାଟା କ'ଣ ସତରେ ଇଣ୍ଟରେଷ୍ଟେଡ଼ ନା ବଦ୍‌ମାସି କରିବାକୁ ଚାହୁଁଚି କୃଷ୍ଣତତ୍ତ୍ୱକୁ ନେଇ ? ସନ୍ଦେହ ହେଲା ତାଙ୍କର।

"ଏ ଜିନ୍‌ପ୍ୟାଣ୍ଟ ତମେ କୋଉଠୁ ପାଇଲ ? ଏ ତ ହାଲି ଆସିଚି ମାର୍କେଟକୁ ?"

କୃଷ୍ଣତତ୍ତ୍ୱକୁ କିଛି ସମୟ ସ୍ୱେଚ୍ଛାକୃତ ଭାବେ ହାତଛଡ଼ା କରି ଜିନ୍‌ତତ୍ତ୍ୱ ଆଡ଼କୁ ମୁହେଁଇ ଯାଉଥିଲେ ବଳଭଦ୍ର। କିନ୍ତୁ ତାଙ୍କର ପ୍ରତିବନ୍ଧକ ହେଇ ଠିଆହେଲା ସେଇ "ହାରା ଇଣ୍ଟରନ୍ୟାସନାଲ" ସ୍ୱୟଂ।

"କୁହନ୍ତୁ ନା! କି କି ଜିନିଷ ଏକାଠି ହେଲେ କୃଷ୍ଣଙ୍କୁ ଦେଖିପାରୁଥିଲେ ଆପଣ ଆପଣଙ୍କ ପିଲାଦିନେ? ବାଁରେଇ ଦଉଛନ୍ତି କାହିଁକି ସେ କଥାଟାକୁ", ହାରା ଇଣ୍ଟରନ୍ୟାସନାଲ ଟୋକାଟା, ଯାହା ଜଣାପଡୁଥିଲା ସମସ୍ତଙ୍କ ଭିତରେ ଥିଲା ସବୁଠୁଁ ଚାଇଁ-ଚତୁର।

ବଳଭଦ୍ରଙ୍କ ଓଠରେ ଖେଳିଗଲା ଟିକିଏ ସ୍ମିତହାସ୍ୟ। ପିଲାଟିକୁ ସାମଗ୍ରିକ-ଭାବେ ଆଉଥରେ ଆଖିପୂରେଇ ଦେଖିନେଇସାରି ସେ କଅଣ କହିବାକୁ ପାଟି ଖୋଲୁଥିଲେ; କିନ୍ତୁ ତାଙ୍କ ପାଟିରୁ ବାହାରିଆସିଲା ଏକ ସମ୍ପୂର୍ଣ୍ଣ ଭିନ୍ନ ପ୍ରସଙ୍ଗ-

"ତମର ବୟସ ବର୍ତ୍ତମାନ କେତେ ବାବୁ?"

"ଅଠର! ଭୋଟ୍‌ଦବା ବୟସ, ହେଁ ହେଁ- କଅଣ ଠଉରଉଛନ୍ତି କି ଆପଣ? ଆମେ ଏଣିକି ଭୋଟ୍‌ଦେବୁ। ଶୁଣିଥିବେ ତ ଆପଣ? ହେଁ ହେଁ..."

"ମୁଁ ସେଥିପାଇଁ ପଚାରୁନାଇଁ"-ବଳଭଦ୍ରଙ୍କ ଓଠରେ ସ୍ମିତହାସ୍ୟର ରେଖା କ୍ରମଶଃ ଶାଣିତ ହୋଇଆସୁଥିଲା ଅଧିକରୁ ଅଧିକତର।

"କଅଣ ପଚାରୁଛନ୍ତି ତେବେ?" ଟୋକାଟି ଜିନ୍ ପ୍ୟାଣ୍ଟ ପକେଟରେ ହାତ ପୂରେଇ ଠିଆହେଲା ଟି.ଭି. ବିଜ୍ଞାପନର ମଡେଲ୍‌ଟିଏ ଭଳି।

ବଳଭଦ୍ର ଗମ୍ଭୀର ହୋଇଗଲେ। ଧୀରେ ଧୀରେ ତାଙ୍କର ସ୍ଥିରତା ଫେରିଆସୁଥିଲା। ହଠାତ୍ ତାଙ୍କ ପାଟିରୁ ବାହାରିଗଲା-

"ତମକୁ ଅଠରବର୍ଷ ହେଲାଣି-ଭୋଟ୍‌ଦେବାପାଇଁ ଉପଯୁକ୍ତ ବୟସ ନିଶ୍ଚୟ। କିନ୍ତୁ ସତକରି କୁହ-ତମେ ପ୍ରେମ କଅଣ ଜାଣିଚ?"

ବଳଭଦ୍ରଙ୍କର ଏ ପ୍ରଶ୍ନ ଥିଲା ସଂପୂର୍ଣ୍ଣ ଅପ୍ରତ୍ୟାଶିତ। ବିଶେଷତଃ ଗାଁ ପିଲାମାନଙ୍କ ପକ୍ଷରେ ବଳଭଦ୍ରଙ୍କ ଭଳି ସଭ୍ୟ ଭବ୍ୟ ଶିକ୍ଷିତ ଓ ସଂସ୍କୃତ, ବୟସ୍କ ଲୋକ ମୁହଁରୁ ଏଭଳି ପ୍ରଶ୍ନ ପୂରାପୂରି ଅବାଂଛିତ ନ ହେଲେ ମଧ୍ୟ ଅପ୍ରତ୍ୟାଶିତ।

ପ୍ରେମ ଶବ୍ଦର ଉଚ୍ଚାରଣ ମାତ୍ରକେ ଟୋକାଗୁଡ଼ାକ ପୂରାପୂରି ହୁରୁଡ଼ିଗଲାଭଳି ସତର୍କ ହେଇଗଲେ, ଆଉ ପରସ୍ପରକୁ ଅନାଅନି ହେଇ ମୁରୁକେଇ ମୁରୁକେଇ ହସିବାକୁ ଆରମ୍ଭ କରୁ କରୁ ଢୋକିନା ଫୁଟିପଡ଼ିଲା ଗୋଟାଏ ବୀଭତ୍ସ କୁତ୍ସିତ ହାସ୍ୟରୋଳ।

ବଳଭଦ୍ର ଲକ୍ଷ୍ୟ କଲେ-ନାଳ ସେପାଖ ତୁଠରେ ସ୍ୱଚ୍ଛନ୍ଦରେ ଏତେବେଳ- ଯାକେ ଗାଧୋଉଥିବା ସ୍ତ୍ରୀଲୋକମାନେ ବିଚଳିତ ହୋଇପଡ଼ିଲେ। ଶରୀରର ଅନାବୃତ ଅଂଶଗୁଡ଼ିକୁ

ଆବୃତ କରିବାକୁ ତତ୍ପର ହୋଇପଡ଼ିଲେ ମଧ୍ୟ ସମସ୍ତେ। ପରିବେଶର ସମସ୍ତ ଶାନ୍ତମଧୁର ବାତାବରଣଟିକୁ ସଂପୂର୍ଣ୍ଣ ଖିନ୍‌ଭିନ୍ କରିଦେଲା ସେଇ ବିକଟାଳ ଶବ୍ଦ-ଯୁବକମାନଙ୍କର ସମ୍ମିଳିତ ହାସ୍ୟରୋଳ, ଯାହାର ଉତ୍ସ ଅବଶ୍ୟ ସେଇ ପଦଟିଏ ଉଚ୍ଚାରଣ-ପ୍ରେମ!

ଗ୍ରାମାଞ୍ଚଳରେ ପ୍ରେମ ଶବ୍ଦଟା ଏତେ ବୀଭତ୍ସତା ସୃଷ୍ଟି କରିପାରେ? ବଳଭଦ୍ର ସ୍ତମ୍ଭୀଭୂତ ହୋଇଗଲେ। ଦୀର୍ଘବର୍ଷ ଧରି ସେ ଗାଁକୁ ଆସିନଥିଲେ କି ଗାଁ ସହିତ ସଂପର୍କ ରଖିନଥିଲେ। ତାଙ୍କର ରହଣି ସ୍ଥାନ ବମ୍ବେ। ରେଭେନ୍‌ସା କଲେଜରୁ ଆଇ.ଏସ୍‌ସି. ପାସ୍ କଲା ପରେ ସେ ଚାରିବର୍ଷ ଇଂଜିନୟରିଂ ପାଠ ପଢ଼ିଥିଲେ ବନାରସ୍‌ର ବି. ଏଚ୍.ୟୁ.ରେ। ପରେ ପରେ କମ୍ପାନୀ ଚାକିରିରେ ପଶି ବମ୍ବେକୁ ହିଁ ନିଜର ବାସସ୍ଥାନ ରୂପେ ଗ୍ରହଣ କରିନେଇ ସାରିଥିଲେ। ଚାକିରିରୁ ଅବସର ଗ୍ରହଣ କଲାପରେ ପୈତୃକ ସମ୍ପତ୍ତିର ମୋହବଶତଃ ସେ ଫେରିଆସିଥିଲେ ନିଜ ଜନ୍ମସ୍ଥାନ, କଟକ ଜିଲ୍ଲାର ଏଇ ତାଙ୍କର ଗାଁକୁ ମୋଟେ ଗଲାକାଲି। ଗାଁରେ ଯେ ତାଙ୍କୁ ଆଉ କେହି ଚିହ୍ନିବେ-ଏ ଆଶା ନଥିଲା ତାଙ୍କର। ରାତିଟା ଗାଁର ପୁରୁଣା ସ୍କୁଲ୍ ବାରଣ୍ଡାରେ କଟାଇଦେଇ ବଡ଼ିଭୋରରୁ ସବୁରି ଅଜଣାରେ ସେ ଗାଁକୁ ବୁଲି ବାହାରିଥଲେ। କେନାଲ କୂଳର ଏଇ ପୁରୁଣା କଦମ୍ବ ଗଛଟା ହଠାତ୍ ତାଙ୍କୁ ଚିହ୍ନିପାରିଥିଲା ବୋଧହୁଏ। ତେଣୁ ସେଇଠି, ତା'ର ମୂଳରେ ଜୋର୍‌କରି ବସେଇଦେଇଥିଲା ସେ ଗଛ; ସୂର୍ଯ୍ୟୋଦୟର ଦୃଶ୍ୟ ଦେଖାଇ ଦେବାର ପ୍ରଲୋଭନ ଛଳରେ, ଯେତେବେଳେ ବୋଲୁଅ ପକେଇ ସ୍ୱାଗତ କରିଥିଲେ ତାଙ୍କୁ ଗାଁର ଏଇ ଯୁବକମାନେ। ସେମାନଙ୍କର ସେଭଳି ବର୍ବରୋଚିତ ବ୍ୟବହାରର ପ୍ରତ୍ୟୁତ୍ତର ଦେଇଥିଲେ ବଳଭଦ୍ର ସଂପୂର୍ଣ୍ଣ ନିଜସ୍ୱ ରୀତିରେ, ଯାହା ଫଳରେ ଯୁବକମାନେ ତାଙ୍କୁ 'ମଉସା' ବୋଲି ସମ୍ବୋଧନ କରିଥିଲେ ଓ ଗ୍ରହଣ କରି ନେଇଥିଲେ କେତେକାଂଶରେ।

କିନ୍ତୁ ବଳଭଦ୍ରଙ୍କ ବିସ୍ମୟର ସୀମା ଟପି ଏକ ତିକ୍ତାନୁଭୂତି ତାଙ୍କୁ ବିଚଳିତ କରିପକାଇଲା ସେତିକିବେଳେ ଯେତେବେଳେ ସେଇ ବୀଭତ୍ସ ହସ ଯୋଗୁ ଗାଧୁଆଘାଟରେ ଗାଧୋଉଥିବା ସ୍ତ୍ରୀଲୋକମାନେ ତାଙ୍କର ଉପସ୍ଥିତି ପ୍ରତି ସଚେତନ ହୋଇଉଠିଲେ ଓ ପ୍ରତିବାଦ ସ୍ୱରୂପ ଅଧାଗାଧୁଆ, ଅଗାଧୁଆ ଘାଟ ଛାଡ଼ି ପଳାୟନ ପାଇଁ ବାଟ ଦେଖୁଥିଲେ।

"ଦେଖ! ସ୍ତ୍ରୀଲୋକମାନେ ସେପଟେ ଗାଧୋଇ ପାରୁନାହାନ୍ତି। ଏମିତି ବିକୃତ ଚିତ୍କାର କରନା କେହି ବାବୁମାନେ!" ବଳଭଦ୍ର ତାଙ୍କୁ ଘେରିଥିବା ଯୁବକମାନଙ୍କୁ ସତର୍କ କରି ଦଉ ଦଉ ଆହୁରି ପଦେ କହିଲେ, "ତମର ଏଠି ପ୍ରେମ ଶବ୍ଦଟା କଣ ଅଶ୍ଳୀଳ? ମୁଁ ଜାଣିନଥିଲି। କ୍ଷମା କରିବ ବାବୁମାନେ।"

ଏଥିରେ ଗାଁ ଟୋକାମାନେ କୌଣସି କାରଣରୁ ଆହୁରି କୁରୁଳି ଉଠିଲେ। ହୋ ହୋ ହେଇ ତାଳିମାରି ପରସ୍ତେ ନାଚିଗଲେ ବି ସେମାନେ। ବଳଭଦ୍ର ଆହୁରି ବିଚଳିତ ଅନୁଭବ କଲେ। କାରଣ ଏପଟର ଏ ଭଣ୍ଡାମିର ପ୍ରତିକ୍ରିୟା ସେପଟେ ଗାଧୋଉଥିବା ସ୍ତ୍ରୀଲୋକମାନଙ୍କ ଉପରେ କିପରି ପଡୁଛି ସେ ସ୍ପଷ୍ଟ ଦେଖିପାରୁଥିଲେ।

ସେତିକିବେଳେ 'ଗାଭାସ୍କର' ଛାପମରା ଗେଞ୍ଜିବାଲା ଟୋକାଟି ବଳଭଦ୍ରଙ୍କ ସାମନାକୁ ଚାଲିଆସି ତାଙ୍କୁ ଚାଲେଂଜ କଲାଭଳି ପଚାରିଲା, "ଆଚ୍ଛା, ଆପଣ କହିଲେ ମଉସା, ଆପଣଙ୍କ ପିଲାଦିନଟା ତ ଏଇ ଗାଁରେ କଟିଥିଲା ବୋଲି ଆପଣ କହୁଥିଲେ ଟିକିଏ ଆଗରୁ। କହିଲେ-ଆପଣ ଆପଣଙ୍କ ପିଲାଦିନେ ଜାଣିଥିଲେ ପ୍ରେମ ଶବ୍ଦର ମାନେ? ମାନେ ମୁଁ ପଚାରିବାକୁ ଚାହୁଁଛି ଆପଣ କାହାକୁ ପ୍ରେମ କରିଚନ୍ତି ଏ ଗାଁରେ, ଆପଣଙ୍କ ପିଲାଦିନେ?"

ବଳଭଦ୍ର କିଛି ସମୟ ପାଇଁ ହତବାକ୍ ହୋଇପଡ଼ିଲେ। କଥାଟା କୁଆଡୁ ଆସି କୁଆଡ଼କୁ ଯାଉଚି ଜାଣିପାରି ସେ ଆହୁରି ଆହୁରି ସଂକୁଚିତ ହୋଇପଡ଼ିଲେ। ଢେଲାମରାରୁ ଆଲିଙ୍ଗନ, ଆଲିଙ୍ଗନରୁ କୃଷ୍ଣତତ୍ତ୍ୱ, ପୁଣି କୃଷ୍ଣତତ୍ତ୍ୱରୁ ପ୍ରେମପଥ ଦେଇ ବ୍ୟାପାରଟି ବର୍ତ୍ତମାନ ଅଗ୍ରଗତି କରଣରୁ ତାଙ୍କ ଆତ୍ମଜୀବନୀ ଆଡ଼କୁ ଜାଣିପାରି ସେ ନିଜକୁ ଖୁବ୍ ସଂଯତ କରି ଧରିରଖିବାକୁ ଚେଷ୍ଟାକଲେ।

ବଳଭଦ୍ରଙ୍କ ନୀରବତାକୁ ଗାଁ ଟୋକାମାନେ ତାଙ୍କର ଦୁର୍ବଳତା ବୋଲି ସେତେବେଳକୁ ବେଶ୍ ବୁଝିନେଇସାରିଥାନ୍ତି। ତେଣୁ ସେମାନଙ୍କର ପ୍ରଗଲ୍‌ଭତା ଯଥେଷ୍ଟ ବଢ଼ିଉଠିସାରିଥାଏ। ତାର କୁପ୍ରଭାବରେ ପରିବେଶଟି ସଂପୂର୍ଣ୍ଣ ବିଷାକ୍ତ ହୋଇଉଠିଲା ଭଳି ଲାଗିଲାଣି ସେତେବେଳକୁ ବଳଭଦ୍ରଙ୍କୁ। ଶସ୍ୟଶ୍ୟାମଳ କୃଷିକ୍ଷେତ୍ର, ସୁନୀଳ ଆକାଶ, ନୀଳଜଳ, କଦମ୍ବ କୃଷ୍ଣ, ଗୋପୀ, ବଂଶୀ ପ୍ରଭୃତି ରଙ୍ଗ, ଛବି ଅଥବା ରୂପ ବା ରୂପକଟା ହଠାତ୍ ନିରର୍ଥକ, ନିଷ୍ଫଳ ହୋଇଯାଉଚି ଜାଣି ବଳଭଦ୍ର ବିଚଳିତ ହୋଇଉଠିଲେ, ଆଉ ପଶ୍ଚାତତ୍ତାପପୂର୍ବକ ସ୍ଥାନ ତ୍ୟାଗ କରିବା ପାଇଁ ନିଜକୁ ପ୍ରସ୍ତୁତ କରିଚାଲିଥିଲେ।

ଏତିକିବେଳେ କେନାଲ ସେପାଖ ବନ୍ଧ ଉପରେ ଦେଖାଦେଲା ବଳଭଦ୍ରଙ୍କ ଦୃଷ୍ଟିକୁ ଏକ ସ୍ୱପ୍ନ ଭଳି କୌଣସି ଏକ ଦୃଶ୍ୟ। ବଳଭଦ୍ର ଚମକିପଡ଼ିଲେ। କିନ୍ତୁ ସେତିକିବେଳେ ତାଙ୍କର ଶ୍ରୁତିଗୋଚର ହେଲା ଏକ ଅଦ୍ଭୁତ ଶବ୍ଦ, "କିଏ, କୁନା କିରେ?"

କୁନା! ବଳଭଦ୍ରଙ୍କ ଡାକ ନାଁ ଥିଲା କୁନା—ପିଲାଦିନେ ଏଇ ନାଁରେ ଡାକୁଥିଲେ ତାଙ୍କୁ ତାଙ୍କ ବାପ, ମା, ସାଇପଡ଼ିଶା। କିନ୍ତୁ ଆଜକୁ ପ୍ରାୟ ଚାଳିଶବର୍ଷ ହେବ ଏ ନାଁରେ ତ କେହି ଡାକିନଥିଲେ ତାଙ୍କୁ!

ଠିଆ ହେଇପଡ଼ିଲେ ବଳଭଦ୍ର। କେନାଲ ସେ ପାଖୁ, ସ୍ତ୍ରୀଲୋକଙ୍କ ଗାଧୁଆ ତୁଠରୁ କୌଣସି ସ୍ତ୍ରୀଲୋକର ପରିଚିତ କଣ୍ଠସ୍ୱର-

"କିଏ ? କୁନା ! ଆରେ ତମେ କୋଉଦିନ ଆସିଚ ?"

ବଳଭଦ୍ର ଠିକ୍ ଲକ୍ଷ୍ୟ କରିପାରୁନଥିଲେ କିଏ ଡାକୁଚି ତାଙ୍କୁ। ଦଳଟିଏ ସ୍ତ୍ରୀଲୋକଙ୍କ ଭିତରୁ କିଏ ତାଙ୍କୁ ଚିହ୍ନିଚି ଆଉ ଡାକୁଚି ବୁଝିନପାରି ସେ ଥତମତ ହୋଇ କେବଳ ଅନାଇ ରହିଲେ କେନାଲ ଆରପାଖକୁ।

ଏତିକିବେଳେ ଶୁଭିଲା ନାରୀମାନଙ୍କର ସମ୍ମିଳିତ ହାସ୍ୟରୋଳ ଆଉ ତାରି ସହିତ, "କଅଣ ଚିହ୍ନିପାରୁନା ? ତମ ପିଲାଦିନ ସାଙ୍ଗ ଲୀଳାବତୀକୁ ଚିହ୍ନିପାରୁନା କଅଣ ବା ! ବାଃ, ବଢ଼ିଆ ସାଙ୍ଗ ତ !"

ବଳଭଦ୍ରଙ୍କୁ ଘେରି ରହିଥିବା ଯୁବକମାନେ ସେତେବେଳକୁ ନିଜ ନିଜ ଭିତରେ ଠରାଠରି ହେଇ କଅଣ ସବୁ କଥାବାର୍ତ୍ତା ହେଇସାରଥାନ୍ତି କେଜାଣି !

ହଠାତ୍ ଛାତିରେ "LOVE" ଅକ୍ଷର ଲେଖାଥିବା ଯୁବକଟି ବଳଭଦ୍ରଙ୍କୁ ଚମକେଇ ଦେଲା। ତା ମୁହଁରୁ ବାହାରିପଡ଼ିଲା, "ଓ ! ଆପଣ ତା'ହେଲେ ସେଇ କୁନା !"

"କୋଉ କୁନା ?" ବଳଭଦ୍ରଙ୍କ ଦୃଷ୍ଟି କେନାଲ ସେପାଖୁ ଘୂରିଆସିଲା ଏପାଖକୁ।

"ଲୀଳାମାଉସୀଙ୍କୁ ଆପଣ ତେବେ ପାଗଳ କରିଦେଇଚନ୍ତି ?"

"ହ୍ୱାଟ୍ ? ପାଗଳ କରିଦେଇଚି ? କାହାକୁ ? ଲୀଳାବତୀକୁ ! କିଏ ମୁଁ ?" ବଳଭଦ୍ରଙ୍କ ଆଖିଯୋଡ଼ିକ ବର୍ତ୍ତମାନ କେନାଲର ଏପାରି ସେପାରି ନାଚିବାକୁ ଲାଗିଲା।

"ହଁ ଆପଣ ! ମୁଁ ସବୁ ଜାଣେ। ଆମେ ସବୁ କଥା ଜାଣୁ। ଲୀଳା ମାଉସୀଙ୍କୁ ଆପଣ ବାହାହେବା ପାଇଁ କଥା ଦେଇଥିଲେ। କିନ୍ତୁ... କିନ୍ତୁ...ଓ... ତା'ହେଲେ ଏଇ ପ୍ରେମକଥା ପଚାରୁଥିଲେ ଆପଣ ? ଏଇ କୃଷ୍ଣତତ୍ତ୍ୱ କହୁଥିଲେ ନା ଆମକୁ ? ଏଁ ?" ଏ ଥିଲା ଗାଭାସ୍କର ଗେଞ୍ଜିର ତିରସ୍କାର ବଳଭଦ୍ରଙ୍କ ପ୍ରତି।

କିନ୍ତୁ ବଳଭଦ୍ର କିଛି ହେଲେ କିଛି ବୁଝିପାରୁନଥିଲେ। ଲୀଳାବତୀନାମ୍ନୀ ଝିଅଟିଏ ତାଙ୍କ ସହିତ ଚତୁର୍ଥ ଶ୍ରେଣୀରେ ପଢୁଥିଲା ଏଇ ଗାଁ ସ୍କୁଲ୍‌ରେ। ଝିଅଟି ଆସେ ଏଇ ତାଳଦଣ୍ଡା କେନାଲ୍ ସେପାଖୁ। ସେତେବେଳେ ଏଠି ଗୋଟିଏ ଡଙ୍ଗାଘାଟ ଥିଲା। କିନ୍ତୁ ଲୀଳାବତୀକୁ ବିବାହ କରିବାକୁ ସେ କେବେ କଥା ଦେଇଥିଲେ ? ବା ଲୀଳାବତୀ ସହିତ ତାଙ୍କର ବିବାହ ପ୍ରସ୍ତାବ କେବେ କେହି ପକାଇଥିଲେ ? ତେବେ ? ବଳଭଦ୍ରଙ୍କୁ ନେଇଗଲା ଚାଳିଶ ପଚାଶ ବର୍ଷ ଧରି ଏ ଲୋକାପବାଦର କାରଣ ?

ବଳଭଦ୍ର କେନାଲ୍ ସେପାଖ ଗାଧୁଆ ତୁଠରୁ ଟିକିଏ ଭଲକରି ନିରୀକ୍ଷଣ କରିବାକୁ

କେନାଲ ଏପଟ ବନ୍ଧର ଅତଡ଼ିଯାକେ ମାଡ଼ିଆସିଲେ। ସେ ବ୍ୟଗ୍ର ହୋଇ ଅନାଉଥିଲେ-ଲୀଳାବତୀ-ତାଙ୍କର ପିଲାଦିନର ସାଙ୍ଗ-କିଏ ସେ ଭଦ୍ରମହିଳା, ତାଙ୍କୁ ଟିକିଏ ଦେଖିବାକୁ। କାରଣ ଲୀଳାବତୀର ପିଲାଦିନର ମୁହଁଟା ତାଙ୍କର ମନେପଡୁଥିଲେ ମଧ୍ୟ ଚାଳିଶବର୍ଷ ପରବର୍ତ୍ତୀ ଲୀଳାବତୀଙ୍କୁ ସେ ଆଉ ଚିହ୍ନି ପାରୁ ନଥିଲେ ଅନ୍ୟ ମୁହଁଗୁଡ଼ିକ ଭିତରୁ।

"ଲୀଳାମାଉସୀ ବାହା ହେଲେ ନାଇଁ-ଜାଣନ୍ତି ଆପଣ ?"

"କାହିଁକି ବାହାହେଲେ ନାହିଁ ?" ବଳଭଦ୍ର ମୁହଁ ବୁଲେଇ ଚାହିଁଲେ ଗାଁ ଟୋକାଙ୍କୁ।

"ଆପଣଙ୍କ ଯୋଗୁ !"

ବଳଭଦ୍ରଙ୍କ ଦୃଷ୍ଟି ପୁଣି ଥରେ ଘୂରିଗଲା କେନାଲ୍ ସେପାଖ ବନ୍ଧକୁ।

ସେତିକିବେଳେ ସେପାଖେ ସ୍ୱପ୍ନଭଳି ଦିଶୁଥିବା ଇଲାକାଟି ହଠାତ୍ ଆଲୋକିତ ହୋଇଉଠିଲା। ତା'ରି ସାଙ୍ଗେ ସାଙ୍ଗେ ବଳଭଦ୍ରଙ୍କ ସ୍ମୃତିରେ ଉଦିତ ହେଲା ଗୋଟିଏ ଦିନର ଘଟଣା। ଇତିହାସ ବହିରେ ପୃଥ୍ୱୀରାଜଙ୍କ ସଂଯୁକ୍ତାହରଣ ବିଷୟଟି ପଢ଼ାହେଉଥାଏ କ୍ଲାସରେ। ସଂଯୁକ୍ତାଙ୍କୁ ଘୋଡ଼ାପିଠିରେ ବସେଇ ପୃଥ୍ୱୀରାଜ ପଳାଇଯାଉଥିବା ବେଳେ ବଳଭଦ୍ରଙ୍କ ଆଖି କୌଣସି କାରଣରୁ ମିଶିଯାଇଥିଲା ସହପାଠିନୀ ଲୀଳାବତୀ ଆଖି ଦୁଇଟି ସାଥିରେ। ଆଉ ବଳଭଦ୍ର କଳ୍ପନାଚକ୍ଷୁରେ ଦେଖିଚାଲିଥିଲା-ଲୀଳାବତୀଙ୍କୁ ଘୋଡ଼ା ପିଠିରେ ବସେଇ ସେ କେମିତି ଉଡ଼ିଚାଲିଛି।

କିନ୍ତୁ, ବାସ୍ ! ଲୀଳାବତୀ ସହିତ ବଳଭଦ୍ରଙ୍କ ପ୍ରେମ ସମ୍ପର୍କ ମାତ୍ର ସେତିକି। ସେଇ କଳ୍ପନାରେ ତା ସହିତ ମୁହଁ ଖୋଲି ପଦଟିଏ କଥା ହୋଇନାହାନ୍ତି କେବେହେଲେ ବଳଭଦ୍ର। କିନ୍ତୁ ଏପରି ଏକ ଅପଯଶ ତାଙ୍କୁ ନେଇ ଏତେ କାଳ ଧରି ଏ ଗାଁରେ କେମିତି ସୃଷ୍ଟି ହେଲା ? କେମିତି ବଞ୍ଚିରହିଚି ମଧ୍ୟ ?

ବିସ୍ମିତ ହେଲେ ବଳଭଦ୍ର।

"ଆଚ୍ଛା ମଉସା, ଆପଣ ନିଜେ ବାହାସାହା ହେଇଚନ୍ତି କି ନା ?"

ବଳଭଦ୍ର ବିବ୍ରତ ହୋଇପଡ଼ିଲେ।

"ଏବେ ବି ଟାଇମ୍ ଅଛି-ଲୀଳା ମାଉସୀ ବୁଢ଼ୀ ହେଇଯାଇ ନାହାନ୍ତି। ଯଦି ଚାହିବେ ଏବେ ମଧ୍ୟ..." ଟୋକାମାନେ ଏଥର ମଜାକରିବା ଆରମ୍ଭ କରିଦେଲେ ବଳଭଦ୍ରଙ୍କୁ ନେଇ।

"ଦେଖ ! ଏ ଏକ ମିଛକଥା-ଘୋର ମିଛକଥା-ଏ ଅପବାଦର କାରଣ ମତେ ଜଣାନାଇଁ। ତମ ଲୀଳା ମାଉସୀଙ୍କୁ ମୁଁ କେବେ ପ୍ରତାରିତ କରିନାଇଁ। କେବେହେଲେ ଏଭଳି ପ୍ରସ୍ତାବ କଥା ମୁଁ ଶୁଣି ନାଇଁ... ?" ବଳଭଦ୍ର ବ୍ୟସ୍ତ ହୋଇପଡ଼ିଲେ। ଘଡ଼ିଏ

ପୂର୍ବରୁ ଯେତେବେଳେ ତାଙ୍କ ଉପରକୁ ଏଇ ଗାଁ ଟୋକାମାନେ ଢେଲା ପକାଉଥିଲେ, ସେତେବେଳେ ତାଙ୍କର ଯେଉଁ ଧୈର୍ଯ୍ୟ ସେ ପ୍ରଦର୍ଶନ କରିଥିଲେ, ଢେଲା ଫୋପାଡ଼ିବା ପିଲାକୁ କୁଣ୍ଢେଇ ପକେଇ ତାକୁ ଗେଲକରି ସମସ୍ତଙ୍କୁ ମୁଗ୍ଧ କରିପାରିଥିଲେ, ବର୍ତ୍ତମାନ ସେ ପରିସ୍ଥିତି ଆଉ ନଥିଲା।

ବଳଭଦ୍ର ବିଚଳିତ ହୋଇପଡ଼ିଲେ। ପିଲାଗୁଡ଼ାଙ୍କୁ ଠେଲିଦେଇ ସ୍ଥାନ ଛାଡ଼ି ଚାଲିଯିବାକୁ ଇଚ୍ଛାକରି ସେ ପାଦେ ଦୁଇପାଦ ଆଗେଇଗଲେ ମଧ୍ୟ। କିନ୍ତୁ ଆପଣାଛାଏଁ ଅଟକିଗଲା ତାଙ୍କର ପାଦ।

"ଏଠି ଡଙ୍ଗାଘାଟ କୋଉଠିରେ ବାବୁମାନେ?" ପିଲାମାନଙ୍କ ଆଡ଼କୁ ବୁଲିପଡ଼ି ଚାହିଁଲେ। ସେ ଅବିକଳ ସେମିତି ଗାରଡ଼େଇ ଗାରଡ଼େଇ ଯେମିତି ଅନେଇଥିଲେ ସେ ସେମାନଙ୍କୁ ତାଙ୍କ ଉପରକୁ ଢେଲାପଡ଼ିଲାବେଳେ।

"ଡଙ୍ଗା ନାହିଁ-ପୋଲ-ସରକାର ପୋଲ କରିଦେଲାଣି କୋଉଦିନୁ ମଉସା!"

"କାହିଁ ସେ ପୋଲ?" - ବଳଭଦ୍ର ବିରକ୍ତ ହେଲାଭଳି ପଚାରିଲେ।

"ଅନେକ ଉପରକୁ-ପ୍ରାୟ ଅଧମାଇଲିଏ ଉପରକୁ"

ସେତେବେଳକୁ ବଳଭଦ୍ର ତାଙ୍କ ଗୋଡ଼ରୁ ଚଟି ହଳକ କାଢ଼ି ପକେଇଥିଲେ।

କେନାଲ ପାଣିକୁ ପଶିବା ପୂର୍ବରୁ ପଛରେ ରହିଯାଇଥିବା ଗାଁ ଟୋକାମାନଙ୍କ ଉଦ୍ଦେଶ୍ୟରେ ପଦଟିଏ ଉପଦେଶ ଛାଡ଼ିଦେଇଗଲେ ବଳଭଦ୍ର-

"ଟେକାପକେଇଲାବାଲାକୁ କୋଳେଇନବ, ସେପାରିକୁ ଯିବାକୁ ହେଲେ ଡଙ୍ଗା ଖୋଜିବ ନାଇଁ-କଅଣ ବୁଝିଲ ତ?"

ବଳଭଦ୍ର ନାଳ ପହଁରି ସେପଟକୁ ଯିବାବେଳେ ଗାଁ ଟୋକାମାନେ ତାଳିମାରୁଥିଲେ। ସେମାନେ କଅଣ ବୁଝୁଥିଲେ କେଜାଣି!

ଏହାର ଅଳ୍ପ ସମୟ ପରେ ତାଳଦଣ୍ଡା କେନାଲ ପାଣିରେ ଗୋଟାଏ ଗେଞ୍ଜି ଭାସିଯିବାର ଦେଖାଗଲା। ସେ ଗେଞ୍ଜିଟା ଉପରେ ଲେଖା ହୋଇଥାଏ 'ଗାଭାସ୍କର'। ତାର କିଛି ସମୟ ପରେ ଶୁଣାଗଲା- "ହେ ଶଳା! ଫୋପାଡ଼ ଏ ସବୁକୁ!"

ବଳଭଦ୍ର କେନାଲ ଆରପାଖେ ପହଞ୍ଚିଗଲେ। ଓଦା ଜୁବୁବୁବୁ ହୋଇ ପାଣିରୁ ଉଠିଲେ। ତା'ରି ସାଙ୍ଗକୁ ଶୁଣାଗଲା କିରି କିରି ହସ ସ୍ତ୍ରୀଲୋକମାନଙ୍କର।

ଏ ପଟେ ଯୁବକମାନେ କଥାବାର୍ତ୍ତା ହେଉଥିଲେ-

"ଏ ଲୋକଟା ନିଶ୍ଚେ ତା' ପିଲାଦିନେ ଶ୍ରୀକୃଷ୍ଣଙ୍କୁ ଦେଖିଥିଲା।"

"ଆରେ ଏଇଟା ଆମର ଗାଁ ଲୋକ? କାଇଁ ବିଶ୍ୱାସ ହେଉନାହିଁ ତ!"

■

କଲେଜ ହତାରେ ଜହ୍ନରାତି

ରାତ୍ରି ଜଗୁଆଳ ବୀରବାହାଦୁର ବିରୁଦ୍ଧରେ ହଜାରେ ଅଭିଯୋଗ ଭିତରୁ ଗୋଟିଏ ଅଦ୍ଭୁତ ଅଥଚ ଖୁବ୍ ଗୁରୁତର ଅଭିଯୋଗ ହେଲା-ବୀରବାହାଦୁର ଟୋଟାଏ ତାନ୍ତ୍ରିକ ! ସେ ତନ୍ତ୍ରମନ୍ତ୍ର ଜାଣେ । ଖାଲି ଜାଣେନା-ପ୍ରୟୋଗ କରେ ମଧ୍ୟ ।

କଲେଜର ବଡ଼ବାବୁ ଅଭିରାମ ଖୁଣ୍ଟିଆ ଅଧ୍ୟକ୍ଷ ବନବିହାରୀ ଚୌଧୁରୀଙ୍କ ଦୃଷ୍ଟିକୁ ବୀରବାହାଦୁରର ଦାୟିତ୍ୱହୀନତା ବିଷୟ ନେଇ ସେ ଯୋଉ ଲମ୍ବା ନୋଟ୍‌ଟା ପ୍ରସ୍ତୁତ କରିସାରିଥିଲେ ସେଥିରେ ସେଇ ଅଭିଯୋଗଟା ତଳେ ଗୋଟାଏ ମୋଟା ନାଲିଗାର ପକାଇ ଅଧ୍ୟକ୍ଷ ଅନେଇଲେ ବଡ଼ବାବୁଙ୍କ ମୁହଁକୁ ଆଉ ପଚାରିଲେ-

"ତାନ୍ତ୍ରିକ ? ମାନେ ? ଉଚ୍ଚାଟନ, ବଶୀକରଣ ପ୍ରଭୃତି ସେଇସବୁ ବ୍ଲାକ୍-ମ୍ୟାଜିକ୍ ନା କଅଣ ?"

ବଡ଼ବାବୁ ଅଭିରାମ ଖୁଣ୍ଟିଆଙ୍କ ଗମ୍ଭୀର ବଦନମଣ୍ଡଳର ଏକ ସ୍ଥାୟୀ ସିତହାସ୍ୟର ଅକ୍ଷାଂଶରେଖା ହଠାତ୍ ସଙ୍କୁଚିତ ହୋଇଗଲା ଏବଂ ତା'ରି ସହିତ ଶୁଣାଗଲା-

"ଏ କଲେଜ ତ କଲେଜ ହେଇ ନାହିଁ ସାର୍ ! ଆପଣ ତ ସବୁ ଶୁଣୁଥିବେ ।"

"କଅଣ ? କୋଉ ବିଷୟ ?" ଅଧ୍ୟକ୍ଷ ଚୌଧୁରୀ ବିସ୍ମିତ ହେଲେ ।

"ଏଇ ପୁଅଝିଅଙ୍କ କାରବାର !" ବଡ଼ବାବୁ ଅଭିରାମଙ୍କ ମୁଖମଣ୍ଡଳର ସେଇ ଅକ୍ଷାଂଶରେଖାଟି ପୁଣି ଥରେ ସଂପ୍ରସାରିତ ହୋଇଆସିଲା କାନରୁ କାନଯାକେ ପ୍ରଲମ୍ବିତ ଏକ ସୁଦୀର୍ଘ ସ୍ମିତହାସ୍ୟକୁ ।

"ପୁଅ ଝିଅଙ୍କ କାରବାର ! ମାନେ ? ଆମ ପିଲାମାନଙ୍କ କଥା କହୁଚନ୍ତି ଆପଣ ? ଛାତ୍ରଛାତ୍ରୀ ?" - ଅଧ୍ୟକ୍ଷ ଚୌଧୁରୀଙ୍କ ଦୃଷ୍ଟି ବଡ଼ବାବୁଙ୍କ ମୁଖମଣ୍ଡଳ ଆଡୁ କ୍ରମଶଃ ଖସିଆସୁଥାଏ ତଳକୁ ତଳକୁ ।

ଖାଲି ଛାତ୍ରଛାତ୍ରୀ କାହିଁକି ସାର୍ ! ଅଧ୍ୟାପକ-ଅଧ୍ୟାପିକା, ଆମେ ସମସ୍ତେ । ଦେଖୁନାହାନ୍ତି କି ସବୁ ବିଶୃଙ୍ଖଳା ! ଏ କଲେଜରେ ଆଉ ରହିହବ ଭାବୁଚନ୍ତି ଆପଣ ?"

ବଡ଼ବାବୁଙ୍କ କଣ୍ଠସ୍ୱରରେ ଏକ ତୀର୍ଯ୍ୟକ୍ ବ୍ୟଙ୍ଗର ଆତ୍ମପ୍ରକାଶ ଘଟିସାରିଥାଏ ସେତେବେଳକୁ। ସେଇ ବ୍ୟଙ୍ଗୋକ୍ତିର ସାହାଯ୍ୟ ନେଇ ଅବଶେଷରେ ମୁକ୍ତିଲାଭ କଲା ଏକ ଭୀଷଣ ଅଭିଯୋଗ କଲେଜ ପରିଚାଳନା ସଂପର୍କରେ ଲୋକଟିର ମୁହଁରୁ, "ସାର୍, ଆପଣ ଶୁଣିଚନ୍ତି ନା ? ବାହାରେ ଲୋକେ ଖୁବ୍ କଥାବାର୍ତ୍ତା କରୁଛନ୍ତି-ଏଇ ରାତି ଜଗୁଆଳ ବୀରବାହାଦୁର ଜଣେ ଯୁବ ଅଧ୍ୟାପକଙ୍କୁ କଅଣ ଜଡ଼ିବୁଟି ଯୋଗେଇ ଦେଇଚି। ଫଳରେ ଏ ଅଧ୍ୟାପକ ମସୁଧା କରୁଚନ୍ତି ଛାତ୍ରୀନିବାସରୁ ଜଣେ ଛାତ୍ରୀଙ୍କୁ ହରଣଚାଳ କରିନେବାକୁ। ଆପଣ ଆଜି ରାତିରେ ଆସି କ୍ୟାମ୍ପସ୍ ଭିତରେ ନିଜେ ବୁଲି ଦେଖନ୍ତୁ। ଦେଖିବେ ସେ ଅଧ୍ୟାପକ ରାତି ଅଧରେ ବୀରବାହାଦୁର ପାଖରେ ବସି କି ବିଦ୍ୟା ଶିକ୍ଷା କରୁଚନ୍ତି ଛାତ୍ରୀ ନିବାସ ପାଖ ସେଇ ଆମ୍ବଗଛ ମୂଳରେ। ଆପଣ ନିଜେ ଆସି ଦେଖନ୍ତୁ। ଏ କଲେଜର ମାନମହତ ସବୁ ସରିଯିବ ସାର୍ ଯଦି ଏଭଳି କାଣ୍ଡ ଘଟିବାକୁ ଛାଡ଼ିଦେବେ ଆପଣ !"

ଅଧ୍ୟକ୍ଷ ବନବିହାରୀ ଚୌଧୁରୀ ଗମ୍ଭୀର ହୋଇ କିଛି ସମୟ ବସିରହିଲେ। ପ୍ରାୟ ପାଞ୍ଚ ମିନିଟ୍ ସେଇଭଳି ବସିରହିବା ପରେ ସେ ବଡ଼ବାବୁଙ୍କୁ ବିଦାୟ ଦେଲେ ଓ ପ୍ରତିଶ୍ରୁତି ମଧ୍ୟ ଦେଲେ ଯେ ଅଭିଯୋଗର ବିଧିବଦ୍ଧ ତଦନ୍ତ ଦାୟିତ୍ୱ ସେ ସେଇ ମୁହୂର୍ତ୍ତରୁ ନିଜ ହାତକୁ ନେଲେ।

ସେଦିନ ସନ୍ଧ୍ୟାରେ ଅଧ୍ୟକ୍ଷ ଚୌଧୁରୀ ତାଙ୍କର ନୈଶଅଭିଯାନ ପାଇଁ କେତେକ ସାଜସରଂଜାମର ସଂଗ୍ରହରେ ଲାଗିପଡ଼ିଲେ। ଏକ ପାଞ୍ଚସେଲିଆ ଟର୍ଚ୍ଚ, ଖଣ୍ଡେ ବାଡ଼ି, କିଛି ଶୀତବସ୍ତ୍ର ବ୍ୟତୀତ ତାଙ୍କର ଦରକାର ଥିଲା ଗୋଟିଏ ଛୋଟ ଟେପ୍‌ରେକର୍ଡର। ଏସବୁ ସରଂଜାମ ସଂଗୃହୀତ ହୋଇଯିବା ପରେ ସେ ତାଙ୍କର ସହାୟକ ପିଅନ୍ ସୁଦାମକୁ ଆଦେଶ ଦେଲେ, "ମୋର ରାତିର ଖାଇବା ଶୀଘ୍ର ସରିବ ଯେମିତି ଦେଖ ! ବୁଝିଲ ତ ?"

ସନ୍ଧ୍ୟା ପ୍ରାୟ ନଅଟା ସୁଦ୍ଧା ଅଧ୍ୟକ୍ଷ ଚୌଧୁରୀ ତାଙ୍କର ନୈଶଅଭିଯାନ ପାଇଁ ନିଜକୁ ପ୍ରସ୍ତୁତ କରିନେଇସାରିଥାନ୍ତି। ରାତି ଖାଇବା କାମ ଛିଣ୍ଡେଇସାରି ପିଅନ୍ ସୁଦାମ ତା ନିଜ କ୍ୱାର୍ଟରସ୍‌କୁ ବାହାରିଯିବା ପରେ ପରେ ଚୌଧୁରୀ ମଧ୍ୟ ବାହାରିପଡ଼ିଲେ।

ଶୀତଦିନ-ଆକାଶରେ ଆକାଶେ ଜହ୍ନ। ଅଧ୍ୟକ୍ଷ ତାଙ୍କ କ୍ୱାର୍ଟରସ୍‌ରୁ ବାହାରିବା ବେଳକୁ ଚାରିଆଡ଼ ଶୂନ୍‌ଶାନ୍। ଶୀତଦିନ ରାତିଗୁଡ଼ାକ ସାଧାରଣତଃ ଏମିତି ଶୂନ୍‌ଶାନ୍। ରାତି ନ'ଦଶ ବେଳକୁ ଲାଗେ ଯେମିତିକି ମଧ୍ୟରାତ୍ରି କି ଆହୁରି ବେଶି।

ଅଧ୍ୟକ୍ଷ ଚୌଧୁରୀ ଯେଉଁ ଉଲେନ୍ ସ୍ୱେଟର୍‌ଟି ପିନ୍ଧି ବାହାରକୁ ବାହାରି ପଡ଼ିଥିଲେ ହଠାତ୍ ସେଇଟା ଖୁବ୍ ଲଘୁ ଶୀତବସ୍ତ୍ର ଭଳି ମନେହେଲା ତାଙ୍କୁ। ତେଣୁ ସେ ପୁଣିଥରେ

କ୍ୱାର୍ଟରସ୍‌କୁ ଫେରିଆସିଲେ। କବାଟରୁ ତାଲା ଖୋଲିଲେ। ରୁମ୍‌କୁ ଫେର ସ୍ୱେଟର୍ ଉପରେ ଗୋଟିଏ କୋଟ୍ ପିନ୍ଧିଲେ। କୋଟ୍‌ଟା କଳା ରଙ୍ଗର। ଜହ୍ନରାତିରେ କଳାକୋଟ୍ ପିନ୍ଧି ବାହାରକୁ ବାହାରିଲେ କାଳେ ତାଙ୍କର ଗତିବିଧି ଲକ୍ଷ୍ୟ କରିହେବ, ସେଥିପାଇଁ ଚିନ୍ତିତ ହୋଇପଡ଼ିଲେ ସେ। ଜହ୍ନରାତିରେ ଧଳା ପୋଷାକରେ ମଣିଷ ଅଧିକ ଅଦୃଶ୍ୟ ହୋଇପାରିବ ନା କଳା ପୋଷାକରେ- ଏଇ ଦ୍ୱନ୍ଦ୍ୱରେ ପଡ଼ି ସେ ତାର ସମାଧାନ କଲେ-ଶେଯ ଉପରୁ ଧଳା ବେଡ୍-ସିଟ୍‌ଟା କାଢ଼ି ନିଜକୁ ଭଲକରି ଆବୃତ କରିନେଲେ ସେ। ତାପରେ ଟର୍ଚ୍ଚ, ବାଡ଼ି ଓ ଟେପ୍‌ରେକର୍ଡ଼ର ଇତ୍ୟାଦି ସାଜସରଞ୍ଜାମଗୁଡ଼ିକୁ ସେଇ ଚାଦର ତଳେ ସୁବିଧାରେ ଧରିବା ପାଇଁ କିଛି ସମୟ ଉଦ୍ୟମ କଲା ପରେ ସେ ଅବଶେଷରେ କ୍ୱାର୍ଟରସ୍‌ରୁ ବାହାରିବାକୁ ସକ୍ଷମ ହେଲେ।

ନିଜ କ୍ୱାର୍ଟରସ୍ ହତା ଟପି ଚୌଧୁରୀ ପଦାକୁ ବାହାରିଯିବା ମାନେ କଲେଜ କ୍ୟାମ୍ପସ୍‌ର ମୂର୍ତ୍ତିମନ୍ତ ଶୂନ୍ୟତା ତାଙ୍କୁ ଆକଣ୍ଠ ଗ୍ରାସ କରିସାରିଥାଏ। ଆଶ୍ଚର୍ଯ୍ୟ ଲାଗିଲା ତାଙ୍କୁ। ଏତେବଡ଼ କଲେଜ-ହାରାହାରି ତିନିହଜାର ଛାତ୍ର, ତିନିଶ ଅଧ୍ୟାପକ- ଅଧ୍ୟାପିକା, କର୍ମଚାରୀ-ଅଥଚ କି ନିର୍ଜନ ଏ ରାତି! କୁଆଡ଼େ ଗଲେ ସେମାନେ ସମସ୍ତେ? ଏ କଅଣ ଶୀତର ପ୍ରଭାବ ନା ଅନ୍ୟ କିଛି? ବିସ୍ମିତ ହୋଇ ସେ ଚାରିଆଡ଼କୁ ଆଉ ଥରେ ଭଲକରି ଚାହିଁଲେ। ସେ ଯୋଉଠି ଠିଆହେଇ ତାଙ୍କ କଲେଜ କ୍ୟାମ୍ପସ୍‌ଟିକୁ ପର୍ଯ୍ୟବେକ୍ଷଣ କରୁଥିଲେ ସେଠୁ ବହୁଦୂର ପର୍ଯ୍ୟନ୍ତ ଗୋଟାଏ ବିସ୍ତୀର୍ଣ୍ଣ ପଡ଼ିଆ-କଲେଜ ପିଲାଙ୍କ ଖେଳପଡ଼ିଆ। ସେଇ ପଡ଼ିଆର ଉତ୍ତର କଡ଼ରେ ଠାଏ ଠାଏ ଗୋଟାଏ ଦୁଇଟା କ୍ୱାର୍ଟରସ୍, ଯୋଉଠି ଅଧ୍ୟାପକ-ଅଧ୍ୟାପିକାମାନେ ରହନ୍ତି। ଏହାର ଦକ୍ଷିଣ କଡ଼ରେ କଲେଜ ବିଲ୍‌ଡିଂ। ପଶ୍ଚିମ ଓ ପୂର୍ବପଟେ ଦୁଇଟି ଛାତ୍ରାବାସ। ସେଥିଭିତରୁ ପଶ୍ଚିମପଟ ଛାତ୍ରାବାସଟି ହିଁ ଛାତ୍ରୀନିବାସ। କିନ୍ତୁ ଉତ୍ତର, ଦକ୍ଷିଣ, ପଶ୍ଚିମ ବା ପୂର୍ବ କୌଣସି ଦିଗରେ କୌଣସି ଘର ଭିତରେ ବା ବାହାରେ ଆଲୁଅଟିଏ ଜଳୁନଥିବା ଦେଖି ଅଧ୍ୟକ୍ଷ ଚୌଧୁରୀ ପୁଣିଥରେ ହାତଘଡ଼ିକୁ ଚାହିଁଲେ। ଘଡ଼ିର ରେଡ଼ିୟମ୍ ଡାୟାଲ୍ ଭିତରୁ ସେ ସମୟ ପଢ଼ିଲେ-ଏଗାରଟା-ରାତି ଏଗାରଟା।

ଅଧ୍ୟକ୍ଷ ଚୌଧୁରୀ ଏଥର ମୁହେଁଇଲେ ଛାତ୍ରୀନିବାସ ଆଡ଼କୁ। ଛାତ୍ରୀନିବାସ ପାଖ ଆମ୍ବଗଛ। ସେଠାକୁ ଯିବାକୁ ହେଲେ ତାଙ୍କୁ ଉତ୍ତର ଦିଗରେ ଥିବା ନିଜ କ୍ୱାର୍ଟରସ୍ ଠାରୁ ପଶ୍ଚିମପଟ ଆଡ଼କୁ ଅଗ୍ରସର ହେବାକୁ ପଡ଼ିବ। ଖୁବ୍ ବେଶିରେ ଦୁଇଶହ ମିଟର। ସେଇ ଦୂରତ୍ୱକୁ ଅତିକ୍ରମ କରିବାକୁ ହେଲେ ତାଙ୍କୁ ଖୋଲାପଡ଼ିଆ ଭିତରେ ଯିବାକୁ ହିଁ ପଡ଼ିବ। କିନ୍ତୁ ଜହ୍ନରାତିରେ ଖୋଲାପଡ଼ିଆ ମଝିରେ ଚାଲିବା ସହିତ ତାଙ୍କ ନୈଶଅଭିଯାନ ଉଦ୍ଦେଶ୍ୟର ଅସଙ୍ଗତି ଅନୁଭବ କରିପାରି ସେ ଏକ ଭିନ୍ନ ମାର୍ଗ ଖୋଜିବସିଲେ।

ସେଥିପାଇଁ ତାଙ୍କର ଆଖି ଖୋଜିବୁଲିଲା କଲେଜ ହତା କଡ଼େ କଡ଼େ ଅନ୍ଧାର ଗଛ ଗହଳିର ଆଢୁଆଳ।

ଅଧ୍ୟକ୍ଷ ଚୌଧୁରୀ ସେଇ ଗଛ ଆଢୁଆଳରେ ନିଜକୁ ଲୁଚାଇଦେବା ଲକ୍ଷ୍ୟରେ ଧୀରେ ଧୀରେ ମୁକ୍ତ ପଡ଼ିଆର ଏକ ସଂକୀର୍ଣ୍ଣ ଅଂଶକୁ ଅକ୍ଷମ କରିବା ପାଇଁ ଚେଷ୍ଟିତ ହେଉଥାନ୍ତି। ତୋଫା ଜହ୍ନ ଆଲୁଅରେ ତାଙ୍କର ଛାଇଟା ତାଙ୍କ ସାମ୍ନାରେ ଆସ୍ତେ ଆସ୍ତେ ପାଦ ପରେ ପାଦ ଗତିଶୀଳ ହେବା ଦେଖି କେଜାଣି କାହିଁକି ଅଧ୍ୟକ୍ଷଙ୍କ ଛାତି ଭିତରେ ସାମାନ୍ୟ ଏକ ଶିହରଣ ଖେଳିଗଲା। ସେ ଅଟକିଗଲେ। ପଛକୁ ବୁଲି ଚାହିଁଲେ। ଚମକିପଡ଼ିଲେ। କାରଣ, ସେତେବେଳେ ତାଙ୍କର ସ୍ମରଣ ହେଲା– ବଡ଼ବାବୁଙ୍କ ସତର୍କ ବାଣୀ – ରାତ୍ରି ଜଗୁଆଳ ବୀରବାହାଦୁର ଜଣେ ତାନ୍ତ୍ରିକ !

ଅଧ୍ୟକ୍ଷ ଚୌଧୁରୀ ତନ୍ତ୍ରମନ୍ତ୍ର ଓ ଗୁଣି ଗାରେଡ଼ିରେ ବିଶ୍ୱାସ କରନ୍ତି ନାହିଁ। କିନ୍ତୁ ପରିସ୍ଥିତିଟା ଥିଲା ଭିନ୍ନ ପ୍ରକାର। ସେ ପୁଣି ଥରେ ଏକ ଶିହରଣ ଅନୁଭବ କଲେ– ଏଥର ସର୍ବାଙ୍ଗରେ। ସେ ମୁଣ୍ଡ ଟେକି ଜହ୍ନକୁ ଅନାଇଲେ। ତାଂକର ମନେହେଲା ଆକାଶରେ ସେ ଯୋଉ ଚକ୍ ଚକ୍ ଜିନିଷଟାକୁ ଏପର୍ଯ୍ୟନ୍ତ ଜହ୍ନବୋଲି ଭାବୁଥିଲେ ସେଇଟା ବୋଧହୁଏ ଜହ୍ନ ନୁହେଁ - ଗୋଟିଏ ଜଳନ୍ତା ଆଖି। ତାଙ୍କର ପ୍ରତ୍ୟେକ ଗତିବିଧିକୁ ସତେ ଯେମିତି ସେଇ ଆଖିଟା ଅନେକବେଳୁ ନିରୀକ୍ଷଣ କରିଚାଲିଛି। ଏଥର ଅଧ୍ୟକ୍ଷ ଚୌଧୁରୀଙ୍କ ଦେହରୁ ସାମାନ୍ୟ ଶୀତଳ ଝାଳ ପ୍ରତି ଲୋମକୂପରୁ ନିର୍ଗତ ହେଲା ଭଳି ମନେହେଲା। "ଓଃ ନୋ..." ଅଧ୍ୟକ୍ଷଙ୍କ ଅଜାଣତରେ ଏଇଭଳି ଏକ ଧ୍ୱନି ତାଂକ ଅନ୍ତର୍ରାଜ୍ୟକୁ ପ୍ରତିଧ୍ୱନିତ କରି ନିସ୍ତବ୍ଧତା ଭିତରେ ଲୀନହେଇଗଲା। ଏହା ସହିତ ତାଂକର ସ୍ୱେଦକଣିକାର ଶୀତଳତା ମଧ୍ୟ କିଞ୍ଚିତ୍ ଉଷ୍ମ ପାଲଟିଆସିଲା। ସେ ଏଥର ଜହ୍ନଆଡୁ ମୁହଁ ବୁଲେଇ ନେଇ ଛାତ୍ରୀନିବାସ ପାଖ ସେଇ ଆମ୍ବଗଛ ଅର୍ଥାତ୍ ତାଂକର ଲକ୍ଷ୍ୟସ୍ଥଳ ଆଡ଼କୁ ନିରୀକ୍ଷଣ କଲେ ଏବଂ ସାମାନ୍ୟ ଦ୍ରୁତଗତିରେ ଆଗେଇଚାଲିଲେ।

ଲକ୍ଷ୍ୟସ୍ଥଳରେ ଅଧ୍ୟକ୍ଷ ଚୌଧୁରୀଙ୍କୁ ପହଞ୍ଚିବା ପାଇଁ ଖୁବ୍ ବେଶି ସମୟ ଲାଗି ନଥିବ ନିଶ୍ଚୟ। କିନ୍ତୁ ସେତେବେଳକୁ ବୀରବାହାଦୁର ତା'ର ତାନ୍ତ୍ରିକ ହଟଚମଟ ବୋଧହୁଏ ଆରମ୍ଭ କରିସାରିଥିଲା। ଅଧ୍ୟକ୍ଷ ଘଟଣାସ୍ଥଳଠାରୁ ପ୍ରାୟ ଦଶଫୁଟ ଦୂରତାର ପାର୍ଥକ୍ୟରେ ନିଜର ଉପସ୍ଥିତିକୁ ଗୋଟିଏ ବୁଦାମୂଳରେ ଢେର୍ ସତର୍କତାର ସହିତ ଲୁକ୍କାୟିତ କରିବାର ଅବସର ମଧ୍ୟରେ ତାଂକ ଆଖିରେ ପଡ଼ିଲା ସର୍ବପ୍ରଥମେ ଏକ ବିଚିତ୍ର ଦୃଶ୍ୟ। ବୀରବାହାଦୁର ଆମ୍ବଗଛ ମୂଳରେ ଖଣ୍ଡେ ପଥର ଉପରେ ନିଜର ଆସ୍ଥାନ ଜମେଇ ଖୋଲା ଜ୍ୟୋସ୍ନାସିକ୍ତ ପଡ଼ିଆଟା ଆଡ଼କୁ ମୁହଁ କରିଥାଏ – ଆଉ ତା ହାତ

ପାହାନ୍ତିରେ ତା ମୁହଁକୁ ନିର୍ନିମେଷ ନୟନରେ ଅନାଇ ରହିଥାନ୍ତି ଦୁଇହଳ ଜଳନ୍ତା ଆଖି।

ଅଧ୍ୟକ୍ଷ ଚୌଧୁରୀଙ୍କ ସମଗ୍ର ଅସ୍ତିତ୍ୱ ହଠାତ୍ ଜାଗ୍ରତ ହୋଇଉଠିଲା! ତାଙ୍କୁ ଜଣାଗଲା ସେ ଆଖି ଦୁଇହଳ ଅନ୍ୟ କାହାରି ନୁହେଁ-ସେଇ ଯୁବ ଅଧ୍ୟାପକ ଓ ଛାତ୍ରୀନିବାସର କୌଣସି ହତଭାଗିନୀ ଛାତ୍ରୀ! ତାନ୍ତ୍ରିକ ବୀରବାହାଦୁର ସେମାନଙ୍କୁ ବଶୀଭୂତ କରି ନିଶ୍ଚୟ କୌଣସି ଖଳ ଉଦ୍ଦେଶ୍ୟ ଚରିତାର୍ଥ କରିବା ଲକ୍ଷ୍ୟରେ ଅପେକ୍ଷମାଣ-ଏଇ ସନ୍ଦେହଟା ତାଂକର ତତ୍କ୍ଷଣାତ୍ ସ୍ଫଟୀକୀକୃତ ହୋଇଯିବା ମାତ୍ରେ ଚୌଧୁରୀ ଚିତ୍କାର କରିଉଠିଲେ- "ବୀରବାହାଦୁର! ଆରେ ବଦ୍‌ମାସ୍ ତାନ୍ତ୍ରିକ! ତତେ ମୁଁ ଏଇଠି ଏଇକ୍ଷିଣା ଚାକିରିରୁ ବହିଷ୍କାରକଲି!"

ଅଧ୍ୟକ୍ଷ ଚୌଧୁରୀଙ୍କ ବିକଟାଳ ସ୍ୱର ସମଗ୍ର ନିର୍ଜନତାକୁ ଶିହରିତ କରି ଖୋଲା ମଇଦାନର ପ୍ରତ୍ୟେକ ଦିଗକୁ ପ୍ରତିଧ୍ୱନିତ କରିଦେଲା ଏବଂ ତା'ର ସହିତ ଆଖି ଦୁଇହଳ ମଧ୍ୟ ଦୃଶ୍ୟସ୍ଥଳରୁ ଅଚାନକ ଅନ୍ତର୍ଦ୍ଧାନ ହୋଇଗଲେ।

ବୀରବାହାଦୁର ତା'ର ବସିବା ଜାଗାରୁ ଖପ୍‌କିନା ଡେଇଁପଡ଼ିଲା!

ଅଧ୍ୟକ୍ଷ ଚୌଧୁରୀ ମଧ୍ୟ ତାଙ୍କ ଲୁଚିବା ଜାଗାରୁ ଖପ୍‌କିନା ଡେଇଁପଡ଼ିଲେ।

ବୀରବାହାଦୁର ଅଧ୍ୟକ୍ଷଙ୍କୁ ସଂପୂର୍ଣ୍ଣ ମିଲିଟାରୀ କାଇଦାରେ ଏକ ସାଲ୍ୟୁଟ୍ ଦେଇ ସ୍ଥାଣୁବତ୍ ସାବଧାନ ପୋଜିସନ୍‌ରେ ଠିଆହେଇ ରହିଗଲା।

"ହୁଁ!" - ଅଧ୍ୟକ୍ଷ ହୁଙ୍କାର କରିଉଠିଲେ, "କହ କିଏ ସେ ଦୁଇଟା- କଅଣ ତାଙ୍କ ନାଁ? ବତା, ଶୀଘ୍ର ବତା ତାଙ୍କ ନାଁ!"

ବୀରବାହାଦୁର ସେଇଭଳି ସ୍ଥାଣୁ ଅବସ୍ଥାରେ ଠିଆ ହୋଇରହିଲା।

"ତୋର ଚାକିରି ସରିଗଲା ବୀରବାହାଦୁର! ଯଦି ସେମାନଙ୍କ ନାଁ ନ ବତେଇବୁ ତେବେ.... ତେବେ..." - ଅଧ୍ୟକ୍ଷ ବନବିହାରୀ ଗର୍ଜିଉଠିଲେ। ଗର୍ଜି ଚାଲିଲେ ମଧ୍ୟ ଆହୁରି କିଛି ସମୟ।

ଅବଶେଷରେ ବୀରବାହାଦୁରର ପାଟି ଫିଟିଲା। ଅଧା ଓଡ଼ିଆ ଅଧା ହିନ୍ଦୀରେ ଖନେଇ ଖନେଇ ସେ କହିଲା, "ସାର୍, ଗୋଟାକର ନାମ୍ ଅମିତାଭ ବଚ୍ଚନ୍ ଔର୍ ଦୁସରାଟା ଜୟା ଭାଦୁଡ଼ି!"

"ସଟ୍ ଅପ୍! ମୋ ସାଙ୍ଗେ ଥଟ୍ଟା? ତୋ ଜୀବନ ନେଇନେବି ବୀରବାହାଦୁର! ତୁ ଏଠି ତନ୍ତ୍ର କରୁଛୁ? କଲେଜ ଅଧ୍ୟାପକ କଲେଜ ପିଲାଙ୍କୁ ତନ୍ତ୍ର କରୁଚୁ ତୁ? ତୋର ଜାନ୍ ଖାଇଦେବି ଜାଣିଥା-ଜାନ୍ ଖାଇଦେବି!"

ବୀରବାହାଦୁର ପୁଣି ଥରେ ସେଇ ଅଧା ଓଡ଼ିଆ ଅଧା ହିନ୍ଦୀରେ କହିଲା, "ଓ

ଦୋନୋ ଜାନୁଆର୍ ଅଛି ସାର୍-ଆଦ୍‌ମୀ ନାହିଁ - କସମ୍ ଖାଇ କହୁଚି ସାର୍, ସେ ଯୋଡ଼ାକ ଆଦ୍‌ମୀ ନୁହନ୍ତି..."

"କଅଣ କହିଲୁ ? ଆଦ୍‌ମୀ ନୁହନ୍ତି ? ମୋ ଆଖିକୁ ମୁଁ ଅବିଶ୍ୱାସ କରିବି ? ନିଜ ଆଖିରେ ଦେଖିଚି ! ମୋ ସାଙ୍ଗରେ ମିଛ ? ପୁଣି ଫାଜିଲାମି ?" - ଅଧ୍ୟକ୍ଷ ଚୌଧୁରୀ ଚିହିଁକି ଉଠିଲେ।

ବୀରବାହାଦୁର କଣ୍ଠରୁ ଏଥର ଏକ କ୍ଷୀଣ ସ୍ୱର ଶୁଣାଗଲା। ସେ ବୋଧହୁଏ ତାର ତନ୍ତ୍ର ବା ମନ୍ତ୍ର ଉଚ୍ଚାରଣ କରି ଅଧ୍ୟକ୍ଷ ଚୌଧୁରୀଙ୍କୁ ବଶୀଭୂତ କରିବା ଉଦ୍ଦେଶ୍ୟରେ ସେପରି ସ୍ୱର ପ୍ରୟୋଗ କଲା।

ସତକୁ ସତ ଅନତିବିଳମ୍ବ ପୂର୍ବରୁ ଅଧ୍ୟକ୍ଷ ଚୌଧୁରୀ ବଶୀଭୂତ ହୋଇ ସଂପୂର୍ଣ୍ଣ ନିର୍ବାକ୍ ଅବସ୍ଥାରେ ସେଇ ଆମ୍ବଗଛମୂଳେ ବସିପଡ଼ିଲେ। ବୀରବାହାଦୁର ମଧ୍ୟ ତାଙ୍କ ପାଖାପାଖି ବସିପଡ଼ିଲା।

ପୁଣିଥରେ ପୂର୍ବର ନୀରବତା ଦ୍ରୁତଗତିରେ ଫେରିପଡ଼ିଲା-ପାଣିରେ ଗାର କାଟିଲା ପରି। ଜ୍ୟୋତ୍ସ୍ନାସିକ୍ତ କଲେଜ ପଡ଼ିଆର କେଉଁ ଗାତରୁ ସେ ଦୁହେଁ ପୁଣି ଥରେ ବାହାରି ଆସିଲେ କେଜାଣି ! ବୀରବାହାଦୁର ସେମିତି କ୍ଷୀଣ ସ୍ୱରରେ ଗୁଣୁ ଗୁଣୁ ହେଉଥାଏ।

କ୍ରମଶଃ ଜୀବ ଦୁଇଟି ଅଧ୍ୟକ୍ଷ ଚୌଧୁରୀଙ୍କ ପାଖକୁ ପାଖକୁ ଲାଗିଆସିଲେ- ଦୁଇଟି ବଶୀଭୂତ ଆତ୍ମାପରି। ଯୋଡ଼ିଏ କୋକିଶିଆଳ ! ବିଶୁଦ୍ଧ ସୁନା ରଙ୍ଗର କୋକିଶିଆଳ। ଜହ୍ନ ଆଲୁଅରେ ସେମାନେ ଦିଶୁଥାନ୍ତି କି ଅଦ୍ଭୁତ !

ସେମାନେ ପାଖକୁ ପାଖକୁ ଲାଗିଆସିଲେ। ବୀରବାହାଦୁର ଏଥର ତାର କଳା ଓଭରକୋଟ୍ ପକେଟ୍‌ରୁ କଅଣ ମୁଠାଏ କାଢ଼ି ସେମାନଙ୍କ ଆଡ଼କୁ ଫିଙ୍ଗିଦେଇ କହିଲା... "ଦେଖନ୍ତୁ ସାର୍ ! ବଡ଼ାଠୋ ଅମିତାଭ ଔର୍ ଛୋଟାକା ନାମ୍ ଜୟା ! ଏ ଦୋନା ଆଦ୍‌ମୀ ୟା ଜାନୁୟାର୍ ଖୁଦ୍ ଦେଖନ୍ତୁ ଆପଣ !"

ଅଧ୍ୟକ୍ଷ ଚୌଧୁରୀ ମୂକ ପାଲଟି ବସି ରହିଥାନ୍ତି। ତାଙ୍କ ମନରେ ତଥାପି ସନ୍ଦେହର ଧୂଆଁ କୁହୁଳୁଥାଏ। ସେ ଆଶ୍ଚର୍ଯ୍ୟ ହେଇ ନିଜକୁ ନିଜେ ପଚାରି ଚାଲିଥାନ୍ତି- "ଏମାନେ କୋକିଶିଆଳ ନା ମଣିଷ ? ଏ କଲେଜ ହତାରେ ତେବେ କଅଣ ସତରେ ଏଭଳି ଦୁଷ୍ପ୍ରାପ୍ୟ ଜନ୍ତୁ ଏବେ ମଧ୍ୟ ବଞ୍ଚି ରହିଛନ୍ତି ? ତିନିହଜାର ଛାତ୍ରଙ୍କ ଛ'ହଜାର ଆଖିରୁ ବଞ୍ଚି ଏମାନେ ରହିପାରିଚନ୍ତି କେମିତି ?"

ସାରା ରାତି ଅଧ୍ୟକ୍ଷ ବନବିହାରୀ ଚୌଧୁରୀ ସେଇ ରାତ୍ରିଜଗୁଆଳ ବୀରବାହାଦୁର ପାଖରେ ବସିରହିଲେ। ଚତୁର୍ଦ୍ଦିଗରେ ନିର୍ଜନତାର ରାଜୁତି।

ସକାଳ ଆଡ଼କୁ ବୀରବାହାଦୁରର ଏକ ନିବେଦନ ଶୁଣି ଅଧ୍ୟକ୍ଷଙ୍କ ଧ୍ୟାନ ଭାଙ୍ଗି

ଗଲା। ବୀରବାହାଦୁର କହୁଥିଲା- "ସାର୍, ପାଞ୍ଚ ସାଲ ପହିଲେ ଏଠି ଐସା ବହୁତ୍ ଜାନୁୟାର୍ ଥିଲେ। ଅବି ସିର୍‌ଫ୍ ଏଇ ଯୋଡ଼ିଟା ବର୍‌କର୍ ବାକି ରହିଯାଇଚ। ୟେ ହମାରା ପୁରାନା ଦୋସ୍ତ! ଇସ୍‌କୋ ମତ୍ ମାରିୟେ!"

"କିଏ ମାରିବ ୟାଙ୍କୁ?"- ଚମକିପଡ଼ିଲେ ଅଧ୍ୟକ୍ଷ ଚୌଧୁରୀ।

"ସାର୍, ଯୋଉଦିନ ମତେ ନିକାଲିଦେବେ ନୌକରୀରୁ, ଉସି ଦିନ୍ ଓଭି ମର୍‌ଯାଏଙ୍ଗେ! ଏ କଲେଜମେ ଉନ୍ ଦୋନୋକା ଔର୍ କେହି ଦୋସ୍ତ୍ ନାହାନ୍ତି - ସିର୍‌ଫ୍ ମୋ ଛଡ଼ା...ମୁହିଁ ତାଙ୍କର ଦୋସ୍ତ!"

"ତମକୁ କିଏ ନିକାଲିବ ନୌକରୀରୁ ମୁଁ ଥାଉଁ ଥାଉଁ, ବୀରବାହାଦୁର!" ...ଅଧ୍ୟକ୍ଷ ବନବିହାରୀ ଚୌଧୁରୀଙ୍କର ଗୋଟିଏ ବାହୁ ରାତି ଜଗୁଆଳ ନେପାଳୀ ଗୁର୍ଖା ବୀରବାହାଦୁରର କାନ୍ଧକୁ ନିବିଡ଼ଭାବେ ଜାକିଆଣୁଥାଏ ନିଜ ପାଖକୁ।

ପୂର୍ବାକାଶରେ ସିନ୍ଦୂରା ଫାଟି ସାରିଥାଏ।

ମାଟିର ସ୍ୱପ୍ନ

ମଦନ ପାତ୍ରଙ୍କ ପାଞ୍ଚ ବର୍ଷର ପୁଅ ପଦନକୁ ରାତି ପାହାନ୍ତା ପହରେ ସ୍ୱପ୍ନ ହେଲା- "ଆରେ ଟୋକା ! ଶୋଇଚୁ କଅଣ ! ଉଠ ଉଠ । ଯା ଦେଖିବୁ ଯା - ତମ ବିଲରେ ସୁନା ଲଟେଇଚି ।"

ପଦନ ଧଡ଼ପଡ଼ ହୋଇ ଉଠି ବସିଲା । ତା ବାପ ମା'କୁ କେଞ୍ଚିକାଞ୍ଚି ଉଠେଇ ବସେଇଲା ନିଦରୁ । ପାହାନ୍ତି ପହର ନିଦ ଅଳସ ଦିହରୁ ଛଡ଼ଉ ନ ଛଡ଼ଉଣୁ ମଦନ ପାତ୍ରେ ଶୁଣିଲେ, "ବାପା ବାପା, ଆମ ବିଲରେ ସୁନା ନେଟଇଚି - ଯାଅ ଆଣିବ । ମତେ ସପନରେ କହିଲା..."

"କିଏ କହିଲା ? କଅଣ କହିଲା ? ଏଁ ? ସୁନା ନଟେଇଚି ? ବିଲରେ ? ହୋ ହୋ ହୋ ! ଆରେ ବାୟାଟା କିରେ ? ସୁନା କଅଣ ନଟାଏ ? ସୁନା କଅଣ କାକୁଡ଼ି, ଜହ୍ନି ନା ଶିମ୍ବ ଯେ ନଟେଇବ ବିଲରେ ?" ମଦନ ପାତ୍ରେ କନ୍ଥାଟାକୁ ପୁଣି ଥରେ ଦିହ ଉପରକୁ ଟାଣି ଆଣିଲେ । ମାଘମାସ ଜାଡ଼ । ରାତି ଆହୁରି ବାକି ଅଛି ଘଡ଼ିଏ କି ପହଡ଼େ । କବାଟ ଫାଙ୍କରେ ଦିଶୁଛି ଜହ୍ନ କିରଣ । କାନରେ ପଡୁଛି ନିଶା ଗର୍ଜନ । ରାତି ଆହୁରି କେତେ ଅଛି କେଜାଣି !

କିନ୍ତୁ ମଦନ ପାତ୍ରଙ୍କ ସ୍ତ୍ରୀଙ୍କ ନିଦ ଭାଙ୍ଗିଯାଇ ସାରିଥାଏ । ବିଲରେ ସୁନା ନଟେଇଚି ! ସୁନା ଶବ୍ଦଟା "ହିରଇନ୍‌" ବାସ୍ନା ଭଳି ଆଖି ପିଛୁଳାକେ ଜରିଗଲା ତାଙ୍କ ଦିହରେ । ଗଲା ବର୍ଷ ଏଇ ଦିନେଁ ଏଘରେ ତାଙ୍କର ଲାଗିଥିଲା "ହିରଇନ୍‌" ପାଲା । ମଦନ ପାତ୍ରେ ବଡ଼ିଭୋରରୁ ସମୁଦ୍ର କୂଳକୁ ଯାଇଥିଲେ । ବାଲିରୁ କଅଣଟାଏ ପାଇ ଘରକୁ ଆଣିଥିଲେ । ଖଇର ଭଳି ରଙ୍ଗ । ଶୁଂଘିଲେ ବିଚିକିଟିଆ ବାସ୍ନା ଯେ ମୁଣ୍ଡ ବୁଲେଇ ଦବ । ପାତ୍ରେ ସେ ଜିନିଷଟାକୁ ନେଇ ଅସ୍ତରଙ୍ଗ ବଜାରରେ ଦେଖେଇଲେ ପାଞ୍ଚ ଜଣକୁ । କେହି ଚିହ୍ନିପାରିଲେ ନାଇଁ ଆଗ ଆଗ । ପାତ୍ରେ ଜିନିଷଟାକୁ ଅଣ୍ଟାରେ ଜାକି ଘରକୁ ଫେରିଲେ । କଅଣ ମନ ହେଲା-ସେଥିରୁ ଟିପେନାକୁ ନେଇ ସରାରେ

ଥୋଇଲେ। ନଡ଼ିଆକତାରେ ନିଆଁ କରି ସରା ଭିତରେ ନିଆଁଟାକୁ ରଖିବା କ୍ଷଣି ଉଠିଲା ଧୂଆଁ। ଚାହୁଁ ଚାହୁଁ ଚାରିଆଡ଼ ମହକି ଉଠିଲା ସେ ବାସ୍ନାରେ। ଗଲା ଅଇଲା ଲୋକେ ଅଟକିଗଲେ। ପଶିଆସିଲେ ଘର ଭିତରକୁ। ପଚାରିଲେ, "କଅଣ ଏମିତି ମହକଉଚୁ କିରେ ମଦନା ?"

ମଦନ ପାତ୍ରେ କିଛି କହିବାକୁ ପାଟି ଖୋଲିବା ପୂର୍ବରୁ ପଂଝାଏ ଟୋକା ମାଡ଼ି ବସିଲେ ତାଙ୍କୁ। ଜିନିଷଟାକୁ ଛଡ଼େଇ ନବା ପାଇଁ ମଦନ ପାତ୍ରଙ୍କ ସାଙ୍ଗେ ଗୋଟାଏ ଖଣ୍ଡଯୁଦ୍ଧ ହେଇଗଲା ଟୋକାଙ୍କର। ସେତିକିବେଳେ ଯାଇ ଜଣାପଡ଼ିଲା କି ଜିନିଷ ସେ, କେଡ଼େ ମହରଗ ସେ ଚିଜ ଯାହା ନାଁ ହିରଇନ୍।

ଟୋକାମାନେ 'ହିରଇନ୍' ମୁଣ୍ଡାଟାକୁ ଝାମ୍ପି ନେଇ ପଳେଇଗଲେ। ପରେ ଖବର ମିଳିଲା ମଦନ ପାତ୍ରେ କଅଣ ପାଇଥିଲେ ସମୁଦ୍ର କୂଳରୁ ଆଉ କଅଣ ହରେଇଲେ ନିଜ ଅଜ୍ଞତାରୁ। ଆଜିକାଲି ବଜାରରେ 'ହିରଇନ୍' ସୁନା ରୁପାଠୁ ବଳି ଦୁର୍ମୂଲ୍ୟ ଚିଜ। କେ.ଜି.କୁ କୁଆଡ଼େ କୋଟିଏ ! ମୋ ବାପଲୋ ! ଆଉ ମଦନ ପାତ୍ରଙ୍କୁ ଲକ୍ଷ୍ମୀଠାକୁରାଣୀ ଦେଇଥିଲେ ଅଢ଼େଇଶ ଗ୍ରାମ ହିରଇନ୍ ଯାହା ଦାମ୍... ଇସ୍ !

ଗଲାବର୍ଷ ଏଇ ଦିନ। ସ୍ୱାମୀ ସ୍ତ୍ରୀ ଦୁହେଁ ଛାତିରେ ମୁଣ୍ଡରେ ହାତ ପିଟି ବାହୁନିଥିଲେ। ନିଜର ଅଜ୍ଞତାକୁ ଦୋଷ ଦେଇ ମୁଣ୍ଡ ପିଟିଥିଲେ। ସିନ୍ଧୁ ସୁତା ଲକ୍ଷ୍ମୀଠାକୁରାଣୀଙ୍କୁ ନେହୁରା ହେଇ ସମୁଦ୍ର କୂଳରେ ଅଧିଆ ପଡ଼ିଥିଲେ, "ମା ! ଗରିବ ନୋକଙ୍କ ସାଙ୍ଗେ ଗେଲ ଖେଳିଲୁ କିଆଁ ଲୋ ମା ! ଏ ହାତରେ ଦେଇ ଆର ହାତରେ ନେଇଗଲୁ ନିଜ ଦେଲା ଜିନିଷ ନିଜେ ? ପକେଇଲା ଛେପ ପୁଣି ଚାଟିଦେଲୁ !"

ମଦନ ପାତ୍ରଙ୍କ ସ୍ତ୍ରୀ ଫୁଲରାଣୀ ସେଇଦିନୁ ନିଜ ଅଜ୍ଞାନକୁ ନିଜେ ଧିକ୍କାରି ଆସିଛନ୍ତି। ଯାହାକୁ ଦେଖିଚନ୍ତି ତାକୁ କହିଛନ୍ତି- "ହଉ ହଉ 'ହିରଇନ୍' ଖଣ୍ଡକ ସିନା ଛଡ଼େଇ ନେଲ-ଏ କପାଳଟାକୁ ତ ଛଡ଼େଇ ନେବେ ନାଇଁ ସେ ଯୋଗିନୀଖିଆଏ- ମୋ ମୁଣ୍ଡରୁ ! ଆରେ ଯାହା କପାଳରେ ଯାହା ଲେଖା ଅଛି ତାକୁ ଛଡ଼େଇ ନବ କିଏ ? ଏଥର ରହ। ଥରେ ସିନା ଭୁଲ୍ ହୋଇଗଲା-ଆଉ ସେ ଭୁଲ ହବକିରେ ? ଏଥର ଯାହା ମିଳିବ ତାର ଟେର ତମେ ପାଇବ ନା ତମ ବୋପା !

ଫୁଲରାଣୀଙ୍କ କପାଳ ସତରେ ଭାରି ତେଜ। ସିନ୍ଧୁ ସୁତା ଲକ୍ଷ୍ମୀ ଠାକୁରଣୀ ତାଙ୍କ ଗୁହାରି ଶୁଣିଲେ ବର୍ଷଟାଏ ଯାଇନାଇଁ। ସପନରେ ଯାହା କହି ଦେଇ ଗଲେ ପାଞ୍ଚ ବରଷର ପିଲା ପୁଅଟିର କାନରେ ସେ କଥା ସତ ଫଳିଗଲା।

ମଦନ ପାତ୍ରେ ଶୋଇଥାନ୍ତି। ଫୁଲରାଣୀ ପିଲା ପୁଅକୁ ନେଇ ବିଲରୁ ବାହାରିଗଲେ। ଘର ବାଡ଼ିପଟେ ବିଲ। ବିଲ ବୋଇଲେ ଭୂମି ଚାରିଗୁଣ୍ଠ। ଢିପାଳିଆ

ଜମି। ପାଣି ଉଠେ ନାହିଁ ବରଷା ଦିନେ ବି ଉପରକୁ। ହେଲେ ସମୁଦ୍ର ଜୁଆର ବର୍ଷେ ବର୍ଷେ କୂଳ ଲଂଘିଲେ ସବୁଆଡ଼େ ଲୁଣାପାଣି ମାଡ଼ିଯାଏ ସେଇ ଜମିଖଣ୍ଡକ ଛଡ଼ା। ପୂର୍ବେ ଏ ଜାଗାଟା ଥିଲା ସମୁଦ୍ର କୂଳରେ। ବନ୍ଦର ଥିଲା ଏଠି, ଯୋଉଠି ହଜାର ହଜାର ଜାହାଜ ନଙ୍ଗର ପକଉଥିଲେ। ଧନଧାନ୍ୟ ଭରପୂର ଏଇ ବନ୍ଦରଟାର ନାଁ ଥିଲା ଅସ୍ତରଙ୍ଗ। ଅସ୍ତରଙ୍ଗର ରଙ୍ଗ କୋଉ କାଳୁ ଅସ୍ତ ହେଇସାରିଲାଣି। ସମୁଦ୍ର ଘୁଞ୍ଚିଗଲାଣି କେତେ ଦୂରକୁ। ଯୋଉଠି ଜାହାଜମାନେ ନଙ୍ଗର ଭିଡୁଥିଲେ, ପାଲ ଉଡ଼େଇ କୋଉ କୋଉ ମୂଲକରୁ ଆସୁଥିଲେ ଆଉ ଯାଉଥିଲେ ବି କୋଉ କୋଉ ମୂଲକକୁ। ସେଠି ଏଇଲେ ବସିଚି ବଜାର-ଅସ୍ତରଙ୍ଗ ବଜାର। ବଜାରଟା ଗହ ଗହ କମ୍ଫୁଛି ଧନଧାନ୍ୟରେ ନୁହେଁ - ଅଲଣା କଥା ଅଲଣା ବ୍ୟବସାୟରେ- ଯାହା ନାଁ ରାଜନୀତି, ସେଇ ରାଜନୀତିରେ।

ଫୁଲରାଣୀ ପିଲାପୁଅକୁ ନେଇ ବିଲ ଗୋଟାକଯାକ ଧୁନ୍ଦାଳି ପକେଇଲେ। "କାହିଁ? ସୁନା କୋଉଠି ନଟେଇଚି କିରେ ପୁଅ?"

ଫୁଲରାଣୀଙ୍କ ପିଲା ପୁଅ। କଅଣ ଭାବିଲା, କହିଲା, "ବୋଉ ଗ କରିବି।"

ଫୁଲରାଣୀ କହିଲେ, "ହଉ କର।"

ପିଲାଟି ଗ ବସିଥାଏ। ଜହ୍ନ ବୁଡ଼ିଗଲାଣି। ସିନ୍ଦୂରା ଫାଟିଲାଣି। ଅସ୍ତରଙ୍ଗ ଉପରେ ସୂର୍ଯ୍ୟଙ୍କ ଉଦୟ ରଙ୍ଗର ପ୍ରଥମ କିରଣ ପଡ଼ିଚିକି ନାହିଁ ପିଲାଟି ଖଣ୍ଡିଏ ମାଟିଟେଲା ଉଠେଇ ଅନେଇଦେଲା ମାତ୍ରେ କଅଣଟାଏ ଚିକ୍‌ଚିକ୍ ହଉଚି ଦେଖି ପାଟିକରି ଉଠିଲା, "ବୋଉଲୋ ସୁନା।"

ଫୁଲରାଣୀ ଦଉଡ଼ି ଆସିଲେ। ମାଝି ଆଡ଼େଇ ଦେଇ ଦେଖିଲାବେଳକୁ ନାଲି ନାଲି ହାଣ୍ଡି ଗୋଟାକ ପରେ ଗୋଟାଏ। ହାଣ୍ଡି ଭିତରେ ଏ କଅଣ ଲୋ ମା!

ସେଦିନ ମଦନ ପାତ୍ରେ ଦିନଯାକ କବାଟ କିଳି ଘର ଭିତରେ ବସିରହିଲେ। ଫୁଲରାଣୀ ପିଲା ପୁଅକୁ ବୁଝେଇ ଲାଗିଥାନ୍ତି, "କାହାକୁ କହିବୁ ନାହିଁ। ଭାରି ବିପଦ। ଲୋକେ ଜାଣିଲେ ମାରିପକେଇବେ ଆମକୁ। ସବୁ ବୋହିନେବେ।"

ମଦନ ପାତ୍ରେ କଅଣ କରିବେ କିଛି ବୁଝିପାରୁନଥାନ୍ତି। ହାଣ୍ଡି ହାଣ୍ଡି ହେଇ ପାଞ୍ଚ ହାଣ୍ଡି ସୁନା, ରୂପା ଆଉ ତମ୍ବା। ସୁନା ସବୁ-ଆଉଟା ସୁନା। ଦିଶୁଥାଏ ପକୁଡ଼ି ଭଳି। ମାଟିତଳେ ଅଦା ଲଟେଇଲା ଭଳି ମାଟି ଭିତରେ କେତେ କାଳ ରହିଲାଣି କେଜାଣି? କାହାର ଏ ସମ୍ପତ୍ତି, କିଏ ପୋତିଥିଲା କେଜାଣି? ପୂର୍ବେ ଯେତେବେଳେ ଏଠି ବନ୍ଦର ଥିଲା, ବେପାର ବଣିଜ ଚଳୁଥିଲା ସେଇ କାଳର ନିଶ୍ଚେ। ସୁନାମୁଣ୍ଡା ଗୁଡ଼ାକରୁ ମାଟି ଛଡ଼େଇବା ପାଇଁ ସେଗୁଡ଼ାକୁ ମଦନ ପାତ୍ରେ ଧୋଇ ପକେଇବାକୁ

ଅଜାଡ଼ି ପକେଇଥାନ୍ତି ଗୋଟାଏ ବାଲ୍‌ଟି ଭିତରେ। ତାଙ୍କ ମନ କିନ୍ତୁ ଚଙ୍ଗଚଙ୍ଗ ହଉଥାଏ।

"ହେ ଭଗବାନ, ହେ ମା ମଙ୍ଗଳା"-ମଝିରେ ମଝିରେ ପାଟିରୁ ବାହାରିପଡୁଥାଏ, "କାହା ସମ୍ପତ୍ତି ଏ କେଜାଣି? ମତେ ଆଣିଦେଲୁ ଯଦି ରଖିବି କେମେତେ କହଲୋ ମା!"

ମଲା! ଫୁଲରାଣୀ ଚମକିପଡ଼ିଲେ ପାତ୍ରଙ୍କ କଥାରେ। ତାଙ୍କ ପାଟିରୁ ବାହାରିଗଲା, "ମରଦଟାଏ ହେଇଚ, ମୁଣ୍ଡରେ ବୁଦ୍ଧି ନାହିଁ? ରଖିବ କୋଉଠି ଭାଳେଣି ପଡ଼ିଛି? ଇଶାଣ କଣରେ, ହାଣ୍ଡିଶାଳରେ ଗାତ ଖୋଳି ପୋତି ପକାଅ।"

ପାତ୍ରେ କଟମଟ କରି ସ୍ତ୍ରୀର ମୁହଁକୁ ଚାହିଁଲେ। ପଚାରିଲେ, "କଅଣ ହେଲା? ପୋତିପକେଇବି?"

"ଆଉ କଅଣ କରିବ?" ଫୁଲରାଣୀ ବୁଝିପାରିଲା ନାହିଁ ସ୍ୱାମୀର ମତଲବ।

"ଆଲୋ! ପୋତାଧନକୁ ପାଇ ତାକୁ ପୁଣି ପୋତିପକେଇଲେ ଲାଭ କଅଣ? ଲକ୍ଷ୍ମୀ କଅଣ ଏଇଥିପେଇଁ ଦେଲେ?" ମଦନ ପାତ୍ରେ ସୁନାମୁଣ୍ଡା ଗୁଡ଼ାକ ଧୋଇ-ଧାଇ ରଖୁରଖୁ ରୁପା ହାଣ୍ଡିଗୁଡ଼ାକ ଆଡ଼େ ହାତ ବଢ଼େଇଲେ। ତା ଆରପଟକୁ ତମ୍ବା-ଖାଲି ପୁରୁଣା ତମ୍ବା ପଇସାରୁ ହାଣ୍ଡିଏ।

ଫୁଲରାଣୀ ଗୋଟାଏ ରସ ଡେକିଚିରେ ସୁନାମୁଣ୍ଡା ଗୁଡ଼ାକ ରଖି ତା ମୁହଁରେ ଥାଳି ପଟେ ଥୋଇ ନିଜର ଚିରା ପାଟଶାଢ଼ି ଖଣ୍ଡେ କୋଉ କାଳର ବାହାର କରୁଥାନ୍ତି ବନ୍ଧାବନ୍ଧି କରିବା ପେଇଁ।

ମଦନ ପାତ୍ରଙ୍କ ମୁହଁରୁ ବାହାର ପଡ଼ିଲା ସେତିକିବେଳେ ତାଙ୍କ ମନକଥା। "ଆସୁଚି ଆଗକୁ ଇଲେକ୍‌ସନ। ବୁଝିଲୁ? ଏଥର କିଏ ମତେ ଟିକେଟ ନଦବ ଦେଖିବା। ଏମ୍. ଏଲ୍. ଏ. ହେବି, ମନ୍ତ୍ରୀ ହେବି, ମୁଖ୍ୟମନ୍ତ୍ରୀ ହେବି। ଖାଲି ସେତିକି.... ପ୍ରଧାନମନ୍ତ୍ରୀ ଯଦି ନ ହେଇଚି କୁତ୍ତା ପାଳିବୁ ମୋ ନାଁରେ.... ଜାଇଁଲୁଟି? ଏଇଥିପେଇଁ ଆସିଲା ଏ ଧନ। ପୋତାମାଲ ଏତେ ଦିନକେ ଉଭାହେଲା। ଓଡ଼ିଆ ପିଲାଙ୍କ ଭାଗ୍ୟ ଖୋଲିଲା ଏତେ ଦିନକେ। ଦେଶର ପ୍ରଧାନମନ୍ତ୍ରୀ ହବ ଜଣେ ଓଡ଼ିଆ ପିଲା-ବୁଝିଲୁ? ସେଇଥିପେଇଁ ଟଙ୍କା ଦରକାର ଥିଲା - ଟଙ୍କା! ଏଇ ଆସିଗଲା ତା ବେଳ। ଓଡ଼ିଶାମାଟି ଏତେ ଦିନକେ କଥା କହିଲା। ଆରେ, ଓଡ଼ିଶା ମାଟିକୁ କଅଣ କରି ପାଇଚୁ କି? ଖବର କାଗଜରେ ବାହାରେ ନାଇଁ - ଓଡ଼ିଶା ମାଟି ତଳେ କେତେ କେତେ ଖନିଜ ଦରବ ପୋତି ହେଇ ରହିଛି? ବାହାରେ ନାଇଁ - ଓଡ଼ିଶା ଏତେ ଧନୀ, କିନ୍ତୁ ଲୋକଗୁଡ଼ାକ ଏଡ଼େ ଗରିବ! ବଡ଼ ବଡ଼ ନେତାଏ କହନ୍ତି ନାଇଁ? ଏବେ ଆସିଲା ସେ ଦିନ। ଓଡ଼ିଆପୁଅ ଏବେ କଅଣ ହବ ଦେଖିବୁ ଥା।"

ସେମାନେ ଏମିତି ଫୁସୁରୁଫାସର ହଉଥାନ୍ତି ପଶିଆସିଲେ ଓଡ଼ିଆ ପୁଏ। କାହିଁ ଥିଲେ ଭିଡ଼ି ଆସିଲେ ଲୋକମାନେ। ସୁନା ବାସ୍ନା 'ହିରଇନ୍' ବାସ୍ନାକୁ ବଳିପଡ଼ିଲା ଏଥର। ଗତଥର 'ହିରଇନ୍' ବାସ୍ନା ପାଇ ଟୋକାମାନେ ଯେମିତି ମାଛ ଭଳି ବେଢ଼ି ଯାଇଥିଲେ ଏଥର ସୁନାବାସ୍ନା ଶୁଂଘି ବେଢ଼ିଗଲେ। ଖାଲି ଟୋକା ନୁହନ୍ତି-ବୁଢ଼ା ବୁଢ଼ୀ ଅଣ୍ଡାବଚ୍ଚା ପର୍ଯ୍ୟନ୍ତ ଯେ ଯୋଉଠି ଥିଲେ ସମସ୍ତେ।

ମଦନ ପାତ୍ରେ, ଫୁଲରାଣୀ, ପାଞ୍ଚ ବରଷର ପୁଅ ପଦନ ଆଁ କରି ଅନେଇଥାନ୍ତି। ଲୋକମାନେ ଯେ ଯାହା ପାଇଲେ ବୋହିନେଇ ପଳେଇଲେ। ଧସ୍ତାଧସ୍ତିରେ ତିନିଜଣ ଯାକଙ୍କ ଦେହ ମୁଣ୍ଡରୁ ଠାଏ ଠାଏ ରକ୍ତ ବାହାରୁଥାଏ। ପାଚିଲା ଧାନ ବିଲରେ ହାତୀଦଳେ ପଶି ଚକଟାଚକଟି କରି ସର୍ବନାଶ କରିଦେଇଗଲା ଭଳି ମଦନ ପାତ୍ରଙ୍କ ଘରଟା ଦିଶୁଥାଏ। ତା ପରଦିନ ସକାଳକୁ ଫୁଲରାଣୀ ବାହୁନୁଥାନ୍ତି, "ହେ ମା ଲକ୍ଷ୍ମୀ! ଏ କଅଣ କଲୁଲୋ ମା ?" ମଦନ ପାତ୍ରେ ବାହୁନୁଥାନ୍ତି, "ଓଡ଼ିଆ ପୁଅଙ୍କୁ ଥଳକୂଳ ନାହିଁଲୋ! ଭଣ୍ଡିଦେଲୁ ଲୋ ମାଆ ଓଡ଼ିଆଙ୍କୁ ସପନ ଦେଖେଇ! ପାଞ୍ଚ ବରଷର ପୁଅ ପଦନ କିନ୍ତୁ କାନ୍ଦୁ ନଥାଏ। ସେ ଘରଟା ଯାକ ବୁଲି ବୁଲିକା କଅଣ ଉଣ୍ଡୁଥାଏ। ଭଙ୍ଗା ହାଣ୍ଡି, ଛିଣ୍ଡା କନା, କୁଲା ଟୋକେଇ- ଯୋଉଗୁଡ଼ାକ ଛିନିଛତର ହୋଇ ପଡ଼ିଥାଏ ଚାରିଆଡ଼େ ଘରଟା ସାରା, ତାଆରି ଭିତରେ ସେ କଅଣ ଖୋଜୁଥାଏ। କେତେ ସମୟ ପରେ ତା ପାଟି ଶୁଣାଗଲା... "ବାପା ଏଇଟା କଅଣ-ଦେଖିଲ ?"

ମଦନ ପାତ୍ରେ, ଫୁଲରାଣୀଙ୍କ ବାହୁନା ବନ୍ଦ ହେଇଗଲା। ପୁଅ ପାଖକୁ ଦଉଡ଼ି ଯାଇ, ତା ହାତରୁ ଜିନିଷଟାକୁ ଛଡ଼େଇ ନେଇ ଦେଖିଲେ-କିଛି ନୁହଁ, ପୁରୁଣା ତମ୍ବା ପଇସାଟାଏ କେବଳ। ପଇସାଟାକୁ ଓଲଟେଇ ପାଲଟେଇ ଦେଖୁ ଦେଖୁ ମଦନ ପାତ୍ରେ ଜାଣିଲେ ସେଇଟା ଗୋଟାଏ ହନୁମାନ ମାର୍କା ପଇସା। ଗୋଟିଏ ପଟେ ହନୁମାନ, ଆରପଟେ ରାମାଭିଷେକ ଛବି-ରାମଚନ୍ଦ୍ର, ସୀତା, ଲକ୍ଷ୍ମଣ ଇତ୍ୟାଦି ବସିଛନ୍ତି ଛତାତଳେ।

ଫୁଲରାଣୀଙ୍କୁ ଦେଖେଇ ମଦନପାତ୍ରେ କହିଲେ "ଏଇ ଦେଖ! ଏ କଅଣ ଜାଣ ? ଆମର ଭାଗ୍ୟ ଏଇଆ-ଏଇ ତମ୍ବା ପଇସାକର ଭାଗ୍ୟ ଆମର। ଏତେକୁ କାହିଁକି ଆଶା କରିବା ?"

ଫୁଲରାଣୀ ମୁହଁ ମୋଡ଼ିଦେଲେ। ପୁଣି ପାଟିକରି ବାହୁନି ଲାଗିଲେ।

ଠିକ୍ ବର୍ଷଟିଏ ପରେ-

ମଦନ ପାତ୍ର ଫୁଲରାଣୀକୁ ଚମକେଇଦେଲେ। ତାଙ୍କ କାନରେ ମୁହଁ ରଖି କହିଲେ, "ଶୁଣୁଚ ? ଜଣେ ପାର୍ଟି ଯାଚୁଛି ଲକ୍ଷେ ଟଙ୍କା-ତାକୁ କିଏ କହିଛି ଆମ ପାଖରେ ହନୁମାନ ମାର୍କା ପଇସାଟିଏ ଅଛି ବୋଲି।"

"ଏ ଲକ୍ଷେ ଟଙ୍କା ?" ଚମକିପଡ଼ିଲେ ଫୁଲରାଣୀ।

ତାର ପନ୍ଦରଦିନ ପରେ ମଦନ ପାତ୍ରେ ପୁଣି ଫୁଲରାଣୀଙ୍କ କାନରେ କହିଲେ, "ଆଉ ଗୋଟାଏ ପାର୍ଟି ଯାଚୁଛି-ଲକ୍ଷେ ପଚିଶ-କଅଣ କରିବା ? ଦେଇଦବା ?"

ଫୁଲରାଣୀ ଗୁମ୍ ମାରିଗଲେ। ତାଙ୍କ ଦେହ ଶୀତେଇଗଲା। ତାଙ୍କ ପାଟିରୁ ବାହାରିଗଲା, "ଏଥିରେ କିଛି ରହସ୍ୟ ଅଛି-ନହେଲେ ତମ୍ବା ପଇସାଟାକୁ ଯାଚୁଛନ୍ତି ଲକ୍ଷ ଲକ୍ଷ ଟଙ୍କା। କାହିଁକି ଯେ ? ଆଉ ଅପେକ୍ଷା କରିବାର ନୁହେଁ। ଶୀଘ୍ର ହାତଛଡ଼ା କରିଦିଅ। ନହେଲେ ଚୋର ମାଡ଼ିଆସିବେ ପୁଣି ଥରେ।"

ମଦନ ପାତ୍ରେ ଓ ଫୁଲରାଣୀଙ୍କ ଭାଗ୍ୟରେ ଲକ୍ଷ୍ମୀଙ୍କ ଦର୍ଶନ ଯୋଗ ଲେଖାଥିଲା କେବଳ-ଭୋଗ ହବାର ନଥିଲା।

ତମ୍ବାପଇସାଟିକୁ ବନ୍ଦୀ କରିଦେବା ପାଇଁ ମନସ୍ଥ କରିବା ପରେ ପଇସାଟା କୁଆଡ଼େ ଉଭେଇଗଲା କେଜାଣି। ସ୍ୱାମୀ ସ୍ତ୍ରୀ ଘର ଦୁଆର ଚାରିଆଡ଼ ଖୋଜାଖୋଜି କଲେ-କୋଉଠି ମିଳିଲା ନାହିଁ ସେ ପଇସା।

ଶେଷକୁ ପଦନ- ପାଞ୍ଚ ବରଷର ପୁଅ ମାନିଲା। ପଇସାଟାକୁ ଗୋଟିଏ ଦୋକାନୀକୁ ଦେଇ ଯୋଡ଼ିଏ ବରା ଓ ଗୋଟିଏ ରସଗୋଲା ଖାଇଦେଇଥାଏ ସେ। ଏକ ପଇସାରେ ଏତେ ଗୁଡ଼ାଏ ଜିନିଷ ଦୋକାନୀ କେମିତି ଦେଇ ପକେଇଲା- ଏଇକଥା ବାପମା ପଚାରୁ ପଚାରୁ କଥା ଧରିପଡ଼ିଗଲା। ବାପ ମା ମୁଣ୍ଡରେ ହାତ ବାଡ଼େଇ ପୁଣି ବାହୁନା ଆରମ୍ଭ କରିଦେଲେ।

ଅଜିତରାୟଙ୍କ ସମାଧିସ୍ତୂପ

ଖୋଲା ନଈକୂଳ। ସହର ଉପକଣ୍ଠରେ ଏଭଳି ଏକ ନଈ ଅଛି ବୋଲ ଅଜିତ୍ ରାୟର ଧାରଣା ନଥିଲା। କୋଡ଼ିଏ ବର୍ଷ ତଳେ ସେ ଏ ସହରକୁ ଚାକିରି ଖୋଜି ଆସିଥିଲା। କୋଡ଼ିଏ ବର୍ଷ ଭିତରେ ଅଜିତ ରାୟ ଚାକିରିରେ ଢେର୍ ଉଚ୍ଚକୁ ଉଠିସାରିଥିଲା। ଏ ସହର ତାକୁ ଅନେକ କିଛି ଦେଇଚି ଏଇ କୋଡ଼ିଏ ବର୍ଷ ଭିତରେ। ଚାକିରି, ଘର ପାଇଁ ଜାଗା, ଘର, ସ୍ତ୍ରୀ, ପୁତ୍ର, କନ୍ୟା, ଗାଡ଼ି ମଟର, ସାମାଜିକ ସ୍ୱୀକୃତି, ଯଶ, ଖ୍ୟାତି ଇତ୍ୟାଦି ବହୁତ କିଛି ସେ ପାଇଥିଲା ଏଇ ସହରରୁ। କିନ୍ତୁ ସହରଟା କେଡ଼େ ବଡ଼, କଅଣ ତା ଇତିହାସ, ସେ ସମ୍ପର୍କରେ ବିନ୍ଦୁବିସର୍ଗ ଧାରଣା ନଥିଲା ତାର। ଗଲା କୋଡ଼ିଏ ବର୍ଷ ଧରି ସେ ସତେକି ତଳକୁ ମୁହଁ ପୋତି ଗୋରୁଗାଈଙ୍କ ପରି କୌଣସି ପଡ଼ିଆରୁ ଘାସ ଚରିଚାଲିଥିଲା-ହଠାତ୍ ମୁହଁ ଟେକି ଉପରକୁ ଚାହିଁଦେବା ମାତ୍ରେ ପ୍ରଥମେ ଦେଖାଗଲା ସେଇ ବିଚିତ୍ର ଦୃଶ୍ୟଟି-ନଦୀ। ଏକ ବିସ୍ତୀର୍ଣ୍ଣ ବାଲୁକା ଶଯ୍ୟା-ତା ମଝିରେ ସୁନା ଶେଯରେ ରୁପାର କନ୍ୟାଟିଏ ପରି ଧାରେ ପାଣି।

ଅଜିତ୍‌ରାୟ କବିତା ପଢ଼େନାଇ-ଗଳ୍ପ ଉପନ୍ୟାସ କଥା ଛାଡ଼। କେବଳ ପୂର୍ବେ ଖୁବ୍ ସିନେମା ଦେଖୁଥିଲା। ପ୍ରତି ସନ୍ଧ୍ୟାରେ ସ୍ତ୍ରୀକୁ ବେଶ କରି ରିକ୍‌ସାରେ ବସେଇ ସିନେମା ହଲ୍‌କୁ ନେବା ଥିଲା ତାର ଗୋଟିଏ ବଡ଼ ସଉକି, ନୂଆ ନୂଆ ବାହାହେବା ବେଳେ। ପରେ ସିନେମା ଦେଖାର ନିଶା ଖସିଆସିଲା। ସପ୍ତାହକୁ ଥରେ ହାରରେ କେତେବର୍ଷ ତଥାପି ସିନେମା ଦେଖି ଯାଆନ୍ତି ରାୟଦମ୍ପତି। ଅବଶ୍ୟ ସେତେବେଳକୁ ଅଜିତ୍ ରାୟ ଚାକିରିରେ ମାତିବାକୁ ଆରମ୍ଭ କରି ଦେଇଥାଏ। ଛୋଟ କିରାଣି ଚାକିରିରୁ ଉଠିବା ପାଇଁ ହେଲେ ସ୍ତ୍ରୀକୁ ପ୍ରତି ସନ୍ଧ୍ୟାରେ ସିନେମା ଦେଖାଇବା କଥା ତ ଆଦୌ ହୋଇପାରେନା। ତେଣୁ ଅନ୍ତତଃ ସପ୍ତାହରେ ଥରେ ସ୍ୱାମୀ ସ୍ତ୍ରୀ ସିନେମା ଦେଖି ବାହାରନ୍ତି। ଏଇ ଅଭ୍ୟାସଟା ପାଞ୍ଚ ସାତ ବର୍ଷ ବନ୍ଦ ରହିପାରିଥିଲା। କିନ୍ତୁ ଚାକିରି ଆଉ ସ୍ତ୍ରୀ ଦିହିଙ୍କୁ ଦି' କାନ୍ଧରେ ବସେଇ ଚଉଦ ପନ୍ଦରବର୍ଷ କଷ୍ଟେମଷ୍ଟେ ଆଗେଇଗଲା ପରେ

ଚାକିରିର ଓଜନ ଏତେ ବଢ଼ିଗଲା ଯେ ଅଜିତ୍‌ରାୟ ବାଧହୋଇ ସ୍ତ୍ରୀକୁ କାନ୍ଧରୁ ଓହ୍ଲେଇଦେଲା। ଗଲା କିଛିବର୍ଷ ହବ ସେ ସ୍ତ୍ରୀ ସହିତ ଆଦୌ ସିନେମା ଯାଇନାହିଁ। ଖାଲି ସିନେମା କାହିଁକି, ସ୍ତ୍ରୀ ସହିତ ସେ ଆଦୌ ସଂପର୍କ ରଖିନାହିଁ କହିଲେ ଚଳେ। କିନ୍ତୁ ଚାକିରିକୁ ମୁଣ୍ଡେଇ ମୁଣ୍ଡେଇ ସେ ଉଠିଲାଣି ଅନେକ ଉଚ୍ଚ। ଏଇନେ ଅଜିତ୍‌ରାୟ ଆଉ କିରାଣୀଟିଏ ନୁହେଁ ସେକ୍ରେଟେରିଏଟ୍‌ରେ - ତା ନାଁ ତଳେ ଲେଖାଯାଉଛି- ଡେପୁଟି ସେକ୍ରେଟେରୀ।

ସେକ୍ରେଟେରିଏଟ୍‌ର ଡେପୁଟି ସେକ୍ରେଟେରୀ ଅଜିତ୍‌ରାୟ ସହର ଉପକଣ୍ଠର ଏ ନଈଟି ଆଡ଼େ ବୁଲି ଆସିବାର ଅବଶ୍ୟ କୌଣସି ବିଶେଷ କାରଣ ଥିଲା। ସେ ଖାଲି ନଈକୂଳରେ ବୁଲି ଟିକିଏ ହାଉଆ ଖାଇବା ଉଦ୍ଦେଶ୍ୟରେ ଏଠିକି ଆସିନଥିଲା। ତାଙ୍କ ଅଫିସ୍‌ର ଜଣେ ପିଅନ ତାକୁ କଥା ପ୍ରସଙ୍ଗରେ ଥରେ ଖବରଟିଏ ଦେଇଥାଏ-ସାର୍! ଭଲ ଜମି ପାଞ୍ଚ ଏକର ପଡ଼ିଚି, ରଖିନିଅନ୍ତୁ।

ଅଜିତ୍‌ରାୟ ସେତେବେଳେ ନୂଆପଲ୍ଲୀରେ ଘର ତିଆରି କାର୍ଯ୍ୟରେ ମନୋନିବେଶ କରିଥାଏ। ଗୋଟାଏ ଘର ତିଆରି ନସରୁଣୁ ପୁଣି ଜାଗା, ପୁଣି ଘରବାଡ଼ି କଥା ତା ମନକୁ ଧରିଲା ନାହିଁ। ପିଅନ୍ ମୁହଁକୁ ନ ଅନେଇ ସେଦିନ ଉପରଠାଉରିଆ ଜବାବଟାଏ ସେ ଖାଲି ଦେଇଥିଲା, "ରହ ! ଲଟେରିଟାଏ ଖେଳିଚି। ଯଦି ବାଜିଯାଏ କହିବି ତତେ-ବୁଝିଲୁ ?"

ସେ ପ୍ରାୟ ପାଞ୍ଚବର୍ଷ ତଳ କଥା। କିନ୍ତୁ ଆଶ୍ଚର୍ଯ୍ୟ ହେଇଗଲା ସେଦିନ ଅଜିତ୍‌ରାୟ ଯେଉଁଦିନ ସେ ପିଅନ ପୁଣିଥରେ ଆସି କହିଲା, "ସାର୍! ଲଟେରି ତ ଜିତିଲେ। ସୁନା ଜମି ପାଞ୍ଚ ଏକର ହାତରୁ ଖସିଯିବ ଜାଣିଥାନ୍ତୁ। ଏଇଲେ ମାରୁଆଡ଼ି କଚ୍ଛି ପଞ୍ଜାବୀମାନେ ଲାଗିପଡ଼ିଲେଣି ଭୋବନିଶୋରରେ ଜାଗା ଗୋଟେଇବାକୁ। କିଣିନିଅନ୍ତୁ ସାର୍।"

ଅଜିତ୍ କାବା ହେଇ ଅନେଇଲା ପିଅନ୍ ମୁହଁକୁ। ପଚାରିଲା, 'କି ଲଟେରି ? ଲଟେରି କଅଣ ଜିତିଲି ମୁଁ ?"

ଖେଁ ଖେଁ ହେଇ ହସିଉଠିଲା ଦାନ୍ତୁରା ହରିଜନ ଲୋକଟା। ସବ୍‌ଜାନତା ଭଳି କହିଲା, "ସାର୍, ଲଟେରି ନୁହେଁ ଆଉ କଅଣ କି ଏ ଫାଇଲ୍‌ଗୁଡ଼ାକ ? ଏଗୁଡ଼ାକ ଗୋଟାଏ ଗୋଟାଏ ଲଟେରି ଟିକେଟ୍ ସାର୍। କୋଟିଏ, ପାଞ୍ଚକୋଟି, ଦଶକୋଟି ଟଙ୍କାର ଟେଣ୍ଡର ଫାଇଲ୍ ଯେଉଁ କଲମ ତଳେ ଯାଆସ କରୁଚି ସାର୍, ତାକୁ କୋଉ ନାଗାଲଣ୍ଡ ଲଟେରି କୋଉ ଭୁଟାନ ଲଟେରି ବଳେଇ ପଡ଼ିବ କହୁନାହାନ୍ତି ?"

ଅଜିତ୍‌ରାୟ କଟମଟ କରି ଚାହିଁରହିଲା ଚଲାଖିଆ ହରିଜନ ପିଅନ୍‌ଟାର ମୁହଁକୁ। ସେତେବେଳେ ତାର ଇଚ୍ଛା ହଉଥିଲା ଲୋକଟାର ତଣ୍ଟିକୁ ସିଧା ପାଟିରେ ଭର୍ତ୍ତିକରି

ଝୁଣିଦବାକୁ-କିନ୍ତୁ କିଛି କରିପାରିଲା ନାହିଁ ସେ। ନଟ ମଳିକ ହରିଜନ ପିଅନ୍‌ର ରୁମଟିଏ ମଧ୍ୟ ଛୁଇଁ ପାରିବ ନାହିଁ- ଜାଣିଥିଲା ସେ। ଅଗତ୍ୟା ସେ ଉତ୍ସାହବିହୀନ ସ୍ୱରରେ ପଚାରିଲା- 'କୋଉଠି ସେ ଜାଗା ?'

"ଆଜ୍ଞା, ନଈକୂଳେ।" ନଟ ମଳିକ ପାଦେ ଦୁଇପାଦ ଆଗେଇ ଆସିଲା ଅଜିତ୍ ରାୟର ଟେବୁଲ ପର୍ଯ୍ୟନ୍ତ।

"କୋଉ ନଈ ?"

"ଆଜ୍ଞା, କୁଆଖାଇ-" ନଟ ମଳିକ ସେତେବେଳକୁ ଅଜିତ ରାୟ ଦେହକୁ ଦେହ ଲଗେଇ ଠିଆହୋଇ ସାରିଲାଣି ପ୍ରାୟ।

"ଆରେ, କୁଆଖାଇ ସେ-କୁଆଖାଇର କେଉଁଠି ? କୋଉ କୂଳରେ ? ପୂର୍ବ ନା ପଶ୍ଚିମ ?"

ଖେଁ ଖେଁ ହୋଇ ପୁଣି ହସିଲ ନଟ ମଳିକ। ତା ମୁହଁରୁ ଛେପ କେଇବୁନ୍ଦା ଆସି ପଡ଼ିଲା ଅଜିତ୍ ରାୟର ହାତ ଉପରେ।

"ଆଜ୍ଞା-ନଈଟା ପଶ୍ଚିମରୁ ପୂର୍ବକୁ ବହୁଛି। ସେଇ ଦିଗରେ ଜମି କିଏ ବିକିବ ଆପଣଙ୍କୁ ? ନଈର ଦକ୍ଷିଣ ପଟେ ପାଣି ପମ୍ପ କରାହଉଚି ଦେଖି ନାହାଁନ୍ତି – ପଲାଶୁଣିକୁ ପାଣି ଉଠୁଛି ଯୋଉଠି ନଈରୁ ? ଜମିଟା ସେଇଠି। ସେଇ ପାଖରେ। ପାଞ୍ଚ ଏକର-ପୂରା ପାଞ୍ଚ ଏକର।" ସେତେବେଳକୁ ନଟମଳିକ ନଇଁ ପଡ଼ି ସାରିଲାଣି ଅଜିତ୍ ରାୟର କାନ ପାଖକୁ।

"ଏକର ଦର କେତେ ଏଇଲେ ସେଠି ?" ଅଜିତ୍ ରାୟର ସ୍ୱର ଶୁଭୁଥାଏ ଗାଉଁ ଗାଉଁ।

"ଦର କଛି ନୁହେଁ ସାର୍-ସେ କଥା ପକୋଉଛନ୍ତ କାହିଁକି ? ଆମକୁ ସରକାର ଦେଲା ମାଗଣା-ଆମେ କ'ଣ ଆପଣଙ୍କୁ ବିକିବୁ ଲକ୍ଷେରେ ନା ପାଞ୍ଚ ଲକ୍ଷରେ ? ଆପଣ ଯାଆନ୍ତୁ ଆଗ ଜମିଟା ଦେଖି ଦେଇ ଆସନ୍ତୁ। ଏକବାରେ ନଈ ଉପରେ। ରାସ୍ତାପଡ଼ିଚି। ଜଣେ ମାରୁଆଡ଼ି ଯାଇ ଉଣ୍ଡୁଥିଲା। ମୁଁ ପଚାରିଲି, କଣ କିଓ ? ସେ କିଛି କହିଲା ନାହିଁ। କିନ୍ତୁ ମତେ କୋଉ ଜିନିଷ ଅଛପା ସାର୍ ? ସେଠି ଗୋଟିଏ ହୋଟେଲ୍ କରିବା ମତଲବ ଅଛି ତାର। ଆଜିକାଲି ହୋଟେଲ ପାଇଁ ସରକାର ତ ଟଙ୍କା ଯାଚୁଛି। ସାର୍, ବାହାର ଲୋକେ ପଶିବେ କାଇଁକି-ଆମ ଜାଗାରେ ଆମ ଓଡ଼ିଆ ନପଶିବେ କାହିଁକି ? ଆପଣ ଦେଖନ୍ତୁ ଆଗ ଜେଗାଟା।"

ଅଜିତ୍‌ରାୟ ସେଦିନ ଘରକୁ ଫେରି ଚୁପ୍‌ଚାପ୍ ବସିପଡ଼ିଲା ଗୋଟାଏ ଜାଗାରେ। ଆଇଡ଼ିଆଟାକୁ ବହୁ ଦିଗରୁ ମୁଣ୍ଡରେ ଏପଟ ସେପଟ କଲା। ସେତିକିବେଳେ ତା ଦୃଷ୍ଟି

ପଡ଼ିଲା ସଂଜିବ୍ ଓ ସଂଜିତ୍ ପୁଅ ଯୋଡ଼ାଙ୍କ ଉପରେ। ଗୋଟାଏ ପଢୁଥାଏ ପ୍ଲସ୍ ଥ୍ରି'ରେ ଅନ୍ୟଟା ପ୍ଲସ୍ ଟୁରେ। ଟୋକା ଯୋଡ଼ାକ ବୁଢ଼ା ବାଲୁଙ୍ଗା। ଦିନରାତି ଯୋଡ଼ାଏ ସ୍କୁଟର ଧରି କୁଆଡ଼େ କୁଆଡ଼େ ବୁଲନ୍ତି।

ସେଇ ଟୋକା ଦି'ଟାଙ୍କୁ ଅନେଇଦେବା ମାତ୍ରେ ଅଜିତ୍ ରାୟର ମନ ପରିଷ୍କାର ହୋଇଗଲା। ସେ ତତ୍‌କ୍ଷଣାତ୍ ସ୍ତ୍ରୀକୁ ଡାକି କହିଲା, "ବୁଲିବାକୁ ଯିବ ?"

"ବୁଲିବାକୁ ? ଏତେ ରାତିରେ ?" କାନକୁ ବିଶ୍ୱାସ କରି ପାରିଲେ ନାହିଁ ଶ୍ରୀମତୀ ରାୟ।

"ନଈ କୂଳକୁ-ଗୋଟାଏ ଜାଗା ଦେଖି।" ଅଜିତ୍‌ରାୟ ଖୁବ୍ ଅନ୍ୟମନସ୍କ ଭଳି କଥାଟା କହୁଥାଏ ତଥାପି।

"କୋଉ ନଈଲେ ମା ! ତମ ମୁଣ୍ଡ ଖରାପ ହେଲାଣି ? ଏତେ ରାତିରେ ନଈ କୂଳକୁ ଯିବ ଜାଗା ଦେଖି ?" ଶ୍ରୀମତୀ ରାୟ ତାଙ୍କର ପୃଥୁଳ ଶରୀରଟିକୁ ବୋହି ଆଣି ବସିପଡ଼ିଲେ ଅଜିତ୍ ରାୟର ପାଖ ଚେୟାରରେ।

"ସଂଜିବ୍ ସଂଜିତ୍‌ଙ୍କୁ ଦେଖୁଚ ? ତାଙ୍କୁ ବାଟକୁ ଆଣିବାକୁ ପଡ଼ିବ। ଏମାନଙ୍କ ଦେହି ପଢ଼ାପଢ଼ି ହେବନାହିଁ। ତାଙ୍କୁ ବିଜିନେସ୍‌ରେ ଭର୍ତ୍ତିକରି ଦେବାକୁ ପଡ଼ିବ ଖୁବ୍ ଶୀଘ୍ର। ନଈକୂଳରେ ଗୋଟାଏ ପାଞ୍ଚ ଏକରିଆ ପ୍ଲଟ୍ ମିଳୁଛି। କିଣିବା ?" ଅଜିତ୍ ଅନେଇଲା ସ୍ତ୍ରୀ ମୁହଁକୁ।

"କଣ ହେବ ସେ ଜମିରେ ? ସେମାନେ କଣ ଜମି ଚାଷ କରିବେ ? ସେମାନେ ପରା କହୁଛନ୍ତି- ଜଣେ ହବ କପିଳଦେଓ, ଆଉ ଜଣେ ଲେଣ୍ଡଲ। କ୍ରିକେଟ୍ ଟେନିସ୍‌ରେ ମାତିଛନ୍ତି। ଦେଖୁନ କି ତାଙ୍କୁ ?"

"ସେଗୁଡ଼ାକ ବାଛୁରୀପ୍ରେମ-କାଫ୍ ଲଭ୍। ଛାଡ଼ ସେସବୁ କଥା। ମୋ ଆଇଡ଼ିଆ ଶୁଣ। ନଈ କୂଳରେ ହୋଟେଲ୍-ଗୋଟାଏ ବଢ଼ିଆ ଆଇଡ଼ିଆ। ମୁଁ ସମୁଦ୍ର କୂଳ ହୋଟେଲ୍ ଦେଖିଛି, କିନ୍ତୁ ନଈ ଗୋଟାଏ ଭିନ୍ନ ଜିନିଷ। ନଈକୂଳ ଗୋଟାଏ ଅଦ୍ଭୁତ ସ୍ଥାନ। ପିଲାଦିନେ ଖୁବ୍ ବୁଲୁଥିଲି ନଈକୂଳରେ। ସେତିକିବେଳୁ ମୋ ମୁଣ୍ଡରେ ଅଛି- ରହିବ ଯଦି ନଈକୂଳରେ ରହିବ। ନୂଆପଲ୍ଲୀରେ ଘରଟା କରିଦେଲି ସିନା, କିନ୍ତୁ ସେ ଗୋଟାଏ ଶୁଖିଲା ଜାଗା। ଛାଡ଼ - କାଲି ଅଫିସ୍‌ରୁ ଫେରି ଯିବା ସେ ଜାଗାଟା ଦେଖିବାକୁ। ସାଙ୍ଗରେ ନଟମଲିକଙ୍କୁ ଆଣିଥିବି। ସେ ଜାଗାଟା କୁଆଡ଼େ ତା'ରି। ତାଙ୍କୁ ସରକାର ଦେଇଚି....." ଅଜିତ୍ ରାୟ କହିଯାଉଥାଏ।

ହଠାତ୍ ଶ୍ରୀମତୀ ରାୟ ଗର୍ଜିଉଠିଲେ, "କଣ ହେଲା ? ସେ ନଟ ମଲିକ ତମକୁ ବି ଚିତା କାଟିବାକୁ ବସିଲାଣି ନା କଣ ? ଜର୍ସି ଗାଈ ଦି'ଟା କିଣିଦବ ବୋଲି ମୋଠୁ

ଦି'ହଜାର ଟଙ୍କା ଆଗୁଆ ନେଇଛି ସେ ଦି' ବର୍ଷ ତଳେ। ତମକୁ କହିବି ବୋଲି କହିନାଇଁ ଏଯାଏ।"

"କିଏ... ନଟ ମଳିକ ? ତମଠୁଁ ଦି' ହଜାର ଟଙ୍କା ନେଇଚି ?"-ବୁଲି ପଡ଼ିଲେ ଅଜିତ୍ ରାୟ ଚେୟାର ସମେତ।

"ଖାଲି ଦି' ହଜାର ନୁହେଁ-ଆଉଥରେ ପୂରା ପାଞ୍ଚ ହଜାର ଦେଇଚି ମୁଁ ତାକୁ।"

"ଏଁ... ପାଞ୍ଚ ହଜାର! ନଟ ମଳିକକୁ ଦେଇସାରିଚ ତମେ ?" ଅଜିତ୍ ରାୟ ଉଠି ଠିଆହୋଇପଡ଼ିଲା। ସାମ୍ନାରେ ଆଳୁ ବସ୍ତାଟାଏ ଭଳି ଦିଶୁଥିବା ସ୍ତ୍ରୀଲୋକଟା ଯେ ତା ସ୍ତ୍ରୀ ବିଶ୍ୱାସ କରିପାରିଲା ନାହିଁ ସେ ଆଦୌ। ଗଲା ପାଞ୍ଚ ସାତ ବର୍ଷ ଭିତରେ ମାଇପିଟା ଫୁଲିଯାଇଛି ସତେ! ଆଶ୍ଚର୍ଯ୍ୟ ହେଇଗଲା ସେ ଆହୁରି ବେଶି ନିଜ ସ୍ତ୍ରୀର ମୂର୍ତ୍ତିଟାକୁ ଦେଖୁ ଦେଖୁ। ତା'ପରେ ଲଥ୍ କିନା ବସିପଡ଼ିଲା ସେ ପୁଣିଥରେ ନିଜ ଚେୟାର୍ ଉପରେ।

"ସେମିତି ଉଠୁଚ ପଡୁଚ କାହିଁକି ବା ? କଥାଟା ଆଗ ବୁଝନା! ନଟ ମଳିକ ସେ ଯୋଉ ପାଞ୍ଚହଜାର ହେଇଚି ସେଇଟା ତମ ଭଲ ପାଇଁ। ସେଥିପାଇଁ ମନ କଷ୍ଟ ନାଇଁ। କିନ୍ତୁ ସେ ଆର ଦି' ହଜାର-ଗାଇ କିଣା ପଇସା ତାଠୁ ଆଦାୟ କରିବା ଦରକାର।" ଶ୍ରୀମତୀ ରାୟ ଆଶ୍ୱାସନା ଦେବା ଉଦ୍ଦେଶ୍ୟରେ ଅଜିତ୍ ରାୟର ସରୁଆ ହାତଟିକୁ ଟାଣିଆଣି ତାଙ୍କ କୋଳରେ ରଖିଲେ।

"କିନ୍ତୁ ସେ ପାଞ୍ଚ ହଜାର ? କି ଭଲ କଲା ନଟ ମଳିକ ?" ଅଜିତ୍ ରାୟ ରାଗରେ ନିଜ ହାତଟାକୁ ଟାଣି ନେଲେ।

"ଆଃ, ସେମିତି କାଇଁକି ହଉଚ ବା ? ନଟ ମଳିକ ଆମକୁ ଠକି ଦେଲେ ଆମେ ତାକୁ ଚିତ୍‌ପଟାଙ୍ଗ କରିଦବା ନାଇଁ? କିନ୍ତୁ ସେ ପାଞ୍ଚ ହଜାର ତ ଠିକ୍ କାମ ଦେଲା ପୁଣି! ସେଥିରେ ତାକୁ କିଛି ନିନ୍ଦିବାର ନାହିଁ।"

"କି କାମ କହୁନ କାହିଁକି ?" ଚିଡ଼ିଉଠିଲା ଅଜିତ୍ ରାୟ।

"କି କାମ କଅଣ ମ ? ତମ ନିଜ କାମ ତ, ଆଉ କାହାର ? ତମ ସାଙ୍ଗେ ଲଢୁ ନଥେଲେ ପଞ୍ଚାଟାଏ ? ତମକୁ କଣ ଡେପୁଟି ସେକ୍ରେଟେରୀ କରେଇ ଦେଇଥାନ୍ତେ କି ? ନଟମଳିକର ସବୁଠେଇଁକି ଯାଆସ ଅଛି। ସେ ମନ୍ତ୍ରୀକି ଚିହ୍ନେ, ବାବାଜିଙ୍କୁ ଚିହ୍ନେ। ମନ୍ତ୍ରୀକୁ ଦେଇଥିଲେ ଲକ୍ଷେ ପଡ଼ିଥାନ୍ତା। ବାବାଜୀଙ୍କୁ ମୋଟେ ପାଞ୍ଚହଜାର ଦବାକୁ ପଡ଼ିଲା। ନଟମଳିକ ବାବାଜୀଙ୍କୁ ଆଣିଥିଲା ଯେ! ଭାରି ଭଲ ବାବାଜି। ତାଙ୍କର ମନ୍ତ୍ରରେ ସାଧ ପଡ଼ିଲେ ସିନା ତମ ଶତ୍ରୁମାନେ! ତମେ ଜାଣ କ'ଣ ?" ଅଜିତ୍‌ରାୟର ହାତଟାକୁ ପୁଉଣି ଥରେ ମାଡ଼ିବସିବାକୁ ଚେଷ୍ଟାକଲେ ଶ୍ରୀମତୀ ରାୟ।

ଅଜିତ୍‌ରାୟ ବିଶ୍ୱାସ କରିପାରିଲା ନାହିଁ ସ୍ତ୍ରୀର କଥାକୁ। ଖାଲି ଗାରଡ଼େଇ କରି ଚାହିଁଲା ଥରେ ସେ ସେଇ ଓଲୁ ମୋଟୀ କାବାଡ଼ି ସ୍ତ୍ରୀଲୋକଟାର ଦେହ ମୁହଁକୁ। ଆଶ୍ଚର୍ଯ୍ୟ ଲାଗିଲା ତାକୁ - ଏଇ ସ୍ତ୍ରୀଲୋକଟାକୁ ସାଙ୍ଗରେ ଧରି ସିନେମା ଯାଉଥିଲା ସେ ପ୍ରତିଦିନ ସନ୍ଧ୍ୟାରେ ?

ପରଦିନ ଅଫିସ୍‌ରେ ନଟମଲିକକୁ ଦେଖି ସେ ଉଁ କି ଚୁଁ କିଛି କହିଲା ନାହିଁ। ଲୋକଟା ତା ବିଷୟରେ ସବୁ ଜାଣେ, ଘରର ଅନ୍ଦିକନ୍ଦି ବି ଜଣା ତାକୁ। ଏଇ ସନ୍ଦେହରେ ଘାରିହେଇ ବସିରହିଲା ସେ ଦିନ ତମାମ୍ ଅଫିସ୍ ଚେୟାରରେ।

ନଟ ମଲିକ ତଥାପି ଛାଡୁନଥାଏ ତା ପାଖ।

"ସାର୍, ଜମି ଦେଖିଯିବେ ପରା ? ସନ୍ଧ୍ୟାରେ ମା'ଙ୍କୁ ନେଇଆସନ୍ତୁ। ଠିକ୍ ପମ୍ପହାଉସ୍ ପାଖରେ। ନାଲି ରାସ୍ତା ପଡ଼ିଚି। ପାଞ୍ଚ ଏକର ପଡ଼ିଆ। ଅବଶ୍ୟ ଦି' ଚାରିଟା ସମାଧି ଦେଖିବେ ସେଠି। ସେଗୁଡ଼ାକ କିଛି ନୁହେଁ। ଜାଗାଟା ସରକାର ନିଜେ ଦେଇଚି ଆମ ବାପାଙ୍କୁ। ପଟ୍ଟା ଅଛି। ଦେଖେଇଦେବି ଚାହିଁଲେ। ମାରୁଆଡ଼ି ଟାକି ବସିଚି।"

ଅଫିସ୍ ସାରି ଅଜିତ୍‌ରାୟ ଗାଡ଼ି ବାହାରକଲା। ଘରକୁ ନଯାଇ ସିଧା ଚାଲିଲା କୁଆଖାଇ ନଈ ଆଡ଼େ। ନଈ ପୋଲ ତଳକୁ ନାଲି ରାସ୍ତା ଗଡ଼ିଯାଇଚି ପମ୍ପହାଉସ୍ ଆଡ଼େ। ଅଜିତ୍‌ରାୟ ଗାଡ଼ି ଗଡ଼େଇଲା ସିଆଡ଼କୁ। ପମ୍ପହାଉସ୍ ଟପି ଚାଲିଗଲା ଆହୁରି ଆଗକୁ। ତା ଆଖି ଖୋଜୁଥାଏ ସମାଧି କେଉଁଠି ଅଛି ଦେଖିବାକୁ। ଜାଗାଟା ବିଷୟରେ ନଟ ମଲିକ ସତ କହୁଚି କି ମିଛ କହୁଚି ଜାଣିବାକୁ ଚାହୁଁଥିଲା ସେ।

ସୂର୍ଯ୍ୟାସ୍ତ ବେଳ। ନଦୀଶଯ୍ୟାର ସୁନେଲି ବାଲି। ତା ଭିତରେ ଚକ୍ ଚକ୍ ରୁପା ଧାରଟିଏ। ଆଃ କି ନିର୍ଜନ! କି ଚମତ୍କାର ସ୍ଥାନ ସତରେ! ଏଇଠି ଯଦି ସତରେ ହୋଟେଲ୍‌ଟାଏ କରାଯାଇପାରନ୍ତା... !

ଠିକ୍ ସେତିକିବେଳେ ଡାହାଣ ପଟକୁ ଅନେଇଦେଇ ଅଜିତ୍‌ରାୟ ଚମକିପଡ଼ିଲା। ସମାଧି ସ୍ତୂପଗୁଡ଼ିକ ସତକୁ ସତ ଦେଖାଗଲା ତାକୁ ନଈ କୂଳରେ। କିନ୍ତୁ ଏ କଅଣ ? ସ୍କୁଟରଟିଏ ଥୁଆହେଇଚି ଷ୍ଟାଣ୍ଡରେ। ନଈ କୂଳରେ ସ୍ତ୍ରୀଲୋକଟିଏ... ପୁରୁଷଟିଏ। ସୂର୍ଯ୍ୟ ବୁଡ଼ିଯାଇ ଗୋଧୂଳି ଆଲୁଅରେ ରଙ୍ଗସବୁ ମଉଳିଗଲାଣି। ଖାଲି କଳା ଧଳା।

ଅଜିତ୍‌ରାୟର ଈର୍ଷା ହେଲା। ତାକୁ ଲାଗିଲା ମାରୁଆଡ଼ି ବୋଧହୁଏ ତା ସ୍ତ୍ରୀକୁ ଧରି ଜାଗାଟା ଦେଖଉଚି।

ଅଜିତ୍‌ରାୟ ନିଜ ଉପରେ ରାଗିଲା। ମୁଁ କାହିଁକି ମୋ ସ୍ତ୍ରୀକୁ ନଆଣି ଏକା ଆସିଲି ?-ପ୍ରଶ୍ନକଲା ସେ ନିଜକୁ।

ଗାଡ଼ି ରଖିଦେଇ ଓହ୍ଲେଇଲା ଅଜିତ୍‌ରାୟ। ଗାଡ଼ିର ଡୋର୍ ବନ୍ଦ କଲାବେଳେ

ଯେତିକି ଆୱାଜ୍ ହେଲା, ସେଥିରେ ନଦୀକୂଳର ନିସ୍ତବ୍ଧତା ଅନେକ ନଷ୍ଟ ହେଇଗଲା।

ସ୍ତ୍ରୀ ପୁରୁଷ ଦୁହେଁ ବୁଲିପଡ଼ିଲେ। ନଈ ଆଡୁ ମୁହଁ ବୁଲେଇ ପଛକୁ ଚାହିଁ କଅଣ ଦେଖିଲେ କେଜାଣି ଦୁହେଁ ପରସ୍ପରଠୁଁ ଦୂରଛଡ଼ା ହେଇଗଲେ।

ଅଜିତ୍‌ରାୟ ଆଗେଇଲା। ହଠାତ୍ ତା ଆଖିରେ ପଡ଼ିଲା ସ୍କୁଟର୍ ନମ୍ବର। ଆରେ, ଏଇଟା ତ ନଟ ମଳିକ ସ୍କୁଟର! ଚମକିପଡ଼ିଲା ସେ। ନଟ ମଳିକ ତେବେ ଆଗରୁ ତା ମନକୁ ଆସି ହାଜର୍! ସେ କେମିତି ଜାଣିଲା ମୁଁ ଆସିବି ବୋଲି ଜାଗା ଦେଖିବାକୁ? ଆଶ୍ଚର୍ଯ୍ୟ ହେଇଗଲା ସେ।

"ସାର୍ ନମସ୍କାର! ଆପଣଙ୍କୁ ଏତେ ଡାକିଲି ଆସିଲେ ନାଇଁ। ମାଡାମ୍‌ଙ୍କୁ ସେଇଥିପାଇଁ ଘେନିଆସିଲି ଜାଗାଟା ଦେଖେଇଦବାକୁ। ଏଇ ଦେଖନ୍ତୁ- ନଈକୂଳଠୁଁ ରାସ୍ତାଯାକେ ଏପଟେ ଆଉ ସେପଟେ ପମ୍ପହାଉସ୍ କଡ଼ରୁ ଧରିନିଅନ୍ତୁ ହେଇ ସେ ଆମ୍ବତୋଟା ଯାକେ। ମୋ'ରି ଜାଗା। ଆମରି ଜାଗା। ମଳିଧୂଳି ନାହିଁ। ଏକର ଏଠି ଆଙ୍କା ସେତେ ନୁହେଁ ଯେତେ ସରକାର କରିଚି। ସରକାର ତ କରିଚି ଦଶଲକ୍ଷ ନା କଅଣ ଏକରକୁ - ଆମର ଏଠି ଖାଲି ଲକ୍ଷେ। ପୂରା ପାଞ୍ଚ ଏକର ଅଛି। ଗୋଟାଏ ପ୍ଲଟ ଦେଖନ୍ତୁ ଏପଟେ... ଆହା କି ସୁନ୍ଦର ଦୃଶ୍ୟ! ନଈକୂଳ ଭଳି ଜାଗା ଆଉ ଥାଏ?"- ନଟ ମଳିକ ଗପିଯାଉଥାଏ।

ଆରପଟକୁ ଶ୍ରୀମତୀ ରାୟ ବୁଲିବୁଲିକା ଜାଗାଟା ଉପରେ ଆଖି ବୁଲେଇ ଚାଲିଥାନ୍ତି।

ଅଜିତ୍‌ରାୟ ଚୁପ୍ ହେଇ ଠିଆ ହେଇ ପଡ଼ିଥାଏ। ସତେକି ସେ ଏକ ସମାଧିସ୍ତୂପ ପାଲଟି ସାରିଥାଏ।

ଶ୍ରୀମତୀ ରାୟ ନଈକୂଳ ଆଡୁ ବୁଲିବାଲି ଆସିଲେ। ଅଜିତ୍‌କୁ ହଲେଇ ଦେଇ କହିଲେ - ହେ, ଦେଖୁଚନା - କେଡ଼େ ସୁନ୍ଦର ଜାଗା! ନଟ ଆମର ଖୁବ୍ ଭଲ ମଣିଷ, ଅତି ବିଶ୍ୱସ୍ତ ଲୋକ। ସେ ଆମକୁ ଠକିବ ନାଇଁ ଆଦୌ। ଏ ଜାଗା ଖଣ୍ଡକ ସେ ଯଦି ବିକିଦବାକୁ କହୁଚି ତେବେ ମାରୁଆଡ଼ି ନବ କାହିଁକି - ଆମେ ନ ନବା କାହିଁକି? କଅଣ କହୁଚ?

ଅଜିତ୍ ରାୟ ସେମିତି ସମାଧିସ୍ତୂପ ଭଳି ଠିଆ ହେଇ ରହିଥାଏ।

ଅଗଷ୍ଟ ପନ୍ଦର

ସକାଳ ହେଇଗଲାଣି ଅନେକ ବେଳୁ। ଜୟନ୍ତ ଏପର୍ଯ୍ୟନ୍ତ ଶୋଇରହିଚନ୍ତି। ପାଖ ଘରୁ ଟି.ଭି.ରୁ ଆୱାଜ ଆସୁଚି-ଜନ-ଗଣ-ମନ ! ଜୟନ୍ତଙ୍କ କାନରେ ବାଜୁଚି ଶବ୍ଦଗୁଡ଼ାକ। ହଠାତ୍ ତାଙ୍କର ମନେହେଲା ଉଠିପଡ଼ି ସିଧା ସାବଧାନରେ ଠିଆ ହେଇପଡ଼ିବେ କି ଆଉ ! କିନ୍ତୁ ସେଇ ମନ ଭିତରେ କିଏ ପ୍ରତିବାଦ କଲା- ହେ ଥାଉ ମ ! ଢେର୍ ଆଟେନ୍‌ସନ୍ ଦିଆହେଇ ସାରିଲାଣି ଏ ଜୀବନରେ ! ଏଣିକି ଟିକେ ଆରାମରେ ଶୋଉ ହେଲେ ମଣିଷ।

ତଥାପି ଜୟନ୍ତ ଆଉ ଶୋଇ ରହିପାରିଲେ ନାହିଁ। ତାଙ୍କୁ ଲାଗିଲା କିଏ ସବୁ ତାଙ୍କୁ ଯେମିତିକି ୱାଚ୍ କରୁଚନ୍ତି। ତାଙ୍କର ଗତିବିଧି ତଥାପି ଯେମିତିକି ନୋଟ୍ କରାଚାଲିଚି ତାଙ୍କ ଅଜାଣତରେ। ସେ ଧଡ଼ପଡ଼ ହେଇ ଉଠି ବସିଲେ। ଜନ-ଗଣ-ମନର ପର ପର ପଦଗୁଡ଼ାକ ଅଜାଡ଼ି ହେଇପଡୁଥାଏ ତାଙ୍କ ଚାରିପଟେ ଗଳଗଳ ହେଇ-କଣା ଧାନ ଓଳିଆରୁ ଧାନଗୁଡ଼ାକ ଗଳିଗଲା ଭଳି। ଶେଷରେ ଓଳିଆଟା ନିଃଶେଷ ହେଇଗଲା ବୋଧହୁଏ। ଜୟ ହେ... ଜୟ ହେ... ଜୟ ହେ - ପରେ ଗୋଟିଏ ଦୀର୍ଘ ନିଃଶ୍ୱାସ ତ୍ୟାଗ କରି ଜୟନ୍ତ ଆଟେନ୍‌ସନ୍ ପୋଜିସନ୍‌ରୁ ସହଜ ଅବସ୍ଥାକୁ ଫେରାଇ ଆଣିଲେ ନିଜକୁ। ଏହା ପରେ ସେ ବାହାରିପଡ଼ିଲେ ଶୋଇବାଘରୁ।

ସରସ୍ୱତୀ ବହୁତ ପୂର୍ବରୁ ଶଯ୍ୟା ତ୍ୟାଗ କରିସାରିଥାନ୍ତି। ଘର ଭିତରଟା ତଥାପି ଶୂନ୍‌ଶାନ୍ ଶୁଭୁଥାଏ ଖୁବ୍। ବୋଧହୁଏ ପିଲାମାନେ ଏପର୍ଯ୍ୟନ୍ତ ଉଠି ନାହାନ୍ତି। ଛୁଟି ଦିନ। ଗଲା ରାତିରେ ଢେର୍ ଡେରିଯାକେ ଟି. ଭି. ଦେଖି ଅନିଦ୍ରା ହୋଇଥିବେ। ତା ଛଡ଼ା ବଡ଼ପୁଅ ସୁବ୍ରତ ଏସବୁରେ ନ ଥାଏ। ଏସବୁର ଧାର ଧାରେ ନାହିଁ ସେ। ସେ ଜଣେ ମେଧାବୀ ଛାତ୍ର ଯଦିଚ-ତଥାପି ଏସବୁ ପ୍ରତି ତାର ଭୀଷଣ ପ୍ରତିକ୍ରିୟା ଖୁବ୍ ପିଲାଟି ଦିନୁ। ତା କାନରେ ଜନ ଗଣ ବାଜିଲେ ମୁହଁ ନେଫେଡ଼ିଦିଏ ସେ। କହେ- ପୁଲିସ୍ ଗୀତ - ୟୁନିଫର୍ମ ଗୀତ - ଆମର କ'ଣ ଯାଏ ଆସେ ? ତା ତଳ ପୁଅ ସୁଖ୍ୟାତ

ଆହୁରି ରିଆକ୍‌ସନାରୀ। ସେ ଭଲ ଷ୍ଟୁଡେଣ୍ଟ ନୁହେଁ ନିଶ୍ଚୟ; କିନ୍ତୁ କ୍ରିକେଟ୍‌ରେ ଷ୍ଟେଟ୍ ପ୍ଲେୟାର୍ ହବାର ଯୋଗ୍ୟତା ଅଛି ତାର। କଥାକଥାକେ ସୁନୀଲ ଗାଭାସ୍କର, କପିଲଦେବଙ୍କ ନାଁ ତା ମୁହଁରେ ଶୁଣାଯାଏ – ସଚ୍ଚା କମ୍ୟୁନିଷ୍ଟଙ୍କ ମୁହଁରେ ମାର୍କସ ଲେନିନ ନାଁ ପରି। କିନ୍ତୁ ଭାରତମାତା ବା ମହାତ୍ମାଗାନ୍ଧି ଶବ୍ଦ ତା କାନରେ ବାଜିଲେ ଷଣ୍ଢକୁ ନାଲିକନା ଦେଖେଇଲା ଭଳି ଫଁ ଫଁ ହୁଏ ସେ। ଅଗଷ୍ଟ ପନ୍ଦର ବା ଜାନୁଆରି ଛବିଶ ଦିନଟାକୁ ସେ ମନେକରେ ଜାତୀୟ ଦିବସ ନୁହେଁ – ଜାତୀୟ ଆଳସ୍ୟ ଦିବସ। ଏସବୁ ଦିନ ସେ ପ୍ରାୟ ଶୋଇରହେ। ଉଠେଇଲେ ଚିଡ଼େ। ଚିତ୍କାର କରିଉଠେ, "କୁଆଡ଼େ ଯିବ ? ଆଜି ତ ସବୁ ବନ୍ଦ। ଷ୍ଟାଡ଼ିଅମରେ କୁଆ ଉଡୁଥିବେ।"

ଜୟନ୍ତଙ୍କର ଏଇ ଦୁଇପୁଅ ଛଡ଼ା ଝିଅଟିଏ ଅଛି। ସେ ସବା ସାନ। ସ୍କୁଲରେ ପଢ଼େ। ହାଇସ୍କୁଲ। ସୁବ୍ରତ ସୁଖ୍ୟାତଙ୍କ ପରି ଝିଅ ସୁଦେଷ୍ଣା ଏପର୍ଯ୍ୟନ୍ତ ଜାତୀୟ ଦିବସ ବା ଜାତୀୟସଙ୍ଗୀତ ପ୍ରତି ଏତେଟା ବୀତସ୍ପୃହ ହୋଇନାହିଁ ବୋଲି ଜୟନ୍ତଙ୍କର ଧାରଣା। କିନ୍ତୁ ସ୍କୁଲ ଶିକ୍ଷାର ଅଗ୍ରଗତି ସହିତ ତାର ଜାତୀୟତା ବିରୋଧୀ ଭାବନା କ୍ରମଶଃ ବଦ୍ଧମୂଳ ହେଉଥିବାର ଅନେକ ପ୍ରମାଣ ହାତେ ହାତେ ପାଇସାରିଲେଣି ଜୟନ୍ତ। ଏଇ ଅଳ୍ପଦିନ ତଳେ ରେଡ଼ିଓରେ ରବୀନ୍ଦ୍ର ସଙ୍ଗୀତ ବୋଲାହେଉଥିବା ଶୁଣି ସେ ହଠାତ୍ ଏତେ ଅସହିଷ୍ଣୁ, ହୋଇଉଠିଲା ଯେ ରେଡ଼ିଓଟାକୁ ସୁଇଚ୍ ଅଫ୍ କରିଦେଇ କହିଲା, "କାହିଁକି – ଆମର କେହି ଓଡ଼ିଆ କବି ନାହାନ୍ତି ନା କଅଣ ? ସବୁବେଳେ ସେଇ ଗୋଟାଏ ନାଁ ରବୀନ୍ଦ୍ରନାଥ ରବୀନ୍ଦ୍ରନାଥ ! କି ଗୀତ ଲେଖିଚନ୍ତି କି ସେ ଏମିତି ?"

ଜୟନ୍ତ ପିଲାମାନଙ୍କ ଶୋଇବାଘର ଆଡୁ ମୁହଁ ବୁଲେଇ ଆଣିଲେ। ସରସ୍ୱତୀଙ୍କୁ ଖୋଜିଲେ। ପ୍ରତିଦିନ ସକାଳବେଳା ଏଇ ସମୟକୁ ସରସ୍ୱତୀ ଥାଆନ୍ତି ରୋଷେଇଘରେ କିମ୍ବା ଠାକୁରଘରେ। ସକାଳ ଆଠଟା ସୁଦ୍ଧା ରୋଷେଇ ପ୍ରାୟ ଶେଷ କରି ଦେଇଥାନ୍ତି ସେ। ପିଲାମାନେ ଖାଇପିଇ ନଅଟା ସାଢ଼େ-ନଅଟା ସୁଦ୍ଧା ଘରୁ ବାହାରିବେ। ପ୍ରଥମେ ବାହାରିବ ସୁଦେଷ୍ଣା – ତାର ସ୍କୁଲ ଟିକିଏ ଦୂର। ତାକୁ ସ୍କୁଲରେ ଛାଡ଼ିବା କାମ ଜୟନ୍ତଙ୍କର। ଝିଅକୁ ସ୍କୁଟରରେ ବସେଇ ସ୍କୁଲରେ ଛାଡ଼ିସାରି ସେ ପୁଣି ଘରକୁ ଫେରିବେ। ସେଇଠୁ ଘରର ଛୋଟବଡ଼ କେଇଟା କାମ କରିସାରି, ତରବର ହେଇ ଗଣ୍ଡାଏ ଖାଇଦେଇ, ସେ ବାହାରିଯିବେ ଅଫିସ। ତାପରେ ବାହାରିବ ବଡ଼ପୁଅ। ସୁବ୍ରତ ଏମ୍. ଏସ୍‌ସି. ପାସ୍ କରି ଏଇଲେ ବିଶ୍ୱବିଦ୍ୟାଳୟରେ ପୁଣି ଥରେ ନାଁ ଲେଖେଇଚି ଏମ୍. ଫିଲ୍. ପଢ଼ିବାକୁ। ସୁଖ୍ୟାତ ଡିଗ୍ରୀ କଲେଜରେ ଛାତ୍ର। କଲେଜରେ କ୍ଲାସ ତାର ପ୍ରାୟ ନଥାଏ। ବର୍ଷରେ ଆଠ ମାସ ଛୁଟି। ବାକି ଦିନଗୁଡ଼ାକ ସଭାସମିତି, ଇଲେକ୍‌ସନ ବା ଷ୍ଟ୍ରାଇକ୍‌ରେ କଟିଯାଏ। ତେବେ ସେ ପ୍ରାୟ ସେସବୁରେ ନଥାଏ। ଦିନ ତିନିଟା ଚାରିଟାରୁ ଆରମ୍ଭ ହୁଏ ତାର

ପ୍ରକୃତ ଦିନ। କ୍ରିକେଟ୍ ବ୍ୟାଟ୍ ଓ ଅନ୍ୟାନ୍ୟ ସାଜସରଞ୍ଜାମ ନେଇ ସେ ପ୍ରାୟ ଗୋଟାଏ ଦିଇଟା ବେଳେ ଘରୁ ବାହାରିଯାଏ - ଫେରେ ରାତି ଦଶରେ। ଏସବୁ ଭିତରେ କ୍ରିକେଟ୍ ମ୍ୟାଚଗୁଡ଼ାକର ଦିନର ରୁଟିନ ତାର ଅବଶ୍ୟ ଭିନ୍ନେ। ସେସବୁ ଦିନମାନଙ୍କରେ ସେ ବଡ଼ି ସକାଳୁ ବାହାରି ଚାଲିଯାଏ। ସହର ବାହାରେ ଟୁର୍ଣ୍ଣାମେଣ୍ଟରେ ଖେଳିବାର ଥିଲେ ସପ୍ତାହ ସପ୍ତାହ ଧରି ତାର ଦେଖା ମିଳେନା; କିନ୍ତୁ ଯେଉଁସବୁ ଦିନ ସୁଖ୍ୟାତ ଘରେ ରହେ ସେସବୁ ଦିନ ସରସ୍ୱତୀଙ୍କର ରୋଷେଇଘର କାମ ଭିଡ଼ ସବୁଠୁଁ ବେଶି। କାରଣ ଏଇ ଖେଳଓ୍ୱାଡ଼ ପୁଅଟି ତାଙ୍କର ହେଉ ଏକମାତ୍ର ଖାଇବାର ପିଲା ଏ ଘରେ। ଖାଇବାକୁ ନେଇ ତାର ସବୁଠୁଁ ବେଶି ଜୁଲମ ମା ଉପରେ। ସୁଖ୍ୟାତର ଖାଇବାକୁ ନେଇ ଦିନେ ଦିନେ ସରସ୍ୱତୀ ବି ଆଚମ୍ୱିତ ହୋଇଉଠନ୍ତି। ମାତୃ ହୃଦୟ ତାଙ୍କର ଆଶଙ୍କିତ ହୋଇଉଠେ। ବିଚଳିତ ଅବସ୍ଥାରେ ତାଙ୍କ ପାଟିରୁ ବାହାରିପଡ଼େ, "ଥାଉ, ସେତିକି ଥାଉ ! ଆଉ ରୁଟି ନାହିଁ ଡବାରେ।" ସେଦିନ ମା ପୁଅଙ୍କର ଝଗଡ଼ା ଲାଗେ। ସୁବ୍ରତ ଓ ସୁଦେଷ୍ଣା ଜୟନ୍ତଙ୍କ ଆଗରେ ଫେରାଦ ହୁଅନ୍ତି, "ରୁଟି ଡବାରେ ଆଉ ରୁଟି ନାଇଁ ବାପା ! ସୁଖ୍ୟାତ ଚାଳିଶ ପଟ ରୁଟି ଏକା ଖାଇଦେଇ ଆହୁରି ଖାଇବାକୁ ମା ସଙ୍ଗେ କଳିକରୁଚି। ତାକୁ ହଷ୍ଟେଲରେ ଏଥର ରଖିଦିଅ ବାପା !"

ଜୟନ୍ତ ହସିଦଅନ୍ତି। କହନ୍ତି, "ଖାଉ ! ମୁଁ ତ ଯାହା ଦେଖୁଚି ତମ ଭିତରୁ ଆଗ ସେଇ ପାଇବ ଚାକିରି। ଆଜିକାଲି ଖେଳରେ ଯାହା ଅଛି ପଢ଼ାରେ ନାହିଁ। ସୁବ୍ରତ ପରା ଥ୍ରୁଆଉଟ ଫାଷ୍ଟକ୍ଲାସ। ପୁଣି ଏମ୍. ଏସ୍‌ସି.ରେ ଫିଜିକ୍‌ସ ଭଳି ପାଠରେ ଫାଷ୍ଟ କ୍ଲାସ ଫାଷ୍ଟ୍ ! କାହିଁ ? ଚାକିରି ମିଳିଲାକି ତାକୁ ଏଯାଏ ?"

ଏଇଥିରୁ ଆରମ୍ଭ ହୋଇଯାଏ ଆଉ ଗୋଟାଏ ପ୍ରକାର ସମସ୍ୟା ଜୟନ୍ତଙ୍କ ପାରିବାରିକ ଜୀବନରେ। ସୁବ୍ରତ ଚିତ୍କାର କରିଉଠେ, "କେମିତି ମିଳିବ ? ଏମ୍. ଏସ୍‌ସି. ଗୋଟାଏ କି ଡିଗ୍ରୀ କି ? ଗଣ୍ଡା ଗଣ୍ଡା ଫାଷ୍ଟ୍ କ୍ଲାସ ଫାଷ୍ଟ ଗଲା ପାଞ୍ଚ ବର୍ଷର ବସିଚନ୍ତି ଆମ ଉପରେ। ସେମାନେ ସମସ୍ତେ ପଶିଚନ୍ତି ରିସର୍ଚ୍ଚରେ। ଆଜିକାଲି ଅଧ୍ୟାପକ ଚାକିରିଟିଏ ପାଇବାକୁ ହେଲେ ମିନିମମ୍ ପି.ଏଚ୍.ଡି.ଟାଏ ଦରକାର। ଆହୁରି ପାଞ୍ଚ ବର୍ଷ ପରେ ଯାଇ କହିବ ମତେ-ମୁଁ ଯୋଗ୍ୟ କି ଅଯୋଗ୍ୟ ଚାକିରି ଖଣ୍ଡେ ପାଇଁ ! ଏ କ'ଣ ତମ ବେଳ ହେଇଚି କି ମ୍ୟାଟ୍ରିକ ଖଣ୍ଡିଏ ପଢ଼ି କିରାଣି ଚାକିରିରେ ପଶିଗଲେ ବାହାରିବ ଯାଇ ଜଏଣ୍ଟ ସେକ୍ରେଟେରୀ କି ଆଡ଼ିସନାଲ ସେକ୍ରେଟେରୀରେ ?"

ଜୟନ୍ତ ବାସ୍ତବିକ ସେକ୍ରେଟେରିଏଟ୍‌ରେ ତାଙ୍କ ବିଭାଗର ଡେପୁଟି ସେକ୍ରେଟାରୀ ପଦକୁ ପ୍ରମୋଶନ ପାଇଥାନ୍ତି ଅଳ୍ପ କେଇଟା ଦିନ ତଳେ। ତାଙ୍କର କ୍ୱାଲିଫିକେସନ ଯଦିଓ ସୁବ୍ରତ କହିଲା ଭଳି ଖାଲି ମ୍ୟାଟ୍ରିକ୍ ଖଣ୍ଡିଏ ନୁହେଁ; ସେ ବି. ଏ. ପାସ୍ କରିଥିଲେ

ସେକାଳେ, ତଥାପି ସୁବ୍ରତର ଆକ୍ଷେପ ପଛରେ ଅନ୍ୟ ଏକ ଉଦ୍ଦେଶ୍ୟ କାମ କରୁଥାଏ। ଜୟନ୍ତଙ୍କର ଉପର ଅଫିସର ଅଶ୍ୱିନୀବାବୁ ବର୍ତ୍ତମାନ ତାଙ୍କ ବିଭାଗର ଜଏଣ୍ଟ ସେକ୍ରେଟେରୀ। ସେ ପ୍ରକୃତରେ ଜଣେ ମ୍ୟାଟ୍ରିକୁଲେଟ। କଥା ପ୍ରସଙ୍ଗରେ ଜୟନ୍ତ କେତେଥର ଘରୋଇ ଆଲୋଚନା ଭିତରେ ଅଶ୍ୱିନୀଙ୍କର ଏଇ ସୌଭାଗ୍ୟ ବିଷୟରେ ନିଜ ପିଲାମାନଙ୍କୁ ଖୁଣ୍ଟା ଦେଇଚନ୍ତି, "ଆରେ କି ପାଠ ତମେମାନେ ପଢୁଚ ଆଜିକାଲି ? ଆମ ବେଳର ମ୍ୟାଟ୍ରିକ ସାଙ୍ଗରେ ତମ ପି.ଏଚ୍.ଡି., ଡି.ଏସ୍.ସି. କିଛି ନୁହଁ। ଦେଖୁନ ଏଇ ଅଶ୍ୱିନୀବାବୁଙ୍କୁ ! ସେ ପୁଣି ମୋ ଉପରେ ବସିଚନ୍ତି ତ ! ଆମେ ବି. ଏ. - ସେ ମ୍ୟାଟ୍ରିକ। ଧନ୍ୟ କହିବ ବ୍ରିଟିଶ ସିଷ୍ଟମ୍। ପାଠ ଅପେକ୍ଷା ଏଫିସିଏନ୍ସିକୁ ସେମାନେ ମୂଲ୍ୟ ଦେଇ ଜାଣିଥିଲେ। ଆଜିକାଲି ଡିଗ୍ରୀସର୍ବସ୍ୱ ଯୁଗ - ସେଇଥିପାଇଁ ଏ ଦୁର୍ଦ୍ଦଶା। କଲେଜରେ କପି-ବିଶ୍ୱବିଦ୍ୟାଳୟ ଡିଗ୍ରୀ ବି ମିଳୁଚି ପଇସା ଦେଲେ। ଆମ ବେଳେ ସ୍କୁଲ କଲେଜରେ ଯୋଉ ପାଠ ପଢ଼ା ହଉଥିଲା ଆଜିକାଲି କାହିଁ ସେ ପାଠ ?"

ସୁବ୍ରତ ସୁଦେଷ୍ଣା ଏକା ସାଙ୍ଗେ ଜୟନ୍ତଙ୍କର ସମ୍ମୁଖୀନ ହୋଇ ଥଟ୍ଟା କରିଉଠନ୍ତି ସେତେବେଳେ, "ଆମେ ତ ସେଇଆ କହୁଚୁ-ବ୍ରିଟିଶ ଶାସନ ଖୁବ୍ ଭଲ ଥିଲା ଏ ଦେଶ ପାଇଁ। ତମମାନଙ୍କୁ କିଏ କହୁଥିଲା କି ସେମାନଙ୍କୁ ତଡ଼ ଏ କ୍ୱାଚୋରମାନଙ୍କୁ ଡାକିଆଣିବାକୁ ଏଠିକି ?"

ଜୟନ୍ତ ବ୍ୟସ୍ତ ହୋଇଉଠୁଥିଲେ। ଆଜିକାଲିକା ପିଲାଙ୍କ ମୁହଁରେ ବାଡ଼ବତା ନାହିଁ ଜାଣନ୍ତି ସେ। ଦେଶର ଯେକୌଣସି ପଦପଦବୀରେ ରହିଥିବା ଯେ କେହି ବ୍ୟକ୍ତିବିଶେଷଙ୍କ ପ୍ରତି ଆଜିକାଲିକା ପିଲାଙ୍କର ଲେଶ ମାତ୍ର ସମ୍ମାନବୋଧ ନାହିଁ-ଜାଣନ୍ତି ସେ। କିନ୍ତୁ ଏସବୁ ମହାବିପଜ୍ଜନକ କଥା ବୁଝିଥାନ୍ତି ସେ। ସେଇଥିପାଇଁ କଥାଟାକୁ ଆଉ ବଢ଼ିବାକୁ ନଦେଇ ସେ ମୁଣ୍ଡି ମାରି ଦିଅନ୍ତି ସେଇଠି, "ହଉ ଥାଉ। ସ୍ୱାଧୀନତାର ଅର୍ଥ ତମେମାନେ କାହୁଁ ବୁଝିବ ? ତମେମାନେ ତ ସେ ଯୁଗର ମଣିଷ ନୁହଁ ? ତମେ ବ୍ରିଟିଶ ଦେଖିନ କ ମହାତ୍ମାଗାନ୍ଧି ଦେଖିନ। ତମେ ଖୁବ୍ ବଡ଼ରେ ଦେଖିଚ ଜଣେ ଅମିତାଭ ବଚ୍ଚନ ନହେଲେ ଗାଭାସ୍କର ବା କପିଳଦେବଙ୍କୁ। ହଉ ଯାଅ-ମନ ଦେଇ ପାଠପଢ଼ - ଯାହା ଭାଗ୍ୟରେ ଥିବ।"

ସରସ୍ୱତୀଙ୍କୁ ଖୋଜି ଖୋଜି ଜୟନ୍ତ ନୟାନ୍ତ ହେଇପଡ଼ିଲେଣି ସେତେବେଳକୁ। ରୋଷେଇଘର, ଠାକୁରଘର, ଗାଧୁଆଘର ଖୋଜି ସାରି ସେ ବାହାରିଗଲେ ସେ ଦାଣ୍ଡପିଣ୍ଡାକୁ। କ୍ୱାଟରର ସାମ୍ନା ପଟେ ଅଳ୍ପ ଟିକିଏ ଜାଗା। ସେଇ ଅରାକ ଜାଗାରେ ସରସ୍ୱତୀଙ୍କର ଫୁଲ ଫଳ ବଗିଚା। ମନ୍ଦାର ଗଛ, ଟଗର ଗଛ, କାମିନୀ ଗଛ, ଗଙ୍ଗଶିଉଳି ଓ ସ୍ଥଳପଦ୍ମ ଛଡ଼ା ସେଇଠି ଶୀତ ଦିନେ ଫୁଟେ କିଛି ଗେଣ୍ଡୁ ଓ ଜିନିଆ। ଖରାଦିନେ

ମଲ୍ଲୀ କେଇ ବୁଦାରେ ବୋଝେଇ ହେଇଯାଏ ଫୁଲ। ଏସବୁ ଛଡ଼ା କେଇ ବୁଦା ଲଙ୍କା, କେଇ ବୁଦା ବାଇଗଣ, ଗଛେ ଦି'ଗଛ କଦଳୀ ବି ଥାଏ ତାଆରି ଭିତରେ। ଏସବୁ ଗଛବୃକ୍ଷର ଦାୟିତ୍ୱ ଏକା ସରସ୍ୱତୀଙ୍କର। ପିଲାମାନେ ସେ ଆଡ଼କୁ ଆଡ଼ ଆଖିରେ ବି ଅନାନ୍ତି ନାହିଁ। ଖରାଦିନେ ଗଛଗୁଡ଼ାକ ପାଣି ନପାଇ ମଲା ଭଳି ଝାଉଁଳି ପଡ଼ିବାର ଦେଖିଲେ ବି ପିଲାମାନଙ୍କ ମନକୁ କଥାଟା ଛୁଏଁ ବି ନାଇଁ ଯେ ବାଲ୍‌ଟିଏ କି ମଗେ ପାଣି ଝାଉଁଳା ଗଛ ମୂଳକୁ ନେଇ ଢାଳି ଦେଇ ଆସିବାକୁ। ଏ ବିଷୟରେ ସରସ୍ୱତୀ ମୁହଁ ଖୋଲିଲେଇ ଏଡ଼େ ଏଡ଼େ ପିଲା ନିର୍ବିଚାରରେ ପାଟି କରିଉଠନ୍ତି, "ଯିଏ ଲଗେଇବ ସେଇ ପାଣି ଦେବ। ତା' ଛଡ଼ା ଆମର ଏ ବଂଶସୂତ୍ରୀ ପ୍ରୋଗ୍ରାମରେ ବିଶ୍ୱାସ ନାହିଁ। ସ୍କୁଲରେ କଲେଜରେ ଯୋଉଠି ଦେଖ ସେଠି ଚାଲିଚି ବୃକ୍ଷରୋପଣ। ସବୁ ବର୍ଷ ଲାଗୁଛି। ହଜାର ହଜାର ଟଙ୍କା ଖର୍ଚ୍ଚ-କିନ୍ତୁ ଗୋଟାଏ ବି ଉଧେଇଲାଣି ନା ଏତେ ବର୍ଷ ଦୂରରେ? କି ଦରକାର ଏ ସୋ'ରେ? ଆମେ ଏ ସୋ' ଫୋ'ରେ ନାହୁଁ। ଯାହାର ଦରକାର ସେଇ ଲଗଉ ଗଛ।"

ସରସ୍ୱତୀ ବିସ୍ମିତ ହୁଅନ୍ତି। ପଚାରନ୍ତି, "କଲେଜ ସ୍କୁଲରେ ସିନା ସୋ' କରୁଚ - ଏଠି ଏ ଟଗର ମନ୍ଦାର ସ୍ଥଳପଦ୍ମମାନେ ତମ ଆଖିକୁ କଣ ସୋ' ଭଳି ଦିଶୁଚନ୍ତି ନା କ'ଣ?"

"ନିଶ୍ଚୟ! ଏ ଗୁଡ଼ାକ କି କାମରେ ଲାଗୁଚନ୍ତି କହୁନ!" ସୁଖ୍ୟାତ ମା'କୁ ଚିଡ଼ାଏ ବେଶି ଏସବୁ କଥା ଆରମ୍ଭ ହେଲେ। ଆଖି ଠାର ମାରି, ବଡ଼ ଭାଇ ସାନ ଭଉଣୀଙ୍କୁ ସାକ୍ଷୀ ରଖି ପଚାରେ, ଏ ସବୁ ଲାଗୁଚି ଯୋଡ଼ିଏ କାମରେ ନିଶ୍ଚୟ। ପ୍ରଥମେ ଚୋରଙ୍କର। ତା'ପରେ ତମ ଠାକୁରଙ୍କର। ଚୋରମାନେ ରାତି ପାହାନ୍ତାରୁ ବାରିରୁ ଫୁଲ ଚୋରି କରି ବଜାରରେ ବିକି ଦି' ପଇସା ରୋଜଗାର କରନ୍ତି। ପୁଣି ସେ ଫୁଲ ସେଠୁ କୁଆଡ଼େ ଯାଏ ଜାଣ? ଅନ୍ୟ ଚୋରଙ୍କ ବେକକୁ! ଏ ସହରରେ ଗଜରା ଫୁଲମାଳ ବେଶି କିଏ ପିନ୍ଧେ କହିଲ ମା? ଚୋରମାନେ- ଯିଏ ଉଡ଼ାଜାହାଜରୁ ଓହ୍ଲାନ୍ତି କି ଉଡ଼ାଜାହାଜକୁ ଉଠନ୍ତି। ଗଦା ଗଦା ଫୁଲମାଳ ତାଙ୍କରି ମୋଟ ମୋଟ ବେକ ପାଇଁ ନିଅଣ୍ଟ। ସେଠୁ ଯାହା ବଞ୍ଚେ ସେତକ ଲାଗିହୁଏ ଆର ଚୋରଙ୍କ ବେକରେ- ତମର ସେ ଚୋର ଠାକୁର ପଞ୍ଝାକ, ଖଟୁଲିରେ ବସି ଦିନରାତି ଢୁଲୋଉଥାନ୍ତି ଯୋଉମାନେ। ଏ ଚୋରଙ୍କୁ ପୋଷିବାକୁ ପୂଜା କରିବାକୁ ଏତେ ପରିଶ୍ରମ? ପୁଣି ପାଣି ଖର୍ଚ୍ଚ। ଆଜିକାଲି ପାଣିର ଦାମ୍ କେତେ ଜାଣିଚ ତ ମା?"

ସରସ୍ୱତୀ ଚିଡ଼ିଉଠନ୍ତି। କିନ୍ତୁ ସାଙ୍ଗେ ସାଙ୍ଗେ ହସିଦିଅନ୍ତି ବି। ମଝିଆଁ ପୁଅ ଏଇ ସୁଖ୍ୟାତଟି ତାଙ୍କର ଏ ଘରେ ପ୍ରକୃତରେ କିଛି କାମର ପିଲା। ସେ ସିନା ଗଛବୃଛରେ

ପାଣି ଦିଏ ନାହିଁ, ତଥାପି ବଜାର ହାଟ କାମକୁ ସେ ପଛାଏ ନାହିଁ। ତାକୁ ଜିନିଷପତ୍ରର ଦରଦାମ୍ ଜଣା। ବଜାରରେ କୋଉ ଦୋକାନରେ କି ଜିନିଷ କି ଭାଉରେ ମିଳେ ଜଣା ତାକୁ। ତାର କ୍ରିକେଟ୍ ଖେଳାଳି ସାଙ୍ଗମାନଙ୍କ ଜରିଆରେ ଦୋକାନୀମାନେ ସୁଖ୍ୟାତକୁ ଚିହ୍ନନ୍ତି ଜାଣନ୍ତି। ଖାଲି ସେତିକି ନୁହେଁ – ଏଇ ଗୁଣର ପୁଅ ଯୋଗୁ ସରସ୍ୱତୀଙ୍କ ସବୁଠୁ ବଡ଼ ଡରଟା ଏ ଘରେ ସବୁଠୁ କମ୍, ନହେଲେ ଆଜିକାଲି ଏମିତି କୋଉ ଘର ଅଛି ଯୋଉଠି ବଢ଼ିଲା ଝିଅଟିଏ ଥାଉଣୁ ମା' ବାପଙ୍କୁ ରାତିରେ ନିଦ ହୁଏ ଏ ଦେଶରେ ? ଯୋଉଠି ଝିଅଙ୍କୁ ରାସ୍ତାରେ ଚଲେଇ ଦିଅନ୍ତି ନାହିଁ ଛତରା ବଜାରୀ ବାସ୍ତରାମାନେ, ଘରେ ବି ବସେଇ ଉଠେଇ ଦିଅନ୍ତି ନାହିଁ ଟେଲିଫୋନଟାଏ ଯଦି ଥାଏ ସେ ଘରେ, ରାସ୍ତାରେ ପଂଝା ପଂଝା ହେଇ ସାଇକେଲରେ ପଇଁତରା ମାରୁଥିବେ ଟୋକାମାନେ ତମ ଘର ଆଗରେ, ଆଉ ନାଁ ଧରି ଡାକମାରୁଥିବେ ଦିନ ଦିପହରେ, ସେଠି ସରସ୍ୱତୀଙ୍କ ଭଳି ନିରୀହା ମା'ବିଚାରୀଟିର ଚାରା କଅଣ ? କିନ୍ତୁ ଏଇ କ୍ରିକେଟ୍ ଖେଳାଳି ସୁଖ୍ୟାତଟି ଯୋଗୁ ସରସ୍ୱତୀ ନିଶ୍ଚିନ୍ତରେ ଟିକିଏ ଦିନ କାଟନ୍ତି। ସୁଦେଷ୍ଣାକୁ ନେଇ ଦୁଶ୍ଚିନ୍ତା ତାଙ୍କର ପ୍ରାୟ ନାହିଁ କହିଲେ ଚଳେ।

ବଗିଚା କାମ ବିଷୟରେ ପିଲାମାନଙ୍କୁ ବେଶି ନ ଚଳେଇ ସରସ୍ୱତୀ ଏକା ଏକା ମ୍ୟାନେଜ କରିନିଅନ୍ତି ସେସବୁ କାମ। କିନ୍ତୁ ଗୋଟିଏ ଶ୍ରେଣୀର କାମ ଥାଏ ଏ ଘରେ ଯୋଉଥିପାଇଁ ଏକା ଜୟନ୍ତଙ୍କ ଉପରେ ନିର୍ଭର କରନ୍ତି ସେ। ସେଇଟି ହେଲା- ଇଲେକ୍‌ଟ୍ରିକ୍, ପାଣି, ଟେଲିଫୋନ ପ୍ରଭୃତିର ବିଲ୍ ଆସିଲେ ବିଲ୍ ଠିକ୍ କି ଭୁଲ ପରୀକ୍ଷା କରି ବିଲ୍ ପେମେଣ୍ଟ କରିବା। ଏଥିପାଇଁ ବହୁତ ବର୍ଷର ପୁରୁଣା ବିଲ୍‌ଗୁଡ଼ିକୁ ପୂରା ଅଫିସ କାଇଦାରେ ଫାଇଲରେ ରଖାଯିବା ଦରକାର – ଯୋଉ କାମଟା ଜୟନ୍ତଙ୍କ ଛଡ଼ା ଏ ଘରେ ଆଉ କାହାରି ଦେହି ହବାର ନୁହେଁ। ସରସ୍ୱତୀ ଫାଇଲ୍ କାମ ନାଁ ଶୁଣିଲେ ଡରିଯା'ନ୍ତି। ରସିଦଗୁଡ଼ାକୁ ଲୁଣ୍ଡେଇ ପୁଣ୍ଡେଇ ଯେତେ କାଇଦାରେ ସାଇତି ରଖିଲେ ମଧ୍ୟ ଠିକ୍ ବେଳକୁ ଜମା ମିଳନ୍ତି ନାହିଁ ସେମାନେ। ପାଞ୍ଚବର୍ଷ ତଳର ପାଣି ରସିଦ ଖଣ୍ଡିଏ ନ ମିଳିବାରୁ ଥରେ ତାଙ୍କୁ ବହୁତ ଗାଳି ଶୁଣିବାକୁ ପଡ଼ିଥିଲା ଜୟନ୍ତଙ୍କଠୁ। ସେଥର ପାଣି ବିଲ୍‌ରେ ଏରିଅର୍ ଟଙ୍କାର ପରିମାଣଟାକୁ ଅନେଇ ଦେଇ ଜୟନ୍ତ ଝୋଲାମରା ହେଇଯାଇଥା'ନ୍ତି। ସରସ୍ୱତୀଙ୍କୁ ବଡ଼ ପାଟିରେ ଡାକ ପକେଇଲେ ସେ, "ହଇଓ ! ଆମ ଉପରେ ପାଞ୍ଚ ପାଞ୍ଚ ବର୍ଷର ପାଣି ଟଙ୍କା ଏରିଅର୍ କେମିତି ଉଠିଲା ଏ ବିଲ୍‌ରେ ? ଆମେ ତ ପ୍ରତି ମାସରେ ଦେଇ ଆସୁଚେ ବିଲ୍, କ୍ଲିଅର କରୁଚେ – ପୁଣି ଏ ଟଙ୍କା ? ଏତେଗୁଡ଼ାଏ ଟଙ୍କା ! ଟିକେ ଦେଖିଲ ! ରସିଦଗୁଡ଼ାକ ରଖିଚଟି ?"

ସରସ୍ୱତୀ ଦଉଡ଼ି ଗଲେ ଶୋଇବା ଘରକୁ। ଶେଯ ତଳ ଦରାଣ୍ଡି ପକେଇଲେ।

ସେଇଠୁ ଦଉଡ଼ିଗଲେ ଲୁଗା ଆଲମାରି ପାଖକୁ। ଗଦାଏ ଲୁଗା ଗଦେଇ ପକେଇଲେ ତଳକୁ। ସେଇଠୁଁ ଧାଇଁଗଲେ ପିଲାଙ୍କ ପଢ଼ା ଟେବୁଲ ପାଖକୁ। ଡ୍ରୟରଗୁଡ଼ାକୁ ଗୋଟା ଗୋଟା କରି ଟାଣିଆଣି ଅଜାଡ଼ି ପକେଇଲେ। କିନ୍ତୁ ସମୁଦ୍ର ମନ୍ଥନରୁ ଖାଲି ମିଳିଲା ଗରଳ। ଜୟନ୍ତଙ୍କ ଗାଳି, ପିଲାଙ୍କ ଉପହାସ ଛଡ଼ା ପାଞ୍ଚ ବର୍ଷ ତଳର ପାଣିବିଲ୍ ବା ରସିଦର ନାଁ ଗନ୍ଧ କୋଉଠି ହେଲେ କୋଉଠି ଦିଶିଲା ନାଇଁ ତାଙ୍କୁ। ଜୟନ୍ତ ରଡ଼ି ପକଉଥାନ୍ତି, "ତିନି ହଜାର ଟଙ୍କାରେ ବୁଡ଼େଇ ଦେଲ ମତେ ସରସ୍ୱତୀ! କାଗଜ ଖଣ୍ଡିକୁ ହଜେଇ ଦେଲ? ବର୍ତ୍ତମାନ ହବ କ'ଣ?"

ବଡ଼ ପୁଅ ସୁବ୍ରତ ପହିଲେ ପହିଲେ ମା'ର ଧାଁଧପଡ଼ ଦେଖି ଖୁବ୍ କୁରୁଳୁଥିଲା। କିନ୍ତୁ ତା' ଉପରେ ବାପାଙ୍କ ଧାଉଡ଼ ଦେଖି ମା' ପଟିଆ ହେଇ କହିଲା, "ପାଞ୍ଚ ବର୍ଷ ତଳର ରସିଦ ଏଠି କୋଉଠି ମିଳିବ? ତାଙ୍କ ଅଫିସରେ ନଥିବ?"

ଜୟନ୍ତ ଗାରଡ଼େଇ ଚାହିଁଲେ ସୁବ୍ରତକୁ। ପଚାରିଲେ, "କେତୁଟା ଅଫିସ ଦେଖିଛୁ ତୁ ଶୁଣେ? ଜୀବନରେ ଅଫିସ କି ଜିନିଷ ଜାଣିବ ନାଇଁ କେବେହେଲେ ତମେମାନେ! ତମକୁ ଏଲ୍. ଡି. କିରାଣି ଚାକିରି ଖଣ୍ଡେ କେବେହେଲେ ମିଳିବ ନା? ପୁଅ କଥା କହୁଛନ୍ତି କେମିତି ଦେଖ! ପାଟିରେ ବାଟୁଳି ବାଜୁନାଇଁ। ଆରେ, ଟଙ୍କା ଦେଲ, ରସିଦ ଆଣିଲ – ରସିଦ ରଖିବା ତମ କାମ ନା ତାଙ୍କ କାମ? ଅଫିସ୍‌ର କି ଦୋଷ ତମ ରସିଦ ତମେ ହଜେଇଲେ, ଏଁ?"

ସୁବ୍ରତ ସେତେବେଳେ ପି. ଜି. ରେ ଆଡ଼ମିଶନ ନେଇଥିଲା ନୂଆ କରି। କିରାଣି ଚାକିରି ପ୍ରତି ତା'ର ଜନ୍ମରୁ ଘୃଣା, ବୋଧହୁଏ ବାପକୁ ତାର ମୂଳରୁ ସେ କିରାଣି ଚାକିରିରେ ଦେଖିଥିବାରୁ କି କଅଣ ପାଇଁ କେଜାଣି। ତାକୁ ଆଇ. ଏ. ଏସ୍. ପରୀକ୍ଷା ଦବାକୁ ଜୟନ୍ତ ଯେତେ ପ୍ରବର୍ତ୍ତାନ୍ତି ସେ ସେତିକି କଠୋର ଜବାବ ଦିଏ ମୁହେଁ ମୁହେଁ ତାଙ୍କର –

"ବିଲାତି କୁକୁରଙ୍କୁ ରାସ୍ତାକୁ ଛାଡ଼ିଦେଲେ କ'ଣ ଦଶା ହୁଏ ତାଙ୍କର ଜାଣିଚ ବାପା! ବିଲାତିଲୋକେ କୁକୁର ପାଳିଥିଲେ। ସେମାନେ ଚାଲିଗଲେ। ରହିଗଲେ କୁକୁରମାନେ। ଘର ଛାଡ଼ି ରାସ୍ତାରେ ବୁଲିଲେ। ସ୍ୱାଧୀନତାରୁ ଏତିକି ଲାଭ ହେଲା। ଏଇଲେ ଦେଶରେ ଦେଶୀ କୁକୁରଙ୍କ ଛୁଆମାନେ ବିଲାତି କୁକୁରଙ୍କ ଭଳି ଦିଶୁଛନ୍ତି ସିନା; କିନ୍ତୁ ବିଲାତି କୁକୁର ଘୁଅ ଖାଉ ନଥିଲେ। ଏମାନେ ସମସ୍ତେ ଘୁଅ ଖାଉଚନ୍ତି!"

ଜୟନ୍ତ ସମ୍ଭାଳି ପାରିଲେ ନାହିଁ। ଚଟି ପଟେ ପାଦରୁ କାଢ଼ି ସୁବ୍ରତକୁ ମୁଣ୍ଡରୁ ଗୋଡ଼ଯାକେ ସେକିଦେଇଗଲେ। ସରସ୍ୱତୀ ମୁଣ୍ଡ ପିଟିଦେଲେ।

ସେଇଦିନୁ ବିଲ୍ ଓ ରସିଦ ରଖିବା କାମ ଏକା ଜୟନ୍ତଙ୍କର। ଏ ବିଲ୍ ରସିଦଗୁଡ଼ାକ ରହେ ଛାତ ଉପରେ ଶିଡ଼ି ଘରକୁ ଲାଗି ଗୋଟିଏ ଛୋଟ ବଖରାରେ,

ଯୋଉଠିକି ଏକା ଜୟନ୍ତଙ୍କ ଛଡ଼ା ଅନ୍ୟ କାହାର ପ୍ରବେଶ ନିଷେଧ। ସେ ରୁମ୍‌ରେ ଜୟନ୍ତଙ୍କ ସବୁ ଫାଇଲ ସଜା ହୋଇ ରହିଥାଏ ଗୋଟିଏ ଲୁହା ର୍ୟାକରେ। ଏ ରୁମ୍‌ର ଚାବି ନିଜେ ଘର ମାଲିକ ରଖନ୍ତି - କାରଣ ଏ ଘରେ ତାଙ୍କର ଘରୋଇ ଅଫିସ କାମ ଟିକିଏ ନିରୋଳାରେ କରିବା ପାଇଁ ଖୁବ୍ ଉପଯୁକ୍ତ ଜାଗା। ଏଇଠି ବସିଲେ ପୂରା ଛାତଟା ନଜରକୁ ଆସେ। ଖରା ବର୍ଷା ଶୀତ ଋତୁର ସ୍ପର୍ଶ ପାଇବାକୁ ହେଲେ ଜୟନ୍ତ ମଧ୍ୟ ପଳେଇ ଆସନ୍ତି ଏଇ ଛାତ ଉପରକୁ।

ସରସ୍ୱତୀଙ୍କୁ ତଳ ମହଲାରେ ସବୁଆଡ଼େ ଖୋଜିସାରି ନ ପାଇ ଜୟନ୍ତ ଉଠିଲେ ଶିଡ଼ି ଘର ଦେଇ ଛାତ ଉପରକୁ। ସେତିକିବେଳେ ସରସ୍ୱତୀ ମଧ୍ୟ ଛାତ ଉପରୁ ତରବର ହୋଇ ଓହ୍ଲେଇ ଆସୁଥାନ୍ତି।

"ଆରେ!" - ଚମକି ପଡ଼ିଲେ ଜୟନ୍ତ, "ଏତେ ସକାଳୁ ସକାଳୁ ଛାତ ଉପରକୁ ଆସିଚ କାଇଁକି ତମେ? ମୁଁ ତମକୁ ତଳେ ଖୋଜି ଖୋଜି ନୟାନ୍ତ। କଅଣ କରୁଥିଲ କି ଉପରେ?"

"ଯାଅ ଦେଖିବ"- ସରସ୍ୱତୀଙ୍କ ମୁରୁକି ହସାରୁ କିଛି ବୁଝି ପାରିଲେ ନାହିଁ ଜୟନ୍ତ। ବରଂ ତାଙ୍କର ସନ୍ଦେହ ହେଲା-ଫାଇଲପତ୍ର ଦରାଣ୍ଡୁଥିଲା କି ଆଉ ଉପର ଘରେ! ମାଇପିଟାର ଗତିବିଧି ତାଙ୍କୁ କେମିତି କେମିତି ଜଣାଗଲା। ସେ ତରବର ହୋଇ ବାକିତକ ପାହାଚ ଉଠିଗଲେ ଉପରକୁ।

ଏକ ଅଦ୍ଭୁତ ସକାଳ। ଆକାଶ ମେଘାଚ୍ଛନ୍ନ। କିନ୍ତୁ ବର୍ଷା ନାହିଁ। ସୂର୍ଯ୍ୟ ଦିଗ୍‌ବଳୟର କେତେ ଉଚ୍ଚକୁ ଉଠିବେଣି ହଠାତ୍ ଜାଣିହେଉ ନାହିଁ ବହଳ ମେଘଗୁଡ଼ାକ ଯୋଗୁ। କିନ୍ତୁ ଚାରିଆଡ଼େ ଏଡ଼େ ସୁନ୍ଦର ରଙ୍ଗ, ଏତେ ନିର୍ମଳ ଏତେ ଶୀତଳ! ଜୟନ୍ତଙ୍କ ପାଦ ଖୋଲାଛାତ ଉପର ଆଡ଼କୁ ଖୋଲି ଯାଉ ଯାଉ ମନଟା ବି ତାଙ୍କର ଖୋଲିଗଲା। ଚାରିପାଖର ଦୋମହଲା ତିନିମହଲା ଘର ମଝିରେ ତାଙ୍କର ଏଇ ଏକମହଲିଆ ଘରଟାର ଗୋଟିଏ ବିଶେଷତ୍ୱ ଥିଲା- ସେଇଟା ହେଲା, ଏଇ ଛାତର ଗୋଟିଏ ସ୍ଥାନରେ ଠିଆହୋଇ ସାମ୍ନାକୁ ଅନେଇଲେ ଦୁଇ ବଡ଼ ବଡ଼ କୋଠା ଫାଙ୍କରେ ଚେନାଏ ଆକାଶ ଦିଶେ ଯାହା ମଝିରେ ଲିଙ୍ଗରାଜ ମନ୍ଦିରର ଦଧିନଉତି ଓ ମନ୍ଦିର ଚୂଳର ପତାକା ବେଶ୍ ସ୍ପଷ୍ଟଭଳି ଦିଶେ-ଟେଲିସ୍କୋପରେ ତାର ଦିଶିଲା ଭଳି ଆଖିକୁ। ଶିବରାତ୍ରି ଦିନ ମଧ୍ୟରାତ୍ରିରେ ମହାଦୀପ ଉଠିଲାବେଳେ ଏଇ ଛାତରୁ ସେ ଅପୂର୍ବ ଦୃଶ୍ୟ ଦେଖନ୍ତି ପ୍ରତିବର୍ଷ। ଜୟନ୍ତଙ୍କ ସାଥିରେ ସରସ୍ୱତୀ ମଧ୍ୟ। କିନ୍ତୁ ଆଜି ବଡ଼ି ସକାଳଟାରୁ କି ଦୃଶ୍ୟ ଦେଖିଲେ କି ସରସ୍ୱତୀ ସେଠି ସେ ଫାଙ୍କରେ ଯେ ଏତେ କୁରୁଳି ଉଠୁଛନ୍ତି! ସନ୍ଦେହରେ ପଡ଼ିଗଲେ ଜୟନ୍ତ।

ତରବର ହୋଇ ଛାତ ଉପରେ ପୋଜିସନ୍ ନବାକୁ ଆଗେଇଗଲେ ଜୟନ୍ତବାବୁ

ସେଇଠିକି ଯୋଉଠୁ ଦିଶେ ଲିଙ୍ଗରାଜ ମନ୍ଦିରର ଦଧିନଉତି ଆଉ ପତାକା। କିନ୍ତୁ ହଠାତ୍ ତାଙ୍କର ଦୃଷ୍ଟିପଥ ଅବରୋଧ କଲା ଆଉ ଏକ ଜିନିଷ। ଏକ ଲମ୍ବା ବାଉଁଶ - ତା' ଉପରେ ପତାକାଟିଏ। ପତାକାଟା ଫରଫର ହେଇ ଉଡୁଥାଏ। ବେଶ୍ ବଡ଼ ପତାକାଟାଏ ବି। ତାର ଉପର ପଟର ଗେରୁଆ ରଙ୍ଗ, ମଝିର ଧଳା ଓ ତଳର ସବୁଜ। ମଝିରେ ଚକ୍ର ଚିହ୍ନ ସ୍ପଷ୍ଟ ଦିଶୁଥାଏ ଆଖିକୁ। ଓଃ! ସରସ୍ୱତୀ ତେବେ ସକାଳୁ ଏଇଆ କରୁଥିଲେ ଛାତ ଉପରେ! କିନ୍ତୁ କୋଉଠୁ ଯୋଗାଡ଼ କଲେ ସେ ଏସବୁ ସରଞ୍ଜାମ? ଏ ଖୁଣ୍ଟ, ଏ ପତାକା! ଚାରିଆଡ଼କୁ ଆଖି ବୁଲେଇନେଲେ ଜୟନ୍ତ। ମାଇଲ୍ ମାଇଲ୍ ବ୍ୟାପୀ ଖାଲି କୋଠା ଆଉ କୋଠା-ଦୋମହଲା, ତିନି ମହଲା, ଚାରି ମହଲା। କଂକ୍ରିଟ୍ ଜଙ୍ଗଲ। କିନ୍ତୁ ଆଶ୍ଚର୍ଯ୍ୟ କଥା-କୌଣସି ଘର ଉପରେ କାହିଁ ଗୋଟିଏ ହେଲେ ପତାକା ତ ଆଖିରେ ପଡୁନି! ଏ ସମଗ୍ର ଅଞ୍ଚଳରେ ଏକା ଏଇ ସାନ ଏକମହଲା ଘରଟି ଉପରେ ଉଡୁଚି ପତାକାଟିଏ-ରାଷ୍ଟ୍ରୀୟ ପତାକା! ସରସ୍ୱତୀ ତେବେ ଏଇ କାମରେ ଲାଗିପଡ଼ିଥିଲେ ରାତି ପାହାନ୍ତିଆରୁ! ଛାତି ଭିତରଟା କେମିତି କେମିତି ଲାଗିଗଲା ତାଙ୍କର। ମୁହୂର୍ତ୍ତକ ଭିତରେ ଜୟନ୍ତଙ୍କର ରୂପାନ୍ତର ଘଟିଗଲା ସତେ କି? କୃତଜ୍ଞତାରେ ଭରିଉଠିଲା ମନଟା ତାଙ୍କର ପ୍ରଥମେ ନିଜ ସ୍ତ୍ରୀ ସରସ୍ୱତୀଙ୍କ ପ୍ରତି। ପରେ ପରେ ଉଛୁଳିଉଠିଲା ସେ କୃତଜ୍ଞତାର ପାତ୍ର-ତାଙ୍କର ସାନଛାତିଟି। ତାଙ୍କୁ ଲାଗିଲା-ଖୁବ୍ ବଡ଼ ପାଟି କରି ଉଠିବେ। ଡାକପକେଇବେ ତାଙ୍କର ଶୋଇଲା ପିଲାମାନଙ୍କୁ ଖାଲି ନୁହେଁ-ତାଙ୍କ ଚାରିପାଖେ ଶୂନ୍ୟ ଛାତଗୁଡ଼ିକ ତଳେ ଯେତେ ସବୁ ଯିଏ ଯୋଉଠି ଶୋଇଚନ୍ତି, ବସିଚନ୍ତି, ଛୁଟି ଭୋଗିବାକୁ ମସୁଧା କରୁଚନ୍ତି, ସମସ୍ତଙ୍କୁ ଡାକପକେଇ ଉଠେଇ ଆଣିବେ ନିଜ ନିଜ ଛାତ ଉପରକୁ ଆଉ ଦେଖେଇଦେବେ ସରସ୍ୱତୀଙ୍କ କୃତିତ୍ୱ ସହିତ ତାଙ୍କର ଟିକି କିରାଣିଆ ଘରଟିର ସେଇ ମହତ୍ କୀର୍ତ୍ତିଟିକୁ! ଓଃ! ସମ୍ଭାଳି ପାରିଲେ ନାହିଁ ଆଉ ଜୟନ୍ତ ନିଜକୁ। ମନେପଡ଼ିଗଲା ତାଙ୍କର ସେଇ ପିଲାଦିନର ଗୋଟିଏ ଏଇଭଳି ଅଦ୍ଭୁତ ସକାଳର କଥା। ୧୯୪୭ ଅଗଷ୍ଟ ପନ୍ଦର ସକାଳ। ସେତେବେଳେ ସେ ଥିଲେ ସ୍କୁଲ୍ ଛାତ୍ର। ଦେଶ ସେଇଦିନ ସ୍ୱାଧୀନ ହେଇଥିଲା ପ୍ରଥମ କରି। ମହାତ୍ମାଗାନ୍ଧି ବଞ୍ଚିଥିଲେ ସେଦିନ। ଆଃ! ଚିତ୍କାର କରି ଉଠିଲେ ଜୟନ୍ତ, ନିଜ ଛାତି ଭିତରୁ ଏକ ନାହିଁନଥିବା ଚିତ୍କାର। ସେ ଚିତ୍କାର ମହା-ଆନନ୍ଦର କି ମହାଦୁଃଖ ମହାଶୋକର ଜାଣିପାରୁନଥିଲେ ସେ ନିଜେ। ଜାଣି ପାରିଲେନାହିଁ ଅନ୍ୟ କେହି।

ପନ୍ଦର ମିନଟ୍ ଭିତରେ ଜୟନ୍ତଙ୍କ ଘର ଚାରିପାଖ ଜନାକୀର୍ଣ୍ଣ। ଯେ ଶୁଣିଲା ସେ ଧାଇଁ ଆସିଲା। ସମସ୍ତଙ୍କ ମୁହଁରେ ଆହା ଆହା! କିନ୍ତୁ କାରଣଟା କଅଣ କେହି ସେପର୍ଯ୍ୟନ୍ତ ଜାଣିପାରୁନଥାନ୍ତି ସ୍ପଷ୍ଟକରି।

ମେଡ଼ିକାଲକୁ ଫୋନ୍ କରି କରି ବହୁବେଳ ପର୍ଯ୍ୟନ୍ତ ଆମ୍ବୁଲାନ୍‌ସ ନ ଆସିବାରୁ ବାଧ୍ୟ ହୋଇ ତିନୋଟି ରିକ୍‌ସା କରାଗଲା। ଗୋଟିକରେ ବସିଲେ ଜୟନ୍ତ ତାଙ୍କ ବଡ଼ ପୁଅ ସୁବ୍ରତକୁ କୋଳରେ ଧରି। ଅନ୍ୟରେ ସରସ୍ୱତୀ କୁଣ୍ଢେଇ ଧରିଥାଆନ୍ତି ସୁଦେଷ୍ଣାକୁ। ତୃତୀୟ ରିକ୍‌ସାରେ ଆଉ ଜଣେ କିଏ ମାଡ଼ି ବସିଥାନ୍ତି ସୁଖ୍ୟାତକୁ। ଏତେ ବଡ଼ ଟୋକାଟା। କ୍ରିକେଟ୍ ଖେଳି ଖେଳି ତା ପିଠିଟା ଚଉଡ଼େଇ ଯାଇଥାଏ, ଆଉ କି ଲମ୍ବା ଲମ୍ବା ସୁଗଠିତ ଗୋଡ଼ ଆଉ ହାତଗୁଡ଼ାକ! କିନ୍ତୁ ମଲା ବାଘଟିଏ ଭଳି ଲମ୍ବି ପଡ଼ିଥାଏ ତା ଶରୀରଟା ଯାହାକୁ କୌଣସିମତେ ମାଡ଼ିବସି କୁଣ୍ଢେଇ ଧରିଥାଏ କିଏ ଜଣେ ସେ କେଜାଣି?

ସରସ୍ୱତୀ ବାହୁନୁଥାନ୍ତି, "ମୋ ପିଲାଙ୍କୁ ମାରିଦେଲେ-ମାରି ପକେଇଲେ ଗୋ ମା..."

ଆହା କି କରୁଣ ସେ କାନ୍ଦଣା! ଦେଖଣାହାରିଏ ଆଖି ପୋଛୁଥାନ୍ତି। ରିକ୍‌ସା ତିନିଟା ଚାଲିଲା-ମେଡ଼ିକାଲ୍ ଅଭିମୁଖେ। ସମସ୍ତେ ତଥାପି ପଚରାଉଚରା ହଉଥାନ୍ତି, "କଅଣ ହେଲା? କିଏ ମାଇଲା? କଅଣ ଆତ୍ମହତ୍ୟା? ନା ଆଉ କଅଣ?"

ସେଦିନ ଡାକ୍ତରଖାନାରେ ସୁବ୍ରତ, ସୁଖ୍ୟାତ ଓ ସୁଦେଷ୍ଣାକୁ କାଠୁଆ ଦିହ ତିନିଟା କେବଳ ରିକ୍‌ସାରୁ ଅନ୍‌ଲୋଡ୍ କରାଯାଇନଥିଲା – ଆସିଲେ ଗୋଟିକ ପରେ ଗୋଟିଏ, ଯୋଡ଼ିକ ପରେ ଯୋଡ଼ିଏ, ରିକ୍‌ସା, କାର୍, ଟ୍ୟାକ୍‌ସି, ଟ୍ରାକ୍ଟରରେ ଅନେକଟି ଶରୀର। କାଠୁଆ ଦେହ। ମରି ନଥାନ୍ତି କେହି ସେପର୍ଯ୍ୟନ୍ତ ଅବଶ୍ୟ। କିନ୍ତୁ ସମସ୍ତଙ୍କର ସେଇ ଏକା ଦଶା! ପାରାଲିସିସ୍....। ଡାକ୍ତରମାନେ ଅଗଷ୍ଟ ପନ୍ଦର ଛୁଟି ପାଳୁଥିଲେ ନିଜ ନିଜ କ୍ୱାଟର୍ସରେ। ଡକାଡକି ହେଇ ଆସୁ ଆସୁ ସ୍ୱାଧୀନତା ଦିବସର ସୂର୍ଯ୍ୟ ମୁଣ୍ଡ ଉପରକୁ ଉଠିସାରିଥାନ୍ତି। ଆକାଶ ମେଘାଚ୍ଛନ୍ନ। ସୂର୍ଯ୍ୟଙ୍କ ମୁହଁ ତଥାପି ଅଦୃଶ୍ୟ।

ସେଦିନ ଟି.ଭି.ର ଘୋଷଣା ଶୁଣି ପାରିଲେ ସମସ୍ତେ-ତେଲ! ତେଲ! ତେଲ! ଅପମିଶ୍ରିତ ତେଲରୁ ତିଆରି ଚାଟ୍-ଯେ ଖାଇଚି ସେ ଯାଇଚି! ଏଇଲେ ଡାକ୍ତରଖାନାରେ ଦେଢ଼ଶ' ପାରାଲିସିସ୍ କେଶ୍! ସମସ୍ତେ ଟୋକା ଟୋକୀ! ଦେଶର ଭାବୀ ନାଗରିକ! ସମ୍ବାଦପତ୍ରରେ ହୁଲସ୍ଥୁଲ-ମାର! ମାର! ମାର!

ସନ୍ଧ୍ୟା ହେଇଗଲାଣି। ଜୟନ୍ତଙ୍କ ଘରଉପରେ ତ୍ରିରଙ୍ଗ ପତାକାଟି ସେମିତି ଉଡୁଥାଏ ଯେମିତି ଦେଖିଯାଇଥିଲେ ସକାଳେ ଜୟନ୍ତବାବୁ ନିଜେ। ପତାକାଟାକୁ ରାତି ଆସିବା ପୂର୍ବରୁ ଓହ୍ଲେଇ ଦିଆଯିବା କଥା। କିନ୍ତୁ କେହି ନଥିଲେ ସେ ଘରେ। କାହାର ଆଖିକୁ ବି ଦିଶୁନଥିଲା ସେ ଦୃଶ୍ୟ। ମନେପଡୁନଥିଲା ସେତେବେଳକାର କର୍ତ୍ତବ୍ୟ କାହାର ହେଲେ। ତେଲ! ତେଲ! ତେଲ!... ଚାରିଆଡ଼େ ଭୟ ଓ ଅଜଣା ଆତଙ୍କର ଆର୍ତ୍ତନାଦ।

BLACK EAGLE BOOKS

www.blackeaglebooks.org
info@blackeaglebooks.org

Black Eagle Books, an independent publisher, was founded as a nonprofit organization in April, 2019. It is our mission to connect and engage the Indian diaspora and the world at large with the best of works of world literature published on a collaborative platform, with special emphasis on foregrounding Contemporary Classics and New Writing.

Milton Keynes UK
Ingram Content Group UK Ltd.
UKHW021906231124
451423UK00006B/589

9 781645 606123